FINSTERNIS AM VIERWALDSTÄTTERSEE

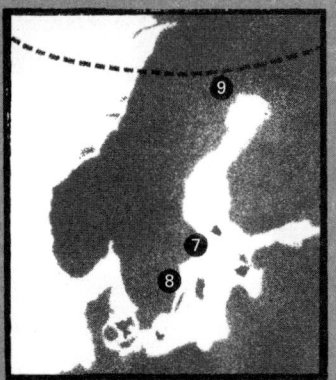

SCHWEDEN

BAD ZUM RABEN, BADEN

ISLETEN

GÖSCHENERALPSEE

1 Altdorf
2 Göschenen
3 Vierwaldstättersee
4 Airolo
5 Sternenberg
6 Wolfsgrueb
7 Stockholm
8 Blankaholm
9 Treehotel Harads

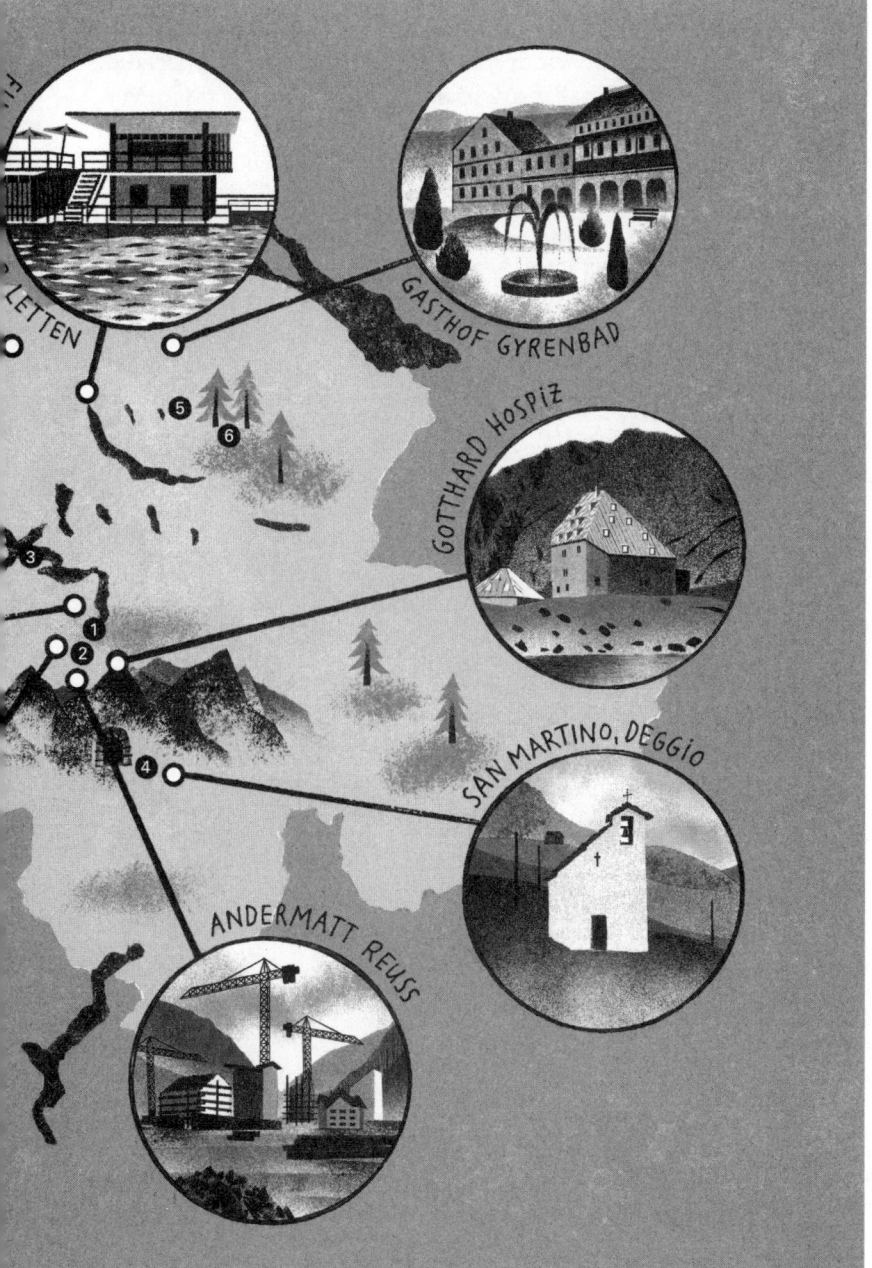

Martin Widmer lebt seit dreißig Jahren im Zürcher Oberland. Er arbeitete als Journalist sowie als Historiker und war Co-Verleger bei »Hier und Jetzt«, Verlag für Kultur und Geschichte, in Baden. Heute ist er als Autor tätig, hat verschiedene Sachbücher publiziert und verbringt den Sommer gerne im schwedischen Schärengarten.
www.martinwidmer.ch

MARTIN WIDMER

FINSTERNIS AM VIERWALDSTÄTTERSEE

Kriminalroman

emons:

Bibliografische Information der Deutschen Nationalbibliothek
Die Deutsche Nationalbibliothek verzeichnet diese Publikation
in der Deutschen Nationalbibliografie; detaillierte bibliografische
Daten sind im Internet über http://dnb.d-nb.de abrufbar.

© Emons Verlag GmbH
Alle Rechte vorbehalten
Umschlagmotiv: mauritius images/Frank Bienewald/
Alamy/Alamy Stock Photos
Umschlaggestaltung: Nina Schäfer, nach einem Konzept
von Leonardo Magrelli und Nina Schäfer
Umsetzung: Tobias Doetsch
Gestaltung Innenteil: DÜDE Satz und Grafik, Odenthal
Gestaltung Schauplatzkarte & Vignetten: Laura Jurt,
Zürich, Schweiz
Lektorat: Irène Kost, Biel/Bienne, Schweiz
Druck und Bindung: CPI – Clausen & Bosse, Leck
Printed in Germany 2023
ISBN 978-3-7408-1867-8
Originalausgabe

Unser Newsletter informiert Sie
regelmäßig über Neues von emons:
Kostenlos bestellen unter
www.emons-verlag.de

Efteråt var hon inte ens säker på platsen längre.
Den var ju inte märkt eller avgränsad. Den vandrade
som en solfläck mellan molnskuggor. Det var en händelse,
en händelse vid vatten. Som allting här.

Kerstin Ekman,
»Händelser vid vatten«

Hinterher war sie sich nicht einmal mehr sicher, wo es
geschah. Die Stelle war ja nicht markiert oder abgegrenzt.
Wie ein Sonnenfleck wanderte sie zwischen den Schatten
der Wolken. Sie wusste nur, es geschah am Wasser.
Zufällig. Wie alles hier.

Kerstin Ekman,
»Geschehnisse am Wasser«

Teil I

Göscheneralp

1

»Die Neue«, wie sie im ehemaligen »Hexenturm« an der Tellsgasse 5 genannt wurde, arbeitete erst seit wenigen Monaten
bei der Polizei in Altdorf. Rahel Reinhart hatte sich auf die
offene Stelle bei der Kriminalpolizei des Kantons Uri bewor-
ben, und ihre neuen Kollegen und Kolleginnen staunten,
warum sie ihren guten Job in Zürich aufgegeben hatte. Sie war
sich bewusst gewesen, es ging nicht um den Chefposten, gesucht wurde eine Allrounderin, die sich um Eigentumsdelikte,
Tätlichkeiten, Brandstiftung und Sexualdelikte zu kümmern
hatte. Ermittlungen zu Leib und Leben waren nur am Rande
ein Thema. Ein Abstieg in jeder Beziehung, rangmäßig und
auch finanziell. Tausend Franken weniger Lohn schlugen zu
Buche.

Der Anruf traf kurz nach neun Uhr dreißig auf der Einsatzzentrale der Urner Kantonspolizei in Flüelen ein. Dammwärter
Mattli meldete den Fund einer Leiche, und sofort beorderte die
Zentrale eine Patrouille der Bereitschafts- und Verkehrspolizei
an den Fundort. Ebenso bot sie die Staatsanwaltschaft und die
Kriminalpolizei auf, wo Rahel an diesem Wochenende Pikettdienst hatte und gleich losfuhr. Auf der Autobahn Richtung
Gotthard staute sich fast jedes Wochenende der Verkehr, und
sie kam manchmal nur im Schritttempo vorwärts. Sie fluchte
über die Touristen, die das Tal mit Abgasen verpesteten, und
kam sich dabei wie eine Einheimische vor. Obwohl – richtig
heimisch fühlte sie sich auch nach einem halben Jahr in dem
engen Tal zwischen Urnersee und Gotthardpass noch nicht.
Selbst unten am See und in Erstfeld, wo sie eine günstige Zweizimmerwohnung gefunden hatte, gingen die Berge auf beiden
Talseiten fast senkrecht in die Höhe. Im Winter kam die Sonne
erst gegen Mittag über den Bergkamm, im Sommer deutlich
früher. Wenn an Tagen wie an diesem Vormittag Ende Juni

Nebel den Alpenkamm verhüllte, kam bei Rahel eine eigenartige Stimmung auf, als hätte bereits der Herbst begonnen. In Göschenen verließ sie die Autobahn und fuhr langsam durchs Dorf, das einen verlassenen Eindruck machte. Sie sah eine Bäckerei, deren Auslage leer war; auf dem Parkplatz vor dem Hotel Weisses Rössli standen nur zwei Motorräder. Etwas mehr Betrieb war bei der Kantine der Mineure, wo sie Richtung Göscheneralpsee abzweigte. Die Straße stieg nach dem Weiler Abfrutt an, der Nebel wurde immer dicker. Plötzlich tauchte vor ihr ein Traktor auf, unmöglich zu überholen, denn sie konnte nur wenige Meter weit sehen. Sie hupte, doch der Traktorfahrer trug einen Gehörschutz und schien nie in den Rückspiegel zu schauen. Es blieb ihr nichts anderes übrig, als geduldig hinter ihm herzufahren. Ob sie fünf Minuten früher oder später einträfe, würde weder für den Toten noch für die Ermittlung eine Rolle spielen, wie sie sich eingestehen musste.

Oben am Damm angekommen, fuhr Rahel auf den Parkplatz und stieg aus. Die Kollegen der Patrouille hatten schon erste Abklärungen gemacht und stellten ihr einen bärtigen Mann vor: Dammwärter Mattli. Er schaute auf ihre Sneakers und fragte: »Haben Sie andere Schuhe dabei?«

Sie nickte, öffnete die Heckklappe ihres Subaru Forester und zog ihre Gummistiefel an.

»Wir müssen ans südliche Ufer«, sagte Mattli. »Vom Weg um den Stausee kommen wir nur schlecht dazu.« Er zeigte auf das Boot, und sie folgte ihm hinunter zum kahlen Ufer, wo die Kieselsteine mit ausgetrocknetem Schlamm überzogen waren. Ein Stausee, dessen Wasserstand weit unter der Höchstmarke liegt, ist kein idyllischer Anblick, schon gar nicht bei Nebel.

Rahel schaute auf das gletschergrüne Wasser, und es fröstelte sie. Bevor sie ins Boot stieg, zögerte sie einen Moment: Eigentlich rückten sie bei der Kriminalpolizei immer zu zweit aus, doch ihr Kollege wurde bei einem anderen Fall aufgehalten, und Kripochef Krähenbühl war auch noch nicht auf dem Platz.

Da sie nicht auf die beiden warten wollte, gab sie Mattli das Zeichen, abzulegen, und sie fuhren los; sie vorne im Bug, er auf der Heckbank, mit der einen Hand am Außenbordmotor steuerte er durch den dichten Nebel. Es war, als würden sie gegen eine weiße Wand fahren. Nach wenigen Minuten stellte Mattli den Motor ab und klappte ihn hoch, denn sie waren bereits am anderen Ufer. Das Boot glitt lautlos über das Wasser. Die steile Böschung tauchte aus dem Nebel auf. Mattli wechselte auf die Ruderbank. Mit wenigen Ruderschlägen erreichten sie das Ufer, wo er sich mit dem Bootshaken an einer Felsplatte festhielt. Über den Bug konnte Rahel an Land klettern. Sie schaute Mattli fragend an. Er zeigte auf eine Stelle zwei, drei Meter entfernt, wo sie einen Körper liegen sah, bekleidet mit einem hellen T-Shirt und einer Wanderhose. Rahel ging näher, betrachtete ihn, wie er bäuchlings dalag, das Gesicht im Kies, die Beine im Wasser. Ein paar abgefaulte Baumstrünke deuteten als stumme Zeugen darauf hin, dass hier einmal ein Gebirgswald gestanden war und auf der Göscheneralp Kühe geweidet hatten. Sie ging in die Knie, entnahm ihrem kleinen Rucksack ein Paar blaue Plastikhandschuhe. Vor ihr lag ein Mann, eher älter, denn sein Haar am Hinterkopf war schütter. Sie berührte ihn leicht an der Schulter. Keine Regung. Dann hob sie seinen linken Arm an und suchte am Handgelenk nach seinem Puls. Sie spürte nichts, sah nur, dass die Haut an den Händen und am Arm ganz schrumpelig war. Die Leiche musste sich einige Zeit im Wasser befunden haben, stellte Rahel fest. Sie lag am Ufer, als wäre sie angespült worden. Oder war sie erst zum Vorschein gekommen, als der Pegel des Stausees gesunken war? Rahel hörte Schritte im Kies und drehte sich um. Mattli war aus dem Boot gestiegen und kam auf sie zu.

»Wann haben Sie die Leiche entdeckt?«, fragte sie.

»Die Dorflehrerin und ihre Kollegin haben den Toten entdeckt. Ich habe nur die Polizei verständigt.«

»Aber als Sie bei der Einsatzzentrale anriefen, waren Sie bei der Leiche.«

»Ich bin mit den zwei Frauen per Boot hierhergefahren, um mir ein Bild zu machen.«

Was die beiden ihm auf dem Damm erklärten, habe ziemlich wirr getönt. Dass sie um den Stausee gejoggt seien und dabei etwa zehn Minuten vor dem Damm, oder es könnten auch zwanzig gewesen sein, weit unten am See jemanden liegen gesehen hätten. Aber wie hatten sie bei dem Nebel etwas sehen können? Und warum waren sie bei diesem Wetter überhaupt unterwegs, rund um den See?, habe er sie gefragt. Keine klare Antwort habe er erhalten. Nur den Ort hätten sie erstaunlich genau erklären können. Eine auffällige Felsformation, wo der Weg teilweise mit einem Seil gesichert sei. Er schaute nach oben und zeigte Rahel den Weg im schroffen Felsband. »Da wusste ich genau, wohin ich mit den beiden fahren musste«, fuhr Mattli fort. »Ich wollte nachsehen, ob das zutraf, was sie mir zu erklären versuchten. Nicht direkt die Polizei anrufen, ohne etwas Genaues zu wissen. Und tatsächlich. Da lag ein Toter am Ufer.«

»Wie haben Sie die Leiche angetroffen?«

»Genau so, wie sie jetzt noch daliegt.«

»Gut, dass Sie nichts verändert haben. Das ist wichtig für die Spurensicherung.«

»Ich sah sofort, da war nichts mehr zu machen.«

»Was ist Ihnen außerdem aufgefallen?«

Mattli zuckte mit den Schultern.

»Ihr erster Eindruck?«

»Kein schöner Anblick.«

»Und?«

»Die Uhr«, sagte er.

Die Armbanduhr war Rahel auch aufgefallen. Eine IWC mit Mondkalender und Chronograf, wie ihr ehemaliger Chef bei der Kripo Zürich eine getragen hatte. Sie verglich die angezeigte Stunde mit derjenigen auf ihrer eigenen Uhr. Genau die gleiche Zeit. Auch das Datum und der Wochentag stimmten: Es war Samstag, der 24. Juni.

»Haben Sie eine Idee, um wen es sich bei dem Toten handeln könnte?«, fragte Rahel.

»Da müssten Sie ihn umdrehen, damit ich sein Gesicht sehen kann.«

»Warten wir auf die Spurensicherung«, sagte Rahel und begann die Gesäßtaschen des Toten abzutasten. Sie fand kein Portemonnaie und keinen Hinweis auf dessen Identität. Sie bat Mattli, den Bootshaken zu holen, und stocherte rund um den Fundort im Wasser, ohne auf etwas zu stoßen, das dem Toten hätte gehören können.

Per Funk meldete sich Kripochef Krähenbühl. Er war auf dem Damm angekommen. Rahel versprach, ihn gleich mit dem Boot des Dammwärters abzuholen.

»Fahren wir«, sagte sie. »Mein Chef wartet nicht gerne.« Sie legten ab.

Auf der Fahrt zurück zum Damm erkundigte sie sich nach Namen und Adresse der Lehrerin und ihrer Kollegin, die sie in ihrem Heft notierte. Beide wohnten im Dachgeschoss des Schulhauses in Göschenen. Rahel wollte sie im Laufe des Tages als Zeuginnen befragen.

Mattli fragte: »Unfall oder …?«

»Ich habe noch keine Anhaltspunkte«, antwortete sie.

Er erzählte ihr, dass vor Jahren ein Vater in der Nähe des Damms gefischt habe und in den See gestürzt sei. Er habe den Kopf angeschlagen und dabei das Bewusstsein verloren. Vor den Augen seines kleinen Sohns sei er ertrunken. »Bis heute höre ich das laute Weinen des Knaben, das der Wind über den See getragen hat.«

Am anderen Ufer angekommen, machte Mattli das Boot fest, und Rahel begrüßte Krähenbühl sowie die Staatsanwältin Bettina Aschwanden. Auch Rahels Dienstkollegin von der Spurensicherung war unterdessen eingetroffen.

»Brauchen wir einen Taucher?«, fragte Krähenbühl.

»Ja«, antwortete Rahel.

Krähenbühl klärte umgehend ab, ob Peter Tiefenbacher, der

einzige Taucher der Kantonspolizei Uri, verfügbar sei. In einer Stunde könne er ausrücken, hieß es, mit Schlauchboot und Verstärkung vom Korps eines anderen Innerschweizer Kantons. »Der Kantonsarzt ist unterwegs«, erklärte Krähenbühl, der die Ermittlungen koordinierte. Der Leichenwagen für die Überführung der Leiche ins Kantonsspital nach Altdorf sei avisiert.

Sabrina Meili von der Spurensicherung stemmte die Kisten mit ihrem Material von ihrem Van ins Schiff. Mit ihr hatte Rahel in den letzten Monaten mehrmals zusammengearbeitet und schätzte an ihr, wie sie anpacken konnte. Sie war mit einem Bergbauern verheiratet und hatte vier Kinder. Wie brachte sie alles unter einen Hut?, fragte sich Rahel, ein volles Pensum bei der Polizei, die Familie, und immer wieder musste sie auch auf dem Hof anpacken; ein völlig anderes Leben, als sie selbst führte.

Sie stiegen ins Schiff und fuhren mit Mattli über den See, nur Rahel blieb am Ufer zurück, weil das Boot voll war. Sie ging hoch zu ihrem Auto und wählte die Nummer von Pat Hunger. Vor zwei Wochen hatte diese ihren Mann Kjell-Göran Kling bei der Polizei als vermisst gemeldet. Da der Polizeiposten in Andermatt seit einiger Zeit nicht besetzt war, hatte Rahel die Vermisstmeldung selbst entgegen- und gleichzeitig einen Augenschein vor Ort genommen. Pat Hungers Mann war seit einem Jahr pensioniert und verbrachte die meiste Zeit in der dortigen Ferienwohnung und auf dem Golfplatz, während seine deutlich jüngere Ehefrau in Zürich arbeitete.

Rahel erreichte Pat Hunger in ihrem Büro, eine Niederlassung des Auktionshauses Sotheby's. Sie sprach fließend Schweizerdeutsch mit einem leicht englischen Akzent.

»Haben Sie Neuigkeiten von meinem Mann?«, fragte Pat Hunger.

»Noch habe ich keine genauen Informationen, aber ich muss Sie darauf vorbereiten … Wir haben eine Leiche gefunden.«

»Nein!«

»Wir haben die Leiche bisher nicht identifiziert.«

»Sie wollen hoffentlich nicht, dass ich das mache.«

»Ich brauche eine Zahnbürste oder einen Kamm, den Ihr Mann benutzt hat. Für einen Vergleich der DNA. Das wäre fürs Erste hilfreich. Wann kann ich Sie in Zürich treffen?«

»Einfacher für Sie, wir sehen uns in der Ferienwohnung.«

Sie hielt inne, dann antwortete sie: »Um sechzehn Uhr könnte ich in Andermatt sein.«

Rahel steckte ihr Mobiltelefon in die Gesäßtasche ihrer Jeans, verschränkte die Arme und schaute über den See. Der Nebel hatte sich leicht gelichtet, bis zum Fundort am anderen Ufer konnte sie allerdings nicht sehen. Auf der Alpensüdseite schien bestimmt die Sonne. Jetzt hätte sie gerne Giovanni angerufen. Oft war er auch samstags an der Uni und hatte bestimmt keine Zeit, mit ihr zu plaudern. Leise hörte sie den Lärm des Außenborders, der näher kam. Da sah sie Mattli aus dem Nebel auftauchen und kurz danach am Ufer anlegen. Er war allein.

Sie ging ihm entgegen. »Gibt es hier irgendwo Kaffee?«

»Gehen wir zu mir.«

Sie gingen die paar Schritte das Sträßchen hinunter, das hinter dem Damm zum Wärterhaus führte. Im Parterre lagen die Werkstatt und die Garage für den Maschinenpark, im ersten Stock die ehemalige Wohnung des Dammwärters: zwei Schlafzimmer, eine Küche, ein Bad, eine Stube und ein Büro. Seit alle Messinstrumente unten im Kraftwerk in Göschenen abgelesen werden konnten, war die Präsenz des Dammwärters oben auf der Göscheneralp während dreihundertfünfundsechzig Tagen pro Jahr nicht mehr notwendig. Mattli übernachtete im Wärterhaus nur, wenn im Winter eine Rückkehr ins Dorf wegen Lawinengefahr zu gefährlich war.

Er führte Rahel in die Stube mit Arventäfer und Arvenmöbeln. Er bat sie, auf der Eckbank am Tisch Platz zu nehmen, und machte sich an der Kaffeemaschine zu schaffen. Rahel schaute sich um: eine Reihe von Familienfotos, in einer Ecke ein Kreuz und daneben eine Farbfotografie mit mindestens dreißig Sportwagen, die auf dem Damm aufgereiht standen. Mattli brachte den Kaffee und ging nochmals zurück in die Küche, um ein Paket Kekse zu holen. Als er sich an den Tisch setzte, zwei Löffel Zucker in den Kaffee gab und langsam rührte, fragte Rahel: »Sind das Ihre Eltern?« Sie deutete auf eines der Fotos.

»Das sind meine Großeltern«, sagte er. »Und so sah es auf der Göscheneralp Anfang der 1960er Jahre aus, bevor alles geflutet wurde.« Er wies auf die Schwarz-Weiß-Aufnahme, welche eine Ebene, darauf eine Ansammlung von Häusern, Ställen und eine kleine Kirche zeigte. »Mein Großvater hat als Letzter verkauft.«

Rahel trank einen Schluck Kaffee.

»Mein Vater war der erste Dammwärter. Ich bin hier im Wärterhaus aufgewachsen. Mit vier Geschwistern.« Er nahm einen Keks aus der Verpackung und kaute. »Bei Lawinengefahr waren wir manchmal wochenlang hier eingeschlossen.«

Als beide den Kaffee ausgetrunken hatten, stand er auf. Er nahm eine kleine Gießkanne und goss den Gummibaum vor dem Fenster im Gang.

Rahels Smartphone läutete: Die Taucher waren auf dem Damm eingetroffen.

***

Mattli ging in die Werkstatt, um die Reflektoren für die Vermessung vorzubereiten. Auf dem Damm und an mehr als zwei Dutzend Punkten am Stausee waren steinerne Messpfeiler einbetoniert, wobei einige der Punkte nur mit dem Schiff erreichbar waren. Auf diesen kleinen Betonpfeilern musste er haargenau die Reflektoren befestigen, damit das Vermessungsteam am Montag loslegen konnte. Auch bei Punkt 7, gleich oberhalb der Stelle, wo die beiden jungen Frauen am Morgen die Leiche entdeckt hatten. Die Spezialisten von Luzern konnten mit ihren monatlichen Messungen auf den Millimeter genau feststellen, ob sich der Damm bewegte. Im Gegensatz zu anderen Stauseen hatte man sich beim Bau auf der Göscheneralp nicht für die Konstruktion einer Staumauer aus Beton entschieden, sondern für einen Erddamm mit einem Kern aus Lehm.

Zusätzlich zur regelmäßigen Vermessung erhoben automatische Messgeräte im Damm rund um die Uhr die Daten zu Temperatur, Luftdruck sowie zur Luftfeuchtigkeit und hielten den Wert der Trübung des Wassers fest, welches talseitig durch das aufgeschüttete Geröll einsickern konnte. Im Prinzip war der Kern des Damms absolut wasserundurchlässig. Getrübtes Sickerwasser wäre ein Indiz für feinste Risse, durch welche Wasser vom Stausee in den Damm gelangen würde. Obwohl alle Messgeräte im Überwachungsraum des Kraftwerks abgelesen wurden, war nichts zuverlässiger als eine Überwachung vor Ort. Nachdem Mattli alle Reflektoren geprüft hatte, war seine Kontrollrunde im Innern des Erddamms an der Reihe. Seit fünfzehn Jahren arbeitete er als Dammwärter, er kannte seinen Damm aus dem Effeff, und kleinste Veränderungen fielen ihm sofort auf. Er nahm die Transportbahn, die ihn durch den rechten Zugangs- direkt zum Infusionsstollen hinunterbrachte. Dieser führte am untersten Punkt durch den siebenhundert Meter breiten Damm.

Hundertdreißig Meter unter der Dammkrone angekommen, stand er vor dem mannshohen Schieber aus dickem Stahl, auf dem der ganze Druck des Stausees lastete. Dieser Ablass würde nur im Notfall geöffnet, wenn die Gefahr drohte, er könnte bersten, oder wenn der ganze See bei einer Revision entleert werden musste. Mattli hatte ihn erst zweimal in seinem Leben leer gesehen, eine Kraterlandschaft, mit ein paar Stümpfen von Erlen, die trotz des Flutens des Tals vor sechzig Jahren nicht verfault waren. Er kontrollierte die Hydraulikpumpe zur Öffnung des Schiebers, dann ging er durch den Infusionsstollen bis ans andere Ende zur Drosselklappenkammer. Dort konnte der

Zufluss zur Druckleitung, die ins Kraftwerk und auf die Turbinen führte, unterbrochen werden. Auch hier stellte er nichts Außergewöhnliches fest. Durch den linken Zugangsstollen ging er die steilen dreihundertfünfundvierzig Stufen hoch. Von der hohen Luftfeuchtigkeit waren sie sehr glitschig. Normalerweise beeindruckte ihn dies nicht, aber nach dem Fund der Leiche fühlte er sich etwas unsicher auf den Beinen. Als er oben ankam, ging er über den Damm zurück zum Wärterhaus. Der Nebel war unterdessen beinahe ganz verschwunden und der Himmel blau. Er hielt die Nase in den Wind, bis er diesen auf beiden Backen gleichmäßig spürte. »Seewind«, sagte er und ertappte sich dabei, wie er in letzter Zeit öfter Selbstgespräche führte. Kam das mit dem Alter? Oder weil er nicht nur am Tag alleine unterwegs war, sondern auch abends niemanden zum Sprechen hatte, seit seine Frau vor zwei Jahren gestorben war.

✳✳✳

Rahel sah, wie ein Auto mit einem Schlauchboot auf dem Anhänger rückwärts zum Ufer manövrierte. Ein bärtiger Mann stieg aus. Das musste Peter Tiefenbacher sein, der Taucher. Rahel ging ihm entgegen und stellte sich vor. Tiefenbacher hatte einen zweiten Taucher vom Polizeikorps des Kantons Schwyz aufbieten können, Tauchgänge machte man immer zu zweit. Die beiden zwängten sich in ihre Neoprenanzüge und luden die Flaschen mit Pressluft, rote Bojen und weiteres Material ins Boot. Dann stieg auch Rahel ein, und sie legten ab. Mit einer Hand steuerte Tiefenbacher das Schlauchboot über den See, mit der anderen machte er sich am Batterietank der Taschenlampe zu schaffen. Gleichzeitig sprach er mit Rahel, ohne sie anzuschauen: »Tiefer als vierzig Meter können wir nicht tauchen. So die Sicherheitsvorschriften.«

»Die Leiche haben wir, danach müsst ihr nicht suchen. Aber ich habe keinen Rucksack, kein Portemonnaie, kein Mobiltelefon, rein gar nichts gefunden.«

»Schwierig«, sagte Tiefenbacher. »Unter Wasser kann man seine eigene Hand nicht erkennen. Da bringt auch unsere Taschenlampe nichts. Gletscherwasser. Ganz milchig. Und kalt.« Rahel streckte ihre Hand ins Wasser und zog sie schnell zurück.

Am Fundort angekommen, beriet sich Rahel mit Kripochef Krähenbühl, den beiden Tauchern und Sabrina Meili von der Spurensicherung, warum die Leiche erst jetzt entdeckt worden war. Alle waren sich einig, dass der Körper schon lange im Wasser gelegen war, auch wenn dies erst eine Obduktion genau feststellen konnte. Plötzlich aufgetaucht war sie auch nicht, dafür war der Stausee zu kalt. »Die Wassertemperatur ist aktuell neuneinhalb Grad. Da entwickeln sich in einem toten Körper keine Gase im Magen, und er wird nicht aufgedunsen«, erklärte Sabrina Meili.

»Bedingungen fast wie im Leichenhaus«, ergänzte Tiefenbacher.

»Dort sind es sechs Grad«, bemerkte sie und fotografierte weiter.

Für Tiefenbachers Kollegen, der bis jetzt kein Wort gesprochen hatte, war klar, es waren die Überreste der Alpenerlen, die verhinderten, dass der Leichnam bis zum Grund des Stausees abgesunken war. Dann hätte man die Leiche erst bei der nächsten Revision gefunden, wenn alles Wasser abgelassen worden wäre. »Nichts ist so zäh wie Alpenerlen. Auch unter Wasser verfaulen sie nur sehr langsam«, sagte er.

»Der Seespiegel ist in den letzten zwei, drei Wochen rasant gesunken«, sagte Rahel, »der Dammwärter hat mir das eben beim Kaffee erklärt. Kein Gewitter seit Wochen. Und diese Hitze. Dabei werde Strom gebraucht wie noch nie. Die Turbinen würden auf vollen Touren laufen, meinte er.«

»Das Klima wird wärmer, die Menschen stöhnen in ihren asphaltierten Städten und gläsernen Hochhäusern. Und was fällt ihnen ein?«, fragte Tiefenbacher in seinem eng anliegenden Taucheranzug. »Sie schalten die Klimaanlagen ein.«

Betretenes Schweigen.

Die beiden Taucher fuhren mit dem Schlauchboot ein paar Meter hinaus. Mit vier roten Bojen steckten sie ein Feld von acht mal zwanzig Metern ab, welches sie als Erstes absuchen wollten. Rahel beobachtete, wie sie ins Wasser glitten, danach erkundigte sie sich bei Sabrina Meili nach dem Stand der Spurensicherung.

»Später«, sagte diese.

Wortkarg, dachte Rahel. Sind alle Urner so?, fragte sie sich. Selbst gehörte sie auch nicht zur gesprächigen Sorte. Es war ihr recht, dass sie das steile Gelände auf eigene Faust absuchen konnte. Sie kletterte die Geröllhalde hoch, klammerte sich an einzelne Felsbrocken und Überreste von Baumstämmen, nackt und schwarz, nach den Jahrzehnten, die sie unter Wasser gestanden hatten. Zwanzig Meter weiter oben traf sie auf den Wanderweg, der um den See führte. Links und rechts vom schmalen Pfad wuchsen niedrige Heidel- und Preiselbeersträucher. Keine geknickten Zweige, kein Fetzchen Papier, kein Stücklein Stoff konnte sie entdecken, nichts, das auf eine tätliche Auseinandersetzung hindeutete oder darauf, dass sich kürzlich jemand hier aufgehalten hätte.

»Sabriiinaaa!«, rief sie hinunter. »Nachher hier oben weitermachen!«

Die zwei Taucher hatten nach zwei Stunden nichts ans Tageslicht gebracht, die Suche würde den ganzen Nachmittag weitergehen. Mattli kam mit dem Kantonsarzt angefahren, der unterdessen auch eingetroffen war. Rahel nutzte die Gelegenheit und bat Mattli, sie ans andere Ufer zurückzubringen. Auf der Überfahrt fragte sie ihn, wie lange es dauern würde, bis der Stausee bei dieser Hitze leer wäre.

»So schnell geht das nicht. Wir hoffen alle, dass es bald wieder einmal richtig schiffet.«

Nach einem richtigen Gewitter, bei dem es heftig regnen würde, danach sehnten sich alle. Unten im Flachland wurde langsam das Grund- und damit das Trinkwasser knapp, bald müsste die Bewässerung in der Landwirtschaft eingeschränkt werden. Nur Rahel hoffte, dass es die nächsten paar Tage keine Niederschläge geben und der Seespiegel weiter sinken würde. Dies würde die Chance erhöhen, etwas zu finden.

»Angenommen, diese Hitze hält an und es fällt kein Tropfen Wasser, wann sähe man den Seegrund?«, fragte sie.

»Da können Sie lange warten.«

2

Konrad Mattmann saß im Garten des »Gyrenbads« beim Mittagessen unter einem Sonnenschirm und schwitzte. Er hatte den Morgenflug von Stockholm nach Zürich genommen und war danach mit dem Zug ins Tösstal gefahren. Wie jeden Sommer kehrte er einmal pro Jahr in die Schweiz zurück, auf Heimaturlaub; die Reisespesen trug seine Zeitung. Dabei stieg er immer im ehemaligen Badehotel oberhalb von Turbenthal ab. Die Wirtin Elise Manz behandelte ihn als Stammgast und wusste, dass er während des Mittagessens gerne die regionalen Zeitungen las. Sie brachte ihm den »Tössthaler« und den »Landboten« an den Tisch, und er überflog die lokalen Nachrichten. Die Newslage hatte er bereits auf der Reise gecheckt. Als Skandinavienkorrespondent der großen Zeitung in Zürich musste er auch während seines Urlaubs wissen, was in Kopenhagen, Oslo, Stockholm oder Helsinki auf der politischen Agenda stand. Es war Samstag, und in Skandinavien drehte sich heute alles ums Mittsommernachtsfest, da machte auch die Politik eine Pause. Mattmann war weder in Fest- noch in Ferienstimmung, denn seine Gedanken kreisten um den Termin auf der Redaktion Anfang nächster Woche. Sein Posten in der schwedischen Hauptstadt hing schon länger an einem seidenen Faden, denn bei den rückläufigen Werbeeinnahmen würde das Korrespondentennetz früher oder später zusammengestrichen. Was dann? Für Journalisten gab es keinen goldenen Fallschirm. Abgangsentschädigungen hatten die Manager des Medienkonzerns nur für sich selbst vorgesehen.

Elise Manz kam an seinen Tisch und fragte, ob er noch einen Wunsch habe. Sie erkundigte sich nach der Frau Gemahlin, wie sie sich ausdrückte, worauf Mattmann erzählte, sie würde etwas später nachkommen, als Kinderärztin sei sie sehr beschäftigt. Er versprach, Gina von ihr zu grüßen, wenn er mit ihr telefoniere.

Dann plauderten sie über dies und das. Während eines halben Jahrhunderts hatte Elise Manz im »Gyrenbad« gewirtet, nächstens würde sie den Stab ihrer Tochter übergeben. Sie brachte ihm einen zweiten Kaffee und den Schlüssel für seinen alten Volvo, den er in der Hotelgarage eingestellt hatte und nur drei Wochen pro Jahr fuhr.

Mattmann stand auf und wollte die Zeitungen zurück in die Gaststube tragen, doch das verbat sich die Wirtin. Er ging aufs Zimmer, packte den kleinen Rucksack und ging hinunter in die Garage, in jeder Hand einen Wanderschuh. Da stand sein Augenstern, sein Sportcoupé, ein P1800 Modell 1972. Die weiße Lackierung und die Stoßstangen aus Chromstahl glänzten, dass er sich darin spiegeln konnte. Er liebte die eleganten Linien, es war eines der schönsten Autos, das Volvo je produziert hatte. Er hatte den Wagen von seinem Großvater geerbt und brachte es nicht übers Herz, sich von ihm zu trennen. Gina konnte das nicht verstehen. Es wäre günstiger, während der Ferien ein Auto zu mieten, argumentierte sie, oder besser, die in der Schweiz so gut ausgebauten öffentlichen Verkehrsmittel zu benutzen. Obwohl er seiner Frau zustimmen musste, wollte er sich diesen kleinen Luxus leisten, solange ihn die Zeitung so gut bezahlte.

Er fuhr los, durch den Wald hinunter nach Turbenthal, auf der anderen Talseite hoch nach Wildberg und weiter durch die sanfte hügelige Landschaft, vorbei am Pfäffikersee, spiegelglatt an diesem Nachmittag und eingerahmt vom breiten Schilfgürtel, ein Bild wie aus einer anderen Zeit. Mattmann überlegte kurz, ob er das Auto in Auslikon parkieren und zur Badeanstalt spazieren solle, fuhr aber weiter. Er wollte schon länger einmal sehen, wo die Töss entsprang, daher steuerte er über den Hasenstrick nach Wald, zweigte mitten im Dorf Richtung Scheidegg ab und parkierte in der Wolfsgrueb. Als er die Wanderschuhe anziehen wollte, läutete sein Mobiltelefon. Es war Gina.

»Gut gelandet in der alten Heimat?«, fragte sie.

»Ja, und Elise Manz umsorgt mich wie immer.«

»Hat sie dir wieder das schönste Zimmer gegeben?«

»Das Eckzimmer, das dir letztes Jahr auch so gut gefallen hat.« Als Gina nicht gleich antwortete, fragte er: »Weißt du nun, wann du endlich Ferien nehmen kannst?«

»Wir sind zu wenig Ärzte und im Sommer sowieso, wenn alle Urlaub machen wollen. Da kommen zuerst diejenigen mit Schulkindern zum Zug.«

»Das schwedische Gesundheitssystem ...«, begann Mattmann und wollte zu lästern beginnen.

Gina ging nicht darauf ein und wechselte das Thema. »Wie geht es deiner Mutter? Hast du sie schon gesehen?«

»Wie sollte ich, ich bin erst vor wenigen Stunden gelandet.«

»Sie erwartet dich.«

»Das weiß ich.«

»Ruf sie wenigstens an.«

Mattmann wusste nur zu gut, dass er sich um seine Mutter kümmern müsste, sobald er im Land war. Mit über achtzig Jahren bestritt sie den Alltag immer noch allein. Er fragte sich, wie lange das noch möglich war, und was dann? Beim nächsten Besuch bei ihr gab es einiges zu besprechen. Daran wollte er jetzt nicht denken. Er hatte das Wochenende vor sich und wollte es genießen.

»Lass sie nicht ewig warten, bitte«, sagte Gina und beendete das Gespräch. Er schnürte seine Wanderschuhe und studierte die gelben Wanderwegschilder. Bis auf den Tössstock waren es drei Stunden, zur Tössscheide nur eine, entweder auf dem direkten Weg oder über denjenigen, der zuerst auf gleicher Höhe dem Tal entlangführte und danach steil hinab. Er wählte den zweiten und erreichte schon nach einer halben Stunde die Hütte am »Neuen Weg«. Er setzte sich auf die lange Bank in der Sonne. Ab und zu warf er einen Blick hinunter ins Tal, in den Abgrund, der sich vor ihm auftat.

3

Am Fundort der Leiche gab es für Rahel vorerst nichts mehr zu tun. Vordringlich war die Befragung der beiden Zeuginnen, die das Opfer gefunden hatten. Sie fuhr hinunter nach Göschenen und parkierte in der Kurve oberhalb des Schulhauses. Die Fassade war wie diejenige der gegenüberliegenden Kirche mit Granitsteinquadern gemauert, und das Schulhaus machte auf Rahel eher den Eindruck einer Trutzburg. Auf dem Pausenplatz spielten ein paar Kinder, obwohl heute keine Schule war. Rahel fragte nach der Lehrerin, Andrea Zürcher, und sie zeigten auf die offene Schulhaustüre. Rahel würde sie im Schulzimmer im ersten Stock antreffen, meinten sie, oder oben in der Wohnung. Die Türe zum Schulzimmer stand einen Spalt offen. Bevor Rahel klopfte, tauchte das Schulhaus vor ihren Augen auf, in dem sie einst selbst unterrichtet hatte, ihr altmodisches Pult, hinter dem sie sich verschanzt und immer wieder einen Blick durchs Fenster geworfen hatte. Das Leben draußen interessierte sie mehr als dasjenige ihrer Schützlinge. Warum sie das Lehrerseminar absolviert hatte, war ihr heute noch ein Rätsel, vielleicht weil sie keine Ahnung hatte, was sie werden wollte. Als sie eines Tages ein Jobinserat in der Zeitung entdeckte, in dem die Polizei Nachwuchskräfte suchte, entschied sie sich von einem Moment auf den anderen, ihren Beruf als Lehrerin an den Nagel zu hängen. Nach der Polizeischule arbeitete sie als Verkehrspolizistin und danach auf dem Flughafen, bis sie sich zur Ermittlerin weiterbildete. Eigentlich hätte sie gerne Jus studiert, um mit der Staatsanwaltschaft auf Augenhöhe diskutieren zu können, vier Jahre an der Uni zu büffeln war ihr jedoch zu viel.

Rahel schüttelte ihre Erinnerungen ab und klopfte an die Türe.

»Herein«, hörte sie eine helle Stimme rufen.

Rahel öffnete die Türe und sah eine junge Frau am Lehrerpult Hefte korrigieren.

»Frau Zürcher, ich habe ein paar Fragen an Sie«, sagte Rahel und zog ihren Polizeiausweis aus der Jacke.

»Worum geht es?«

»Sie haben heute Morgen am Stausee einen toten Mann entdeckt.«

Rahel sah, wie sie kurz die Augen schloss.

Sie klappte das Heft zu und legte es auf den Stapel mit den anderen Heften.

»Es dauert nicht lange.«

Andrea Zürcher stand auf. »Oben in meiner Wohnung sind wir ungestört«, sagte sie und ging im Treppenhaus voraus bis ins oberste Stockwerk. Unter dem Dach bewohnte sie eine große Wohnung. Sie bat Rahel in die Küche, die mit dem rotschwarz karierten Linoleumboden und den dunkelbraunen Textolit-Schranktürchen aus einer längst vergangenen Zeit stammte. Aus einem Schrank holte sie zwei Tassen, stellte sie auf den Küchentisch und bedeutete Rahel, Platz zu nehmen.

»Sie waren heute Morgen unterwegs um den Stausee, wie ich vom Dammwärter erfahren habe«, begann Rahel.

Andrea Zürcher nickte, goss Tee in einem Krug an und stellte ihn auf den Tisch.

»Sie waren zu zweit.«

»Mit Klea Said, meiner Mitbewohnerin.«

»Ist sie da?«

»Nein. Sie ist zu ihrem Freund gefahren. Um sich vom Schock zu erholen.«

»Warum waren Sie zwei bei so nebligem Wetter unterwegs rund um den Stausee?«

»Kein idealer Tag zum Wandern, ich weiß. Aber wir konnten uns den Tag nicht aussuchen. Schon in zehn Tagen findet die Projektwoche zur Geschichte des Stausees statt, die ich zum Abschluss des Schuljahrs plane.« Sie schenkte Tee ein. »Klea hat mich heute Morgen begleitet, weil sie so viel darüber weiß. Wir wollen mit meiner Klasse rund um den See gehen und bereiten verschiedene Stationen vor, an denen wir –«

»Warum wählten Sie nicht den Nachmittag zum Rekognoszieren? Der Wetterbericht hat schönstes Sommerwetter versprochen.«

»Klea kann am Nachmittag nicht.«

»Wo sind Sie gestartet?«

»Auf dem Parkplatz beim Damm. Wir waren eine knappe Viertelstunde unterwegs, da sahen wir unterhalb des Wegs, am Ufer, einen Körper liegen. Halb im Wasser.«

Rahel sah, wie es Andrea Zürcher schauderte.

»Seid ihr hinuntergestiegen?«

»Das haben wir nicht gewagt. Es war zu steil. Wir haben gerufen. Aber er hat nicht geantwortet.« Sie schüttelte den Kopf. »Er hat sich nicht geregt. Hätten wir Erste Hilfe leisten müssen?«

»Er war schon länger tot.«

Unterdessen war es recht sonnig geworden. Andrea Zürcher schaute hinaus. »Wir wären wirklich besser am Nachmittag gegangen.«

»Aber dann konnte Ihre Mitbewohnerin nicht, wie Sie eben gesagt haben.«

Rahel bedankte sich, schloss ihr Notizbuch und stand auf. Als sie die Treppe hinunterging, studierte sie die Zeichnungen an den Wänden zum Thema »Was ich werden will«. Buben und Mädchen wollten heutzutage offenbar nicht zur Polizei. Aber Pilot und Bergführerin waren immer noch Traumberufe. Und ein Mädchen zeichnete einen Comicstreifen mit Tieren und Sprechblasen, voll mit eigentümlichen Lauten. Und ein großes Ohr. Darunter stand: »Ich will Tiersprachenübersetzerin werden.«

Rahel verließ das Schulhaus. Bei ihren Befragungen hatte sie gelernt, mit drei Ohren zuzuhören: mit einem Ohr, was die Befragten sagten. Mit dem anderen, was sie nicht erzählten. Und mit dem dritten, was sie erzählen wollten, aber nicht zu sagen wagten.

Verschwieg ihr Andrea Zürcher etwas?

4

Auf vier Uhr hatte sich Rahel mit Pat Hunger verabredet. Rahel war hungrig, da sie außer einem Stück Aprikosenwähe heute noch nichts gegessen hatte. Daher ließ sie das Auto beim Schulhaus stehen und ging den Weg hinunter zur Hauptstraße, wo sie zwei Hotels gesehen hatte. Das »Gotthard« war geschlossen, und auf den Salatteller im »Rössli« hatte sie keine Lust. Sie ging weiter zum Bahnhof. Das Buffet war längst nicht mehr in Betrieb, und beim »Bistro« auf Gleis 1 gab es nur warme Würstchen. Die guten Zeiten der Hotellerie in Göschenen lagen offenbar Jahrzehnte zurück. Sie fragte einen Gleisarbeiter nach einem weiteren Restaurant, der ihr die Kantine der Mineure empfahl. Ein anderes Mal, dachte sie und betrachtete die riesige Förderbandanlage hinter dem Gleis 3, welche das Geröll von der dritten Röhre, die durch den Gotthard gebohrt wurde, zur Verladestation brachte. Alles wurde per Eisenbahn abtransportiert.

Rahel ging zurück zum Schulhaus und fuhr los Richtung Andermatt, passierte die Schöllenenschlucht und sah im Rückspiegel den roten Teufel, der über der Brücke an die Felswand gemalt war. Musste sie auf dem Weg zum Stausee eine halbe Ewigkeit hinter einem Traktor herschleichen, überholte sie nun ein Sportwagen nach dem anderen, alle mit ausländischen Nummernschildern. Oben angekommen, öffnete sich ihr das Urserental. Auf der linken Seite die alte Kaserne, auf der rechten ragten Baukräne in den blauen Himmel, das Retortendorf mit den luxuriösen Ferienwohnungen war offenbar noch lange nicht fertig gebaut. Sie fuhr weiter bis zum Bahnhof und parkierte beim Güterschuppen. Auf der gegenüberliegenden Straßenseite lag das »Chedi«, das Filetstück eines ägyptischen Investors. Auf der Vorfahrt standen schwarze Porsches und etliche Cabrios. Das siebenstöckige Fünf-Sterne-Hotel versuchte sich mit einer Holzfassade ins Ortsbild einzupassen. Die Balkonverkleidungen aus grünem Glas und die Fensterpartien zeigten aber klar: Das alte Andermatt war passé. Eine »Mischung von alpiner Schlichtheit und urbaner Großzügigkeit« hatte Rahel kürzlich in der Zeitung gelesen.

Fürs Mittagessen setzte sie sich an einen der Tische auf der Terrasse des Bahnhofbuffets, da gab es auch am Nachmittag etwas Warmes zu essen. Vor zwei Wochen war sie das erste Mal in Andermatt gewesen, als sie die Vermisstmeldung von Pat Hunger aufgenommen hatte. Es war hilfreich, sich bei der Entgegennahme ein Bild vor Ort zu machen. Dabei hatte Rahel den Eindruck gewonnen, dass in dieser zehnjährigen Ehe nicht mehr viel an Gemeinsamkeit übrig geblieben war und Pat Hunger ihren Mann eigentlich gar nicht vermisste.

Nach dem Essen trank Rahel einen Espresso und machte sich zu Fuß auf zum neuen Dorfteil »Andermatt Reuss«. Mit der Rolltreppe fuhr sie hinunter in die menschenleere Bahnhofunterführung, die einer Ankunftshalle eines Flughafens glich. Die Rollbänder, mit denen im Winter Massen von Skifahrern zum Terminal des Nätschen-Gütsch-Expresses verfrachtet wurden, standen allerdings still. Rahel tauchte auf der anderen Seite der Unterführung wieder auf und ging über den leeren Großparkplatz. Sie unterquerte die Umfahrungsstraße und stand vor dem zehnstöckigen Radisson Blue Hotel Reussen, dahinter Dutzende von Apartmenthäusern und weitere im Bau. Die Gehwege dazwischen waren so schmal und die Häuser so hoch, dass Rahel kaum mehr den Himmel sah. Bestimmt hatten nur die obersten Wohnungen freie Sicht in die Berge.

Punkt sechzehn Uhr läutete sie unten am Eingang des Hauses »Wolf« beim Schild »K.-G. K.«.

Eine Stimme im Lautsprecher fragte nach ihrem Namen, worauf sich die Glastüre öffnete. Mit dem Lift fuhr Rahel in den siebten Stock direkt in die Maisonettewohnung unter dem Dach. Als sie aus dem Lift trat, fiel ihr, wie schon beim ersten Besuch, das riesige Gemälde in blutroten Farben auf. Die Frauenfigur mit schwarzer Schürze und einem Gesicht ohne Nase und Mund schien sie anzustarren. Rahel glaubte, einen erstickten Schrei zu hören.

»Mein Mann sammelt Expressionisten«, sagte Pat Hunger, »vor allem von Schweizer Malern und Malerinnen.« Als Rahel keine bewundernde Bemerkung machte, fuhr sie fort: »Das hier ist ein Bild von Marianne von Werefkin. ›Atmosfera tragica‹ der Titel.« Mit der Malerei war Rahel tatsächlich nicht vertraut, auch hatte sie nie einen Fall gehabt, in dem Gemälde eine Rolle spielten.

Pat Hunger trug einen dunkelblauen Hosenanzug und eine helle Bluse mit feinen rosa Streifen. Wahrscheinlich kam sie direkt von der Arbeit.

»Haben Sie ihn nun endlich gefunden?«, fragte sie, als sie ins Wohnzimmer traten.

»Dazu kann ich Ihnen noch nichts sagen.«

»Ich habe Ihnen Fotos von ihm mitgegeben.«

»Fotos allein genügen nicht für die Identifikation.«

Pat Hunger zeigte zur Sofalandschaft vor dem Panoramafenster mit Blick auf den Gemsstock. Rahel blieb stehen und schaute sich um. Die Wohnung sah so unbewohnt aus wie in einem »Schöner Wohnen«-Magazin abgebildet. Die offene Küche mit Kochinsel machte nicht den Eindruck, als wäre da je gekocht worden. Pat Hunger brachte zwei Espressi, und sie setzten sich.

»Wann haben Sie Ihren Mann das letzte Mal gesehen?«, fragte Rahel.

»Das ist länger her. Irgendwann vor seiner Reise nach Schweden.«

»Wann genau?«

Pat Hunger scrollte im Kalender auf ihrem Mobiltelefon. »Er ist am 14. Mai nach Stockholm geflogen. Dann war das kurz zuvor.«

»Seit knapp sechs Wochen haben Sie ihn also nicht mehr gesehen?«

»Ja.«

»Und wann haben Sie das letzte Mal mit ihm telefoniert? Oder gemailt?«

»Er hat mich nach seiner Rückkehr angerufen. Irgendwann Ende Mai.«

»Können Sie das genauer sagen?«

»Nein.«

Rahel beobachtete, wie Pat Hunger auf der Kante des Sofas saß und ihre Hände über dem einen Knie faltete.

»Sind Sie unterdessen auf einen Abschiedsbrief gestoßen?«, fragte Rahel. »Oder etwas Ähnliches?«

»Kein Brief, kein Mail von ihm. Gar nichts.«

»Er soll zwei Kinder haben, aus erster Ehe.«

»Ich habe sie nie getroffen. Sie sind längst erwachsen und wollen mit ihrem Vater nichts mehr zu tun haben.«

»Haben Sie Kontakt zur Ex-Frau Ihres Mannes?«

»Wir telefonieren ab und zu. In letzter Zeit eher selten. Juliette Schweizer lebt seit der Scheidung vor siebzehn Jahren im Tessin.«

»Haben Sie ihre Koordinaten?«

Pat Hunger machte sich an ihrem Mobiltelefon zu schaffen und übermittelte ihr die Daten.

»Hat einer seiner Freunde sich bei Ihnen gemeldet, weil er ihn vermisste?«, fragte Rahel weiter.

»Nein, niemand. Wobei gemeinsame Freunde sind eigentlich keine übrig geblieben, seit wir uns auseinandergelebt haben.«

»Andere Bekannte? Geschäftsfreunde? Betrieb er Sport?«

»Doch, nun erinnere ich mich«, sagte Pat Hunger, »der Präsident des Golfclubs von Andermatt konnte Kjell-Göran nicht erreichen, wegen eines Turniers. Und da war noch etwas anderes.« Sie durchsuchte ihre Tasche und entnahm ihr eine Aktenmappe. »Ich habe hier auf dem Schreibtisch etwas gefunden, das Sie interessieren könnte, ein ausgedrucktes Manuskript, das ich zuerst selbst lesen wollte.«

»Worum geht es?«

»Ich konnte es nur kurz überfliegen. Es geht um Resorts in

der Luxusklasse. Oasen für den High-End-Tourismus, oder so ähnlich.«

»Wie hat er sich da engagiert?«

»Er hat einen Teil seines Geldes in solche Projekte investiert.«

»Wo?«

»Irgendwo im Urnerland. Er ist überzeugt, dass er mit seiner Erfahrung als ehemaliger Finanzchef eines globalen Unternehmens die Zielgruppe, die auf ihren Reisen schon alles erlebt hat und der man etwas ganz Besonderes bieten muss, bestens kenne. Soviel ich weiß, hält er auch Vorträge vor potenziellen Investoren.«

»Das nehme ich gerne mit«, sagte Rahel und zeigte auf die Aktenmappe auf Pat Hungers Knien. »Möglicherweise finden sich darin Hinweise auf das Verschwinden Ihres Mannes.«

»Ich überlasse es Ihnen gerne, wenn ich es durchgelesen habe.«

»Nein. Ich nehme es jetzt gleich mit.«

»Es ist auf Schwedisch geschrieben.« Pat Hunger hielt die Mappe mit beiden Händen fest. »Ich spreche die Sprache zwar nicht, aber lesen kann ich es leidlich. Ich kann es für Sie übersetzen.«

»Besten Dank«, sagte Rahel freundlich, »wir haben einen Übersetzer zur Hand.«

Pat Hunger zögerte. »Aber einen Blick hineinwerfen ist wohl erlaubt. Ich lasse es Ihnen nachher zukommen.«

Rahel zog sich ein paar Plastikhandschuhe an.

»Haben Sie überhaupt einen Durchsuchungsbefehl?«, fragte Pat Hunger.

»Sie möchten bestimmt, dass wir ihn so schnell wie möglich finden.«

»Auf jeden Fall.«

Pat Hunger übergab ihr die Aktenmappe, und Rahel steckte sie in eine Plastiktüte. Sie fuhr fort: »Ich bin gekommen, um DNA-Spuren für einen Vergleich zu erfassen.«

Pat Hunger wartete.

»Ich brauche einen Kamm, den Ihr Mann benutzt hat, oder eine Zahnbürste.«

Pat Hunger stand auf und ging zum Sideboard, wo sie beides bereitgelegt hatte. Rahel erhob sich ebenfalls und packte beides in je eine Plastiktüte. »Trug Ihr Mann eine Armbanduhr?«

»Wieso?«

»Wäre ein Hinweis zur Identifikation.«

»Ja, eine recht auffällige.«

»Welche Marke? Oder können Sie sie beschreiben?«

»Eine IWC. Mit Mondkalender und allem Chichi. Ich weiß nicht, wozu man das alles braucht.«

Rahel nickte unmerklich. Ein Hinweis mehr, dachte sie, zog die Plastikhandschuhe aus und ließ ihren Blick durch die Wohnung streifen. »Darf ich?«, fragte sie nach einer Weile und zeigte auf das Zimmer mit der verschlossenen Türe und auf die Treppe, die ins Galeriegeschoss führte.

»Drei Schlafzimmer, es steht Ihnen alles offen.« Pat Hunger begleitete Rahel zum Master Bedroom mit integriertem Badezimmer, die Badewanne stand mitten im Raum mit Blick in die Berge. Vor dem Spiegel bemerkte Rahel nur männliche Toilettenartikel. Medikamente sah sie auf den ersten Blick keine. Als sie einen der Spiegelschränke öffnete, fielen ihr zuerst die Verpackungen mit Insulin auf, daneben Nadeln und Spritzen. Pat Hunger bestätigte, dass ihr Mann Diabetiker sei. Rahel öffnete die Schiebetüre, die zur Kleiderkammer führte. Ein Dutzend Herrenanzüge in Schwarz, Grau und Dunkelblau sowie zwei helle sommerliche Baumwollanzüge hingen an einer Stange und an einer anderen ein Dutzend Hemden. Freizeitkleider für Golf, Tennis und Wandern waren auch da. Sie warf auch einen Blick aufs Schuhgestell. Der Mann lebte auf großem Fuß.

Während die Kleiderkammer den Anschein erweckte, dass Kjell-Göran Klings Lebensmittelpunkt hier in Andermatt läge, machten der Master Bedroom und das ganze Apartment eher den Eindruck einer Hotelsuite, die nur für kürzere Aufenthalte genutzt wurde. Es gab kein Büchergestell und kein aufgeschlagenes Buch auf dem Nachttischchen, keinen Arbeitstisch, an dem er seine Bankgeschäfte hätte erledigen können. Und keinen Computer.

»Benutzt Ihr Mann einen Laptop?«, wandte Rahel sich an Pat Hunger, als sie zurück ins Wohnzimmer gingen.

»Nein. Ein iPad. Damit erledigt er alles.«

»Wissen Sie, wo er dieses aufbewahrt?«

»Er hat es immer bei sich.«

»Haben Sie Zugang zu seinem Server?«

»Nein, da kann ich Ihnen nicht weiterhelfen.«

Rahel stieg die Wendeltreppe hoch, um einen Blick auf die Galerie und in die zwei anderen Schlafzimmer zu werfen, beide mit eigenem Bad, beide unbenutzt und ebenso blitzblank wie die ganze Wohnung. Pat Hunger teilte hier weder das Schlafzimmer mit ihrem Mann, noch hatte sie ein eigenes. Rahel ging hinunter und blieb auf der untersten Treppenstufe stehen. »Leben Sie in Trennung?«

»Wir sind in Scheidung. Die juristischen Schritte haben wir allerdings noch nicht eingeleitet. Er hält nicht viel von Anwälten und glaubt, diesen Prozess allein durchziehen zu können.«

»Wer drängt? Wer bremst?«

Das ließ Pat Hunger offen.

Statt des Lifts benutzte Rahel die Treppe. Sie hatte beim Verlassen der Wohnung nochmals einen Blick auf das Ölgemälde geworfen und erinnerte sich nun, dass sie keine anderen großformatigen Expressionisten gesehen hatte. Dagegen hingen im Schlafzimmer kleine Aquarelle und feine Zeichnungen, die alle Staudämme zeigten. Künstler mit Namen waren da nicht am Werk gewesen, eher Hobbymaler. Sie musste Pat Hunger das nächste Mal danach fragen. Rahel hoffte, den einen oder anderen Nachbarn anzutreffen. Sie läutete an den Türen ein Stockwerk tiefer wie auch auf den unteren Stockwerken, niemand öffnete, offenbar alles kalte Betten. Im Parterre war eine Putzequipe an der Arbeit. Im Loft unter dem Dach hatte sie noch nie geputzt. Sie hätte Pat Hunger fragen sollen, wer bei ihrem Mann putzte, aber das hätte sie vermutlich auch nicht gewusst. Auf dem Weg zum Auto ging Rahel das Gespräch nochmals durch den Kopf. Pat Hunger hatte ihre Gefühle im Griff gehabt bis zu dem Moment, als Rahel ihr den Einblick in die Papiere in der Aktenmappe verwehrt hatte. Sie musste so schnell wie möglich jemanden auftreiben, der ihr das übersetzte. Sie hatte geblufft. Einen Übersetzer hatte sie nicht an der Hand.

Auf der Autobahn zurück nach Altdorf in ihr Büro überlegte sie sich die nächsten Schritte. Kamm und Zahnbürste mussten sofort ins Institut für Rechtsmedizin nach Zürich für den DNA-Abgleich mit demjenigen der Leiche. Das war das Wichtigste. Erst wenn die Identifikation klar war, konnte sie ihre Ermittlungen richtig aufnehmen. Die Obduktion kam als Zweites und würde klären, ob von einem natürlichen Tod, einem Unfall oder einem Mord ausgegangen werden musste. Für das schwedisch geschriebene Manuskript Klings könnte sie sich an Konrad Mattmann wenden, falls er auf Heimaturlaub in der Schweiz war. Sie schrieb ihm ein WhatsApp. Das letzte hatte sie ihm vor knapp einem Jahr geschickt.

5

Pat Hunger wartete eine halbe Stunde, um der Polizistin nicht zu begegnen, dann fuhr sie mit dem Lift in die Parkgarage und mit ihrem schwarzen Tesla zurück ins Unterland. Dass sie sein Manuskript erwähnt hatte, ärgerte sie. Sie hätte es wirklich zuerst selbst lesen wollen.

Das Urnerland hatte Pat Hunger bereits hinter sich gelassen, sie passierte den Seelisbergtunnel. Um sich abzulenken, schaltete sie das Radio an. Nachrichten wollte sie jetzt nicht hören, schon gar keine schlechten, weshalb sie weiterzappte, bis sie bei Radio Pilatus und sanfter Popmusik landete. Vor Luzern stockte der Verkehr. Sie wäre besser über die Axenstraße gefahren, dachte sie. Nach einer Weile ging es wieder vorwärts. In einer Stunde würde sie in Zürich sein. In einen Stau zu geraten ließ sich am Samstagabend kaum vermeiden, was sie heute nicht nervte. Nachdenken konnte sie am besten allein im Auto, in einer Kolonne langsam vorwärtskommend. Mit dem Organisieren der Abdankung musste sie noch warten, bis sein Tod offiziell feststand. Sie musste unbedingt mit Juliette telefonieren. Mit ihr hatte sie sich immer wieder ausgetauscht, wenn es mit K schwierig wurde. So nannte sie ihn, alle nannten ihn K, weil niemand im Ausland seinen Vornamen Kjell aussprechen konnte und den Doppelnamen Kjell-Göran, »Schell-Jöran« auf Schwedisch, schon gar nicht. K war kein Kosename, sondern eine Abkürzung. K hatte für sie zwei Seiten: die kalte, schroffe gegenüber allen, die ihm nicht dienten. Seine andere Seite war strahlend wie ein König und gleichzeitig charmant. Er konnte ihr jeden Wunsch von den Lippen ablesen und war großzügig mit Geschenken, wenn er damit sein Ziel erreichte.

Auf dem Nordring umfuhr sie Zürich und verließ bei der Ausfahrt Oerlikon die Autobahn. Nach wenigen Minuten erreichte sie ihre Wohnung am Boulevard Lilienthal. *»Keep a stiff* *upper lip*«, sagte sie sich, als sie die Wohnungstüre aufschloss, Haltung bewahren war jetzt angesagt. Zu befürchten hatte sie nichts. Trotzdem spürte sie, wie ihre Oberlippe leicht zitterte. Sie streifte ihre Schuhe ab und ging in die Küche. Im Kühlschrank fand sie eine Packung mit gerüstetem Salat, Joghurt, Magerquark sowie eine Flasche Weißwein. Nichts reizte ihren Appetit. Sie goss sich eine Tasse Grüntee auf, ging damit hinaus auf die Terrasse und blickte auf den Glattpark, wo ein neues Quartier mit Luxuswohnungen und einer Genossenschaftssiedlung, einem Business-World-Center, Restaurants und Einkaufszentren entstand. Sie beide hatten sich für diese Eigentumswohnung entschieden, weil der Standort zwischen City und dem Flughafen ideal war. Er arbeitete damals bei der ABB, der ASEA Brown Boveri, am Hauptsitz in Oerlikon und war ständig in aller Herren Länder unterwegs. Sie musste fast wöchentlich nach London, an den Hauptsitz von Sotheby's.

Seit er sein Büro in der Zentrale des Konzerns hatte räumen müssen, verbrachte er die meiste Zeit in Andermatt, und sie hatte die Wohnung in Zürich für sich selbst. Das war ihr recht. Dass er »bei seiner Firma« gehen musste, wie er den Konzern nannte, war eine der größten Niederlagen seines Lebens. Er, der immer alles besser wusste und über die ganze Welt herzog. »Alles Idioten, Schwächlinge, Faulenzer«, pflegte er zu sagen. Niemand konnte es ihm recht machen. Alles müsse er alleine machen. Im Grunde war er eine schwache Figur.

Ihr Tee war kalt geworden und schmeckte bitter. Warum hatte sie es so lange mit ihm ausgehalten?

6

Mattmann war an der Sonne vor der Hütte eingeschlafen. Er wurde vom Vibrieren seines Mobiltelefons geweckt.

»*Back in old Switzerland?*«, las er in der Sprechblase von WhatsApp.

»Gestern im ›Gyrenbad‹ gelandet«, schrieb er Rahel zurück. Seit einem Jahr hatte er nichts mehr von ihr gehört. Und auch er hatte sich nie gemeldet.

»Habe einen kleinen Auftrag für dich. Eine Übersetzung aus dem Schwedischen.«

»Eigentlich nicht mein Fall«, tippte er. »Und sonst? Alles okay?«

Rahel ging nicht darauf ein und fragte: »Kannst du es dir trotzdem kurz anschauen?«

»In deinem Büro in Zürich?« Er spürte, wie gerne er sie wieder einmal treffen würde. Zwischen ihnen gab es noch immer ein Band, obwohl er es vor langer Zeit zerschnitten hatte.

»Zürich war gestern. Rufe dich später an.«

Mattmann stieg auf dem steilen Wanderweg hinunter zur Tössscheide. Unten angekommen, studierte er die drei gelben Wegweiser: tössabwärts nach Steg, Aufstieg zur Hohen Hand oder zurück zur Wolfsgrueb. Es war heiß, er war durstig, und der Termin auf der Auslandredaktion lag ihm auf dem Magen. Der Entscheid, ob er seinen Job als Auslandkorrespondent bis zur Pensionierung ausüben konnte, war wohl bereits gefallen. Vielleicht würde er schon nächste Woche auf der Straße stehen und sich die letzten vier Jahre als freier Journalist über die Runden bringen müssen, was alles andere als verlockend wäre.

Er wählte den kürzesten Weg zurück, zuerst der Hinteren Töss entlang Richtung Quelle, später den Tössstock links liegen lassend hoch zum Parkplatz in der Wolfsgrueb. Er hatte nichts zu trinken mitgenommen, da es in der Schweiz überall ein Gasthaus gab, wo man einkehren konnte, anders als in Schweden. Am Fuße des Tössstocks fühlte er sich weit weg von der Zivilisation. Er ging weiter, versuchte, die Gedanken nach seiner beruflichen Zukunft zu verscheuchen, was ihm jedoch nicht gelang. Und er dachte an Rahel. »Zürich war gestern«, was hatte sie damit gemeint?

Als er bei seinem Auto angekommen war, zog er Wanderschuhe und Socken aus und streckte die Beine. Er bewegte die nackten Zehen und fühlte sich unbeschwert. Dann fuhr er die steile Straße hinunter und bog im Hüebli rechts ab. Der Hunger meldete sich. Vor der »Mühle« im Raad hielt er an und trat in die Gaststube. Langsam gewöhnten sich seine Augen an die Dunkelheit. Keine Gäste, keine Wirtin. Er blieb an der Theke stehen und wartete. Eine Wanduhr tickte, und ein Kühlschrank summte. Er fuhr mit der Hand über den glatten dunkelgrauen Textolit-Bezug. Die Zeit schien hier in den fünfziger Jahren stehen geblieben zu sein. Er sah sich um und entdeckte eine Türe, die auf die Terrasse führte. Dort saß eine Frau in einem geblümten Kleid im Schatten eines Sonnenschirms, über ein Kreuzworträtsel gebeugt.

»Kann ich bei Ihnen etwas bestellen?«, fragte er.

Sie schaute auf und nickte.

»Ein Bier und etwas Kleines zu essen.«

»Ein kaltes Plättchen kann ich Ihnen schon machen.«

Nach zehn Minuten kam sie mit einem Holzbrettchen zurück, darauf Wurst, etwas Speck, Käse, Salzgurken und ein Schnitz Tomate sowie Brot in einem geflochtenen Körbchen. Er saß am Tisch an der Balkonbrüstung, vom Bachbett stieg eine angenehme Kühle empor. Hungrig schnitt er die geräucherte Bauernwurst auf und nahm einen ersten Bissen.

Da läutete sein Telefon. Es war Rahel. »Ich suche einen Übersetzer, vom Schwedischen ins Deutsche. Hast du Zeit?«

»Moment«, sagte Mattmann, »was ist mit Zürich? Arbeitest du nicht mehr auf der Kriminalpolizei?«

»Nach zehn Jahren war es Zeit für etwas Neues.«

»Einfach so?«

»Das müsstest du am besten verstehen. Zuerst Sidney, dann Prag, Berlin, und wo warst du sonst noch stationiert?«

»Jetzt in Stockholm. Als Auslandkorrespondent muss man neugierig bleiben.«

»Als Polizistin ebenfalls. Ich arbeite jetzt bei der Kriminalpolizei Uri.«

»In Uri? Ist es dir da nicht zu eng?«

»Es geht.«

»Und Mao? Hat er den Umzug mitgemacht?«

»Er ist gestorben.«

»Hast du einen neuen Kater?«

»In meiner neuen Wohnung in Erstfeld kann ich keine Katze haben.«

»Und sonst?«

»Was meinst du?«

»Privat und so?«

Rahel ging nicht darauf ein, sondern kam auf ihre Frage zurück. »Kann ich auf deine Hilfe zählen?«

»Worum handelt es sich?«

»Ein Manuskript über Investments im Luxustourismus.«

»Wie viele Seiten?«

»Zwanzig. Ich kann es dir mailen, sobald ich es eingescannt habe.«

»Ich kann es morgen auch abholen. Wo findet die Übergabe statt?«

»In Altdorf. Ich habe das ganze Wochenende Pikett.«

»Okay. Morgen gegen elf Uhr.«

»Das passt. Am Sonntagvormittag ist meistens wenig los.«

»Wo?«

»Melde dich auf der Hauptwache. Tellsgasse 5.«

7

Schweißgebadet erwachte Konrad Mattmann. Die Sonne stand bereits hoch und schien direkt auf sein Bett. Wie immer schlief er mit weit offenem Fenster und ohne die Läden zu schließen oder die Vorhänge zuzuziehen. Er hatte von seiner Mutter geträumt, dass sie gestorben sei und er, weil sein Flug verspätet, zu spät gekommen wäre. Er atmete tief durch, orientierte sich im Zimmer. Er war im »Gyrenbad«. Er blickte auf sein Mobiltelefon. Kein Anruf, den er verpasst hatte. Niemand hatte versucht, ihn wegen ihres Todes zu benachrichtigen. Schleunigst musste er seine Mutter anrufen und seinen Besuch ankündigen. Nicht heute, aber morgen.

Er stand auf, zog sich an und wollte zum Frühstück gehen, als er sich daran erinnerte, dass er in drei Stunden in Altdorf sein musste. An der Theke fragte er Elise Manz nach einer schnellen Tasse Kaffee. Seine Ferien würden erst beginnen und schon sei er in Eile, bemerkte sie. Mattmann ging nicht darauf ein, stürzte den Kaffee hinunter und fuhr los.

Eine halbe Stunde zu früh kam er in Altdorf an und fand an der Bahnhofstraße einen Parkplatz. Nach wenigen Schritten war er bei der breiten Tellsgasse, die zum Rathausplatz und dem Telldenkmal führte. Er war noch nie in seinem Leben in Altdorf gewesen, stellte er erstaunt fest, blieb vor dem Denkmal stehen und schaute hoch zu Wilhelm Tell. In seinem Sennechutteli sah er aus wie der Alphirte auf der Rückseite des Fünflibers. Mattmann schlenderte weiter, suchte eine Bäckerei oder ein Café, das am Sonntagmorgen offen war, als sein Mobiltelefon läutete. Es war Gina.

»Wo bist du?«, fragte sie.

»In Altdorf.«

»In welchem Dorf?«

»Es ist der Hauptort des Kantons Uri. Die Hauptstadt.«

»Und was machst du dort?«

Mattmann zögerte, bis er damit herausrückte. »Ich treffe Rahel, die Kommissarin. Sie braucht meine Hilfe.«

»Ach Rahel! Ich dachte, sie arbeitet in Zürich.«

»Sie hat einen neuen Job bei der hiesigen Polizei.«

»Und womit kannst du ihr helfen?«

»Mit einer Übersetzung aus dem Schwedischen.«

»Poesie?«, fragte Gina mit einem scherzhaften Unterton.

»Ich weiß nicht genau, worum es sich handelt. Das will sie mir heute erklären.«

»Nett, dass du ihr hilfst. Wie ich an deiner Stimme höre, hast du keine Zeit zum Telefonieren.«

»Tatsächlich. Können wir später –«

»Nur kurz: Die Großmutter einer Bekannten besitzt ein Sommerhaus. Sie mag es nicht mehr unterhalten. Und niemand in ihrer Familie ist daran interessiert. Es liegt am Meer. Zweihundert Kilometer südlich von Stockholm.«

»Schön.«

»Es ist günstig zu haben.«

Er sagte nichts. Schon länger träumte Gina von einem Sommerhaus, er hatte immer abgewinkt. Die Wohnung in Stockholm in einem alten Mehrfamilienhaus mit hohen Räumen und Blick auf einen Meeresarm hatte alles, was sie brauchten, außer einer Terrasse. Das war für ihn aber nicht weiter tragisch, denn im Venedig des Nordens gab es wenige Tage, an denen man sie hätte benutzen können. Gina liebte es, abends an der Sonne zu sitzen und ein Glas Wein zu trinken.

Schließlich fragte er: »Warum ein Sommerhaus an der Ostsee und nicht am Mittelmeer, wo es warm ist?«

»Das habe ich dir schon einmal erklärt.« Gina hatte kein Heimweh nach Sardinien, wo sie geboren war. Damit hatte sie abgeschlossen. Nach Jahren des Umziehens spürte sie das Bedürfnis, irgendwo Wurzeln zu schlagen. Er dagegen war vom Typ her eher der Nomade, der es liebte, alle paar Jahre in ein neues Land zu ziehen.

»Es ist ein absoluter Glücksfall«, sagte Gina. »Das Haus ist noch nicht auf dem Markt. Ich gehe es heute Nachmittag mal anschauen.« Sie hängte auf.

Vielleicht ist es eine Bruchbude, dachte er, dann müssen wir nicht länger darüber diskutieren. Er schaute auf die Uhr, kurz vor elf, er musste direkt zur Tellsgasse.

»Sicherheitsdirektion, Kantonspolizei Uri« stand auf der Tafel neben dem Eingang. Als er den Türgriff hinunterdrückte, öffnete sich die schwere Türe automatisch. Am Schalter meldete er sich bei einem Polizisten an, er werde erwartet. Das Deckenlicht im Schalterraum leuchtete kalt.

»Sie werden abgeholt«, wurde ihm mitgeteilt.

Nach wenigen Minuten öffnete sich die graue Türe, die ins Innere der Sicherheitsdirektion führte, und Rahel erschien, in einer kurzen Jacke und Jeans, das Haar aufgesteckt. Sie wirkte jünger als vor einem Jahr oder einfach glücklicher, ihre Augen strahlten.

»Gehen wir«, sagte sie nach einer kurzen Begrüßung und schob ihn vor sich her zum Ausgang. Als sie vor dem Haus standen, fischte Rahel den Autoschlüssel aus ihrer engen Jeans. »Ich habe kein Einzelbüro mehr, da können wir nicht in Ruhe sprechen.« Sie schnallte ihren kleinen Rucksack an und zeigte mit dem Daumen über ihre Schulter. »Die Texte zum Übersetzen habe ich hier drin.« Er folgte ihr ums Haus zu einem Parkplatz, wo sie auf einen grauen Subaru zusteuerte.

»Mein Dienstwagen«, sagte sie, »wir machen einen kleinen Ausflug.«

»Wohin?«

»Auf die Göscheneralp.« Sie stieg ein, ohne auf seine Antwort zu warten.

Er setzte sich auf den Beifahrersitz.

»Ich muss eine Zeugin befragen, die ich gestern den ganzen Tag nicht erreicht habe. Nun ist sie mit ihrem Hund auf der Göscheneralp. Auf dem Weg können wir die Übersetzung besprechen.«

Gleich zur Sache, dachte Mattmann, das hatte er an Rahel immer gemocht, denn es machte vieles einfacher. Nur etwas hatte er einzuwenden: »Ich müsste bald etwas essen.«
»In einer guten halben Stunde sind wir dort, zwei Gasthäuser stehen zur Wahl. Oder ist es sehr dringend?«
»Ziemlich. Ein Kiosk genügt fürs Erste.«
Sie fuhr los, die Bahnhofstraße hinunter und stoppte vor dem Coop pronto im ehemaligen Güterschuppen. »5–23h – daily open« stand da.
»Wie in einer Großstadt«, sagte Mattmann, »wer kauft denn hier auf dem Land so spät ein?«
»Pendler, und ich nach der Spätschicht.«
Mattmann kaufte sich ein Kägi fret, riss die Verpackung auf und bot Rahel eine der beiden Schokowaffeln an. Sie schüttelte den Kopf. Er sah sich beim Kauen um und staunte über das neue Bahnhofsgebäude, ein fünfstöckiger Betonbau, wie er auch im Großraum Zürich stehen könnte. Rahel erklärte ihm, dass seit Kurzem der Schnellzug Zürich–Mailand in Altdorf halte, daher all die neuen Mehrfamilienhäuser rund um den Bahnhof und ein Busterminal mit massivem Betondach.
»Altdorf«, fragte Mattmann, »ist das eigentlich ein Dorf oder eine Stadt?«
»Alle scheinen hier alle zu kennen. Es geht also zu und her wie in einem Dorf. Aber die Preise der Neubauwohnungen sind städtisch.«
»Und wo wohnst du?«
»In Erstfeld, elf Minuten von hier, wo die Mietzinse um die Hälfte günstiger sind.«
»Machen wir dort einen Stopp?«
»Da gibt es nichts zu sehen.«
Sie stiegen ins Auto und fuhren los. Beide schwiegen.
»Wie verstehst du dich mit den Einheimischen?«, fragte er nach einer Weile.
»Mit dem Dialekt habe ich noch etwas Mühe. Aber generell brauchen sie hier nicht so viele Worte, um etwas zu erklären.

Das gefällt mir gut.« Sie nahm die Auffahrt zur Autobahn und beschleunigte nach dem Einspuren. »Warum man freiwillig in der Großstadt lebt, versteht hier niemand. *I däm Ziiri ussä wett ich doch nid ämol tot si*, sagte kürzlich ein Kollege zu mir.« »Und ich kann mir nicht vorstellen, in so einem engen Tal zu leben. Vor allem im Winter. Monatelang kein Strahl Sonne.« »Wie hältst du es dann in Schweden aus?« »Die Winter sind da irgendwie anders.« »Das musst du mir ein andermal erklären. Ich kann wenigstens ins Tessin ausweichen. Durch den Gotthardtunnel und schon bin ich im Süden.« »Fährst du oft dorthin?« Sie lächelte. »Ein Kater?« »Zwei.« »Wie heißen sie?« »Giovanni und Giacometti.« »Spezielle Namen.« »Wir haben es gut, zu dritt in Airolo. Jedes freie Wochenende bin ich dort.« »Erzähl.« Er war neugierig geworden. »Später. Zuerst die Arbeit. Das Material für die Übersetzung liegt auf der Rückbank.« »Im Rucksack?« Er drehte sich um. »Ja, nimm ihn nach vorne. Darin ist eine Aktenmappe mit Kopien.«

Er nahm ihren ledernen Rucksack auf seinen Schoß und öffnete die beiden Riemchen. Rahel hatte immer einen kleinen Rucksack mit dabei, eine Schulter- oder gar eine Handtasche würde sie nie tragen. Das Leder war abgegriffen, etwas Fett würde ihm guttun, dachte Mattmann. Erstaunt stieg ihm der Duft eines herben Parfums in die Nase. Von »Schmöckiwasser«, wie sie das nannte, hatte sie nie etwas gehalten. Er zögerte.

»Keine falschen Hemmungen«, sagte Rahel, »ich habe nichts Intimes in meinem Rucksack.«

Er löste die Verschnürung, zog die Aktenmappe hervor und schaute zu ihr, denn er spürte, wie sie ihn aus den Augenwinkeln beobachtete.

In der Mappe fand er das Manuskript, nur fünfzehn Seiten, wie er erleichtert feststellte. »Hållbar tillväxt och förnyelse inom lyxturismen«, las er den Titel laut vor.

»Lüxtürism«, wiederholte Rahel, »spreche ich das richtig aus?«

»Perfekt!«

»Hier geht es also um Luxustourismus, so viel versteh ich. Aber übersetz mal den ganzen Titel.«

»Nachhaltiges Wachstum und Erneuerungen, oder besser Innovationen, im Bereich Luxustourismus.« Er erklärte ihr, dass im Untertitel vermerkt sei, dass es sich um einen Vortrag an der Handelshochschule in Stockholm handle. Datum: 16. Mai.

»Das war vor mehr als fünf Wochen«, bemerkte sie.

Mattmann überflog die Einleitung.

»Worum geht es?«, fragte sie.

»Um das Wachstumspotenzial in diesem Bereich des High-End-Tourismus, mit Positionierung im ökologischen Umfeld. Tönt spannend.«

»Zum Autor kann ich dir Folgendes sagen: Ich war in seinem Loft, in Andermatt. Eine Maisonettewohnung im obersten Stock, chic, sehr chic. Nicht mein Stil. Sieht alles sehr teuer aus. Ein paar Millionen musste er dafür bestimmt hinblättern.«

»Für eine Ferienwohnung?«

»Du solltest New Andermatt sehen.« Sie begann zusammenzufassen, was sie über Kjell-Göran Kling bis jetzt wusste: Als junger Manager sei er vor mehr als dreißig Jahren in die Schweiz gekommen, im Zusammenhang mit der Fusion einer schwedischen und schweizerischen Firma. In zweiter Ehe mit einer mehr als zwanzig Jahre jüngeren Engländerin verheiratet. Hatte mit Finanzen zu tun und war für den Konzern in der ganzen Welt unterwegs. Ein Top Shot. Sie schaute in den Rückspiegel und überholte das Wohnmobil vor ihr und eine ganze

Reihe Autos, die nach Süden fuhren. »Keine Ahnung, was der pro Monat kassierte«, fuhr sie fort, »aber so viel verdienen wir zwei zusammen wahrscheinlich nicht einmal im Jahr.«

Mattmann stutzte. Der Name Kling weckte in ihm eine vage Erinnerung. War er ihm einmal begegnet? Oder hatte er nur über ihn gelesen? »In welchem Unternehmen arbeitete er?«

»Er ist bereits pensioniert und beschäftigt sich mit irgendwelchen Investments. Vielleicht erwähnt er dies im Vortragsmanus.« Sie schaute kurz zu Mattmann auf dem Beifahrersitz und erklärte: »Alles *off the record*, das versteht sich. Eigentlich dürfte ich dir nichts sagen und schon gar keine Akten übergeben.«

»Klar, du weißt, ich kann schweigen.«

Mattmann erinnerte sich, wie er letztes Jahr in ihre Ermittlung zum Fall Brunner hineingezogen worden war.

»Du warst damals ziemlich involviert«, unterbrach sie seine Gedanken.

»Kann man sagen.« Der Fall Brunner war zu seinem eigenen Fall geworden, weil er dabei seinem Vater auf die Spur gekommen war. Das hatte ihn sehr aufgewühlt. Und gleichzeitig hatte ihn Rahel nicht nur als Ermittlerin begeistert. Bilder des Sommerabends im Bad Utoquai tauchten vor seinen Augen auf. Auf der Dachterrasse hatten sie Weißwein getrunken, alle anderen Badegäste waren bereits nach Hause gegangen. Wäre der Bademeister nicht hochgekommen und hätte sie hinausspediert, hätte der Abend kein Ende genommen.

»Zur Übersetzung«, sagte sie, »ich will alles über den Autor erfahren: warum er in den Luxustourismus investierte. Wo er sich beteiligte. Welche Querverbindungen es gibt.«

»Hast du das bei Moneyhouse gecheckt?«

»Ich bin nicht dazu gekommen. Habe so viel anderes zu erledigen. Heute eine Anzeige wegen eines Querulanten, der in einem Camping für Unruhe sorgt. Surfer-Richi, wir hatten schon mehrmals mit ihm zu tun, wegen Fahrens im angetrunkenen Zustand, Hasch und anderer Dinge.«

»Du hast nicht mehr so oft mit Tötungsdelikten zu tun?«

»Das ist der erste Fall, wo ich mich wieder mal richtig rein-knien kann.«

»Bis wann brauchst du die Zusammenfassung?«

»So schnell wie möglich.«

Mattmann überlegte. »Ich kann morgen beginnen. Ich habe ja Ferien.«

»Danke. Über das Honorar werden wir uns bestimmt einig.«

Er glaubte, ein Lächeln bei ihr beobachtet zu haben, und nickte.

In Göschenen fuhr Rahel von der Autobahn, durchquerte das Dorf, das mit dem Bau der dritten Röhre durch den Gotthard einen neuen Aufschwung zu nehmen schien. Sie zeigte ihm die beiden neuen Elementbauten mit Unterkünften für die Mineure. Bei der Kantine für die Arbeiter des Nordportals nahm Rahel die Straße Richtung Göscheneralp. Sie fasste den Fall kurz zusammen: Die Identität des Toten sei noch nicht restlos geklärt, die Wahrscheinlichkeit, und nun drückte sie sich vorsichtig aus, dass es sich um den vermissten Kjell-Göran Kling handle, sei allerdings recht groß. Geschlecht, Haar- und Augenfarbe würden mit dem Vermissten übereinstimmen, das Alter passen. Ebenso würden Marke und Modell der Armbanduhr übereinstimmen. Der Vergleich der DNA-Analyse liege erst Anfang Woche vor, und die Resultate der Obduktion seien erst in ein paar Tagen zu erwarten. Die Legalinspektion des Kantonsarztes vor Ort hätte dazu keine sicheren Angaben liefern können.

»Wo findet die Obduktion statt?«, fragte er.

»Im Institut für Rechtsmedizin in Zürich. Ronald, den Leiter, hast du letztes Jahr ja einmal getroffen.«

»Ronald?«

»Ronald Zimmermann. Er hat dich in die Abgründe der Seele eingeweiht.«

Mattmann erinnerte sich. Er hatte ihn in Rahels Büro getroffen und ihn später in seinem Ferienhaus in der Wolfsgrueb besucht. Er hatte vom Forensiker wissen wollen, ob jeder fähig sei, einen Mord zu begehen. »Jeder«, hatte er erklärt, »erstaunlich ist nur, dass wir diese Hemmschwelle so selten überschreiten.« Mattmann hatte damals Dinge über seinen Vater erfahren, dass es ihm grauste.

Die Straße auf die Göscheneralp stieg nun steil an.

»Wie lange war er schon tot, als seine Leiche am Stausee entdeckt wurde?«, fragte Mattmann.

»Schwierig zu sagen. Die Todeszeit bei einer Wasserleiche festzustellen ist nicht einfach.«

»Eine vage Angabe müsste sich aber machen lassen. Wo willst du sonst mit Ermitteln beginnen?«

»Ich warte auf den Obduktionsbericht.«

»Und wenn es ein Unfall gewesen ist? Wenn er schlicht und einfach ausgeglitten und ertrunken ist? Dann kannst du die Akte gleich schließen und brauchst meine Zusammenfassung nicht.«

»Ein Unfall war das nicht. Darauf kannst du Gift nehmen.«

»Warum? Was hast du in der Hand?«

»Vorerst ist es nur ein Gefühl.«

»Und ein Selbstmord?«

»Ein klares Tötungsdelikt ist relativ einfach aufzuklären. Aber ein Selbstmord …« Sie konzentrierte sich auf die Straße. Nach einer Weile fuhr sie fort: »Gegen einen Selbstmord spricht, dass wir weder seinen Rucksack noch sein Portemonnaie gefunden haben. Und auch keine Autoschlüssel. Ebenfalls fehlt jede Spur seines dunkelblauen Porsche Taycan.«

»Du kennst dich offenbar mit Porsches aus.«

»Das neue Modell mit Elektroantrieb und vier Türen. Nicht der SUV, sondern das ganz schnittige Modell. Kannte ich vorher auch nicht. Wir haben den Wagen zur Fahndung ausgeschrieben.«

»Vielleicht ist er mit dem Bus auf die Göscheneralp gefahren.«

»Dann müsste sein Auto in der Parkgarage der Ferienwohnung in Andermatt stehen. Oder in der Tiefgarage des Apartments in Zürich.«

»Es soll Manager und Politiker geben, die ihren Selbstmord richtiggehend inszenieren, dass alles sehr mysteriös aussieht. Erinnerst du dich an den Fall Barschel, der in der Badewanne eines Luxushotels in Genf tot aufgefunden wurde?«

»Ja, die Ermittlungen gingen lange davon aus, dass er Opfer einer politischen Verschwörung geworden war. Später kam aus, dass dieser Barschel alles inszeniert hatte.«

»Um seine erbärmlichen Misserfolge zu vertuschen. War Ministerpräsident eines Bundeslandes. Und ein anderer deutscher Politiker, Jürgen Möllemann, wenn ich mich recht erinnere, auch ein hohes Tier, warf sich mit einem Fallschirm aus dem Flugzeug. Und zog die Reißleine nicht.«

»Suizidabsicht wurde vermutet, konnte aber nie erwiesen werden.«

»Es sollte wie ein Unfall aussehen«, sagte Mattmann, »und gleichzeitig ein dramatischer Abgang, der die sogenannte Briefbogenaffäre in den Schatten stellen sollte.«

»In unserem Fall gehe ich von einem weniger dramatischen Vorfall aus. Hier im Urnerland geht es recht bodenständig zu und her.«

»Was du nicht sagst.«

»Wir werden sehen.« Sie bog auf den Parkplatz beim Damm ein.

»Ich kann mir am Ufer etwas die Füße vertreten, bis du deine Zeugin verhört hast.«

»Komm mit. Das könnte dich interessieren. Die Zeugin hat mir am Telefon des Langen und Breiten von einer Siedlung erzählen wollen, die beim Bau des Staudamms in den Fluten versunken ist. Vielleicht eine Story für dich und deine Zeitung.«

Meine Zeitung, dachte Mattmann. Eigentlich wollte er Rahel von dem bevorstehenden Gespräch auf der Redaktion erzählen, doch das musste warten.

»Wenn du mitkommst«, sagte sie, »nur als stiller Begleiter. Die Fragen stelle ich.«

8

Beim Parkplatz angekommen, stiegen Rahel und Mattmann aus. Eine junge Frau in einer blauen Windjacke und mit langen schwarzen Zöpfen stand bei der Barriere vor der Zufahrt zum Damm. An ihrer Seite ein schwarzer Labrador.

»Frau Klea Said?«, fragte Rahel.

Sie nickte. »Gehen wir.«

Die drei gingen über den Damm, der Hund an der Leine, knapp zehn Minuten auf dem schmalen Weg, Rahel voraus. Niemand sagte ein Wort. Als sie an der Stelle oberhalb des Fundorts ankamen, blieb Rahel stehen.

»Wie sind Sie gestern Morgen auf den Toten aufmerksam geworden?«

»Beim Gang um den See waren Andrea und ich in ein Gespräch vertieft; über die Projektwoche und was wir den Sechstklässlern zumuten können.«

»Sind Sie auch Lehrerin?«

»Nein, ich programmiere und gestalte Websites.« Sie befahl Yuki, ihrer Hündin, Platz zu machen.

»Mit Andrea Zürcher teilen Sie die Wohnung, wie diese mir sagte.«

»Ja, und manchmal springe ich bei ihr ein, bei Schulreisen oder Projektwochen. Diesmal bei der Woche über die alte Siedlung, die beim Bau des Staudamms untergegangen ist. Ich sammle schon seit Langem Material dazu.«

»Warum interessieren Sie sich dafür?«, fragte Mattmann.

»Ich bin beim Projekt ›Wasserwelten‹ engagiert und organisiere Ausflüge zu allen möglichen Themen, die hier im Tal mit Wasser zu tun haben: zu Fischen und Reptilien in Bächen und stehenden Gewässern; zur Wasserkraft, von der Quelle bis zur Steckdose; und auch zu allem, was im Stausee versunken ist.«

Rahel gab Mattmann mit einem Blick zu verstehen, er solle

die Klappe halten, und fragte nochmals, wie sie den Toten entdeckt hatten.

»Wir sahen einen leblosen Körper, der halb im Wasser lag. Schrecklich! Er war schon tot, nicht wahr?«

»Ja«, antwortete Rahel. »Haben Sie ihn erkannt?«

Klea Said zögerte, dann sagte sie: »Nein.« Sie nahm ihren Hund enger an die Leine und fuhr mit leiser Stimme fort: »Wir sind sofort zurück zum Damm gerannt. Wir wollten Hilfe im Bergrestaurant holen. Da stießen wir auf den Dammwärter.«

So gern Klea Said über das Projekt »Wasserwelten« erzählte, so schweigsam war sie, als Rahel sie weiter zur Entdeckung des Toten befragte. »Und warum sind Sie heute schon wieder ganz in der Nähe, wo Sie den Toten entdeckt haben? Wenn dies so schrecklich war, wie Sie sagen?«

Klea Said schüttelte nur den Kopf. Rahel hätte auf sie eindringen können, aber sie ließ es bleiben. Langsam gingen sie zurück zum Damm.

»Der Taucher«, fragte Klea Said, als sie auf dem Parkplatz angekommen waren, »wonach suchte er?«

»Dazu kann ich Ihnen nichts sagen«, antwortete Rahel.

»Überreste der alten Siedlung? Am Grund des Stausees, da müssten bestimmt –«

»Das war nicht der Auftrag«, unterbrach Rahel sie.

»Wird er nochmals tauchen?«

»Nein«, wiederholte Rahel, verabschiedete sich und steuerte zum Berggasthaus Dammagletscher, Mattmann ging hinter ihr her. Auf der Terrasse mit Blick auf den Dammastock und die Reste des ewigen Schnees studierte Rahel die Speisekarte. Sie wollte nur etwas Kleines essen, während Mattmann Lust auf Rösti mit Spiegelei und Speck hatte, etwas, das es in Schweden so nicht gab. Er genehmigte sich ein Bier der lokalen Marke »Stiär Biär«, sie trank im Dienst nur Wasser.

Während sie auf das Essen warteten, fragte er: »Wie hast du dich eingelebt? Nach Zürich muss es eine ziemliche Umstellung gewesen sein.«

Rahel hatte diese Frage schon öfter beantworten müssen und hielt sich daher kurz. »Ich war schon zweimal im Kino. Und einmal im Konzert.«

»Wo gibt es da ein Kino?«

»In Altdorf, das Kino Leuzinger zeigt auch Studiofilme. Und im neuen Konzertsaal in Andermatt treten international bekannte Musiker und Musikerinnen auf.«

Rahel wechselte das Thema und berichtete vom breiten Aufgabenfeld bei der Kantonspolizei Uri. Neu für sie waren die IT-Ermittlungen, Betrugsfälle auf dem Internet, etwa bei Autoverkäufen. Statt einer Tatwaffe hatte sie Computer beschlagnahmen müssen und deren Innereien auswerten lassen. Selbst fehlte ihr da jede Erfahrung. Und auch bei Angriffen von Hackern auf Datenbanken von Unternehmen oder staatliche Stellen stand sie im Off und war auf ihre Kollegen und Kolleginnen angewiesen. Viel unkomplizierter als in Zürich war der Umgang mit der Staatsanwaltschaft. Die Wege in Altdorf waren kurz.

Beim Kaffee fragte sie ihn nach seiner Mutter. Sie pendle zwischen Zürich und ihrem Ferienhaus in Sternenberg wie eh und je, erzählte er, und sei stolz darauf, dass sie das noch schaffe. »Nächste Woche werde ich sie besuchen.«

»Richte ihr einen Gruß von mir aus.«

»Mache ich.«

»Und auch Gina. Wann kommt sie nach?«

»Sie hat noch keinen Flug in die Schweiz gebucht.«

Rahels Funkgerät piepste. Sie antwortete nur kurz mit Ja und hängte auf. »Ich muss los«, sagte sie zu Mattmann, »ein Zimmerbrand in Wassen. Liegt am Weg zurück nach Altdorf.«

Teil II

Andermatt

9

»Man stelle sich ein beinahe unberührtes kleines Dorf mitten in den Schweizer Bergen vor, mit einer einzigen alten Gondelbahn, einem verwitterten Sessellift und ein paar Skiliften. Nur zwei Stunden mit dem Auto vom Flughafen Zürich und von Mailand entfernt. Da entdeckt ein Investor vom Nahen Osten das Bergdorf Andermatt, diese unscheinbare Perle im Herzen der Alpen, und will sie zur *Number One* unter den Destinationen des Wintertourismus in der Schweiz machen«, las Mattmann in Klings Vortragsmanuskript über »förnyelse inom lyxturismen«. Den Einstieg fand er eher langweilig, da mit ökonomischen Fachbegriffen gespickt. Wahrscheinlich wollte sich Kjell-Göran Kling damit den nötigen Respekt vor dem Publikum der Handelshochschule verschaffen, wo er den Vortrag gehalten hatte.

Mattmann las weiter, wie dieser Investor ein Fünf-Sterne-Hotel sowie Luxusapartments gebaut und einen Golfplatz angelegt sowie einen neuen Dorfteil aus dem Boden gestampft hatte. »Als Topdestination für den Luxustourismus fehlt aber das Entscheidende, das den Luxus ganz neu definiert: Reisende mit wenig Zeit und viel Geld suchen in ihrer Freizeit einmalige Erlebnisse. Eine abenteuerliche Reise übers Meer, die zu einer einsamen Bucht führt, wo ein Schiff der Luxusklasse vor Anker liegt. Oder ein Wochenende in einem ehemaligen Königspalast mit allem Drum und Dran«, las Mattmann. »Mein neustes Tourismusprojekt bietet solch einmalige Erlebnisse: Ausspannen in exklusiven Baumhäusern, abgehoben vom Alltag, ein Leben in den Bäumen, das keine Wünsche offenlässt, Tiny-House-Luxus, absolut top in Bezug auf die Nachhaltigkeit.« Kühne Behauptung, dachte Mattmann. Er selbst saß im »Gyrenbad« an einem kleinen Schreibtisch und schaute durchs offene Fenster über die Wälder des Tösstals. Er liebte das alte Badehotel mit der schlichten Einrichtung. Teure Hotels, Autos oder Uhren sagten ihm gar nichts. Nur beim Essen ließ er sich gerne von der gehobenen Gastronomie verführen. Und er liebte schöne Aussichten, wie an diesem klaren Montagmorgen. Davon durfte er sich nicht ablenken lassen, da er Rahel versprochen hatte, Klings Vortragsmanuskript auf Deutsch zusammenzufassen. Er wollte weiterlesen, da klingelte das Zimmertelefon auf dem Tischchen. »Ihre Frau hat Sie gesucht und sich gewundert, wo Sie stecken«, sagte ihm Elise Manz. »Sie hat um einen Rückruf in einer halben Stunde gebeten.«

Erst jetzt bemerkte er, dass sein Mobiltelefon nach dem gestrigen Abstecher zu Rahel auf stumm geschaltet war. Gina hatte ihm Bilder von der Besichtigung des Sommerhauses in Blankaholm geschickt und dazu geschrieben: »Mit Renovierungsbedarf, aber mit Charme.« Er glaubte, ein Loch im Dach entdeckt zu haben, und die Fenster machten einen traurigen Eindruck. Rund um das Haus wucherten Brombeeren.

Er wollte ein paar Schritte machen, bevor er sie zurückrief, und legte das Manuskript zur Seite. Er stieg die Treppe hinunter, vorbei am Damensalon, wo die Kurgäste einst Tee getrunken hatten. Bei der offenen Türe zum Speisesaal blieb er stehen. Der lange Tisch war weiß gedeckt, das Sonnenlicht glitzerte im geschliffenen Glas des Kronleuchters. Am Ende des Saals hing ein Ölbild mit einem Ozeandampfer, der sich durch die hohen Wellen einer stürmischen See kämpfte. Dieses Ambiente würde bestimmt seiner Mutter gefallen, er könnte sie zum Mittagessen hier einladen, das würde sie schätzen. Er wollte ihr das nach der Sitzung auf der Redaktion vorschlagen, dann hatte er sich mit ihr in Zürich zum Vier-Uhr-Tee verabredet. Mattmann ging weiter den Gang entlang, eine weitere Treppe hinunter und trat vor die Türe des Gasthofs ins Freie. Er schlenderte eine Weile auf dem Spazierweg bis zur ersten Bank und rief Gina an, die ihn fragte, warum er sich gestern nicht gemeldet habe. Er murmelte etwas von »Akku leer« und hörte, dass ihm Gina das nicht abkaufte. »Du hattest gestern bestimmt einen langen Abend mit Rahel?«, sagte sie und wartete gar nicht erst auf eine Antwort, sondern fuhr weiter: »Was sagst du zu den Fotos von Blankaholm? Sieht es nicht wunderbar aus?«

»Verwunschen.«

»Einfach unglaublich. Direkt am Meer. Wo in Europa kann man das finden? Zu diesem Preis.«

»Aber was wir da hineinstecken müssen. Weißt du, wie viel?«

»Nur eine Ahnung.«

»Hat es fließend Wasser?«

»Nein.«

»Und Strom?«

»Ich habe eine Leitung gesehen.«

»Vielleicht die Telefonleitung«, wandte Mattmann ein.

»Festnetz, das war vorgestern.«

»Und warum will die Familie das sagenhafte Objekt nicht behalten? Einen Haken muss es ja haben.«

»Alle Kinder haben bereits ihr eigenes Sommerhaus.«

»… und verkaufen lieber die alte Bude in … wie heißt der Ort schon wieder?«

»Blankaholm.«

»Noch nie gehört.«

»In Småland. Du musst dir das unbedingt anschauen. So schnell wie möglich.«

»Ich hatte vor, zwei weitere Wochen in der Schweiz zu bleiben. Wolltest du nicht nachkommen?«

»Jetzt habe ich anderes vor. Wir müssen schnell handeln. Schnappen wir uns die Perle, bevor sie auf dem Netz ausgeschrieben wird.«

»Ich muss erst mal darüber schlafen und du auch.«

»Habe ich bereits.«

»Wenn mich der Chef der Auslandredaktion heute auf die Straße stellt, kommen die mageren Jahre.«

»Falls die dich tatsächlich entlassen, bekommst du bestimmt eine fürstliche Abgangsentschädigung.«

»Nach dem Gespräch weiß ich mehr.«

Mattmann blieb auf der Bank sitzen und erkannte in der Ferne die Rigi und den Pilatus. Er zählte zwei, drei, sogar vier Heißluftballons, die früh am Morgen im Osten aufgestiegen waren und jetzt langsam über das Tösstal flogen. Als Kind hatte er davon geträumt, in einem solchen über die Alpen bis in ferne Länder zu fliegen. Dass er einmal als Auslandkorrespondent für eine angesehene Zeitung aus verschiedenen Teilen der Welt berichten würde, hatte er während des Studiums als allzu kühnen Wunschtraum abgetan. Dank ein paar glücklicher Zufälle hatte es dann geklappt. Seit mehr als dreißig Jahren war er als Journalist unterwegs und schrieb Artikel um Artikel, Kommentare und Reportagen. Für seine Leser und Leserinnen wollte er mehr als das Tagesgeschehen zusammenfassen und spektakuläre Ereignisse beleuchten. Er hatte immer den Anspruch, Entwicklungen in einem Land in einen größeren Zusammenhang zu stellen und deren Bedeutung für die Schweiz herauszuschälen. Begriffe und Prozentzahlen füllte er mit Leben, gesellschaftliche Prozesse versuchte er anhand von guten Geschichten nachzuzeichnen.

Das war für ihn zu einer Lebensaufgabe geworden. Und damit sollte schon heute Schluss sein?

10

Um vierzehn Uhr hatte sich Konrad Mattmann auf der Auslandredaktion seiner Zeitung in Zürich einzufinden. Vom Bellevue waren es nur ein paar Schritte über den Sechseläutenplatz bis zur Eingangshalle des pompösen Gebäudes gleich neben der Oper. Es war so heiß, dass er nach wenigen Schritten bereits ins Schwitzen kam. Kaum stand er in der klimatisierten Eingangshalle, fröstelte es ihn. Seit seinem letzten Besuch war sie renoviert worden und glich mehr dem Empfang einer Bank als einer Redaktion. Alles in einem kalten Weiß gestrichen und der Empfangstresen in glänzendem Aluminium. Er meldete sich an und wurde gebeten, in der Sitzgruppe Platz zu nehmen, der Auslandchef sei noch in einer Besprechung. Mattmann wartete nicht gerne, daher sah er sich um und suchte die Auslage des Buchverlags, der zur Zeitung gehörte. Wo früher Bücher verlegt wurden, befand sich ein Shop, der Uhren, Krawatten und Handtaschen anbot, alles mit dem Logo der Zeitung.

»Da ist ja unser Koma«, begrüßte ihn Dieter Schmid, der Auslandchef. Koma war Konrad Mattmanns Kürzel, mit dem er früher seine Artikel gezeichnet hatte, heute wurde der Name des Autors immer ausgeschrieben.

»Lässt sich damit Geld verdienen?«, fragte er und zeigte zum Shop.

»Wenn die Werbeeinnahmen sinken, muss man sich etwas einfallen lassen. Allein mit Content verdienen wir nicht genug, um das Verlagsschiff auf Kurs zu halten.«

»Inhalte werden also immer mehr zur Nebensache.«

»Nicht schwarzmalen«, Schmid zeigte auf den Aufzug, »wir pflegen nach wie vor den differenzierten Journalismus.«

Mattmann schwieg, als sie in den dritten Stock hochfuhren. Für seine Reportagen gab es immer weniger Platz im Blatt. Und wenn er einmal eine ganze Seite bekam, dann mit viel Bildern und wenig Text. Oben angekommen, führte ihn Schmid direkt in den Newsroom, beinahe so groß wie eine Turnhalle, mit unzähligen Schreibtischen und Bildschirmen, dahinter alles Gesichter, die Mattmann nie gesehen hatte. In der Mitte befand sich ein runder Tisch mit zwölf Stühlen, an denen emsig gearbeitet wurde.

»Hier laufen alle Fäden zusammen«, sagte Schmid. »Das Aktuellste fließt auf dem Online-Newskanal ab, danach wird das E-Paper laufend ergänzt und einmal pro Tag die Printversion abgefüllt.« Er zeigte auf einen Bildschirm, wo kontinuierlich die Klicks für die einzelnen Beiträge addiert wurden. »Da sehen wir, was unsere Leser interessiert.« Als er das Stirnrunzeln von Mattmann bemerkte, lächelte er. »So ist das heute, nur was sich verkaufen lässt, kommt ins Blatt.«

Sie gingen weiter. Als sie im Besprechungszimmer angekommen waren, wies er Mattmann einen Platz zu, Wasser stand bereits auf dem Tisch, ob er einen Kaffee wolle, fragte niemand.

»Also«, begann Schmid, als er sich ihm gegenüber an den Tisch gesetzt hatte, »es ist dir ja nicht entgangen, dass auch wir in der Auslandabteilung mit der Zeit gehen müssen. Einerseits haben wir ein paar Regionen ausgewählt, in denen wir unsere Anstrengungen verstärken. Das Büro Berlin soll aufgestockt werden, der deutsche Markt hat für uns, als Leitblatt im deutschsprachigen Raum, Zukunft.« Er räusperte sich. »Auf der anderen Seite wollen wir mit dem Arrondieren des Korrespondentennetzes die nötigen Anpassungen vornehmen.« Er machte eine Pause, schenkte Wasser ein und nahm selbst einen großen Schluck.

Mattmann studierte am Wort »arrondieren« herum. *Arrondir*, abrunden, übersetzte er für sich, beim Netz von Korrespondenten konnte dies nur eines bedeuten: Einige mussten über die Klinge springen.

Schmid wollte weiter ausholen, doch Mattmann unterbrach

ihn: »Mach es kurz. Was bedeutet das für die Berichterstattung über Skandinavien? Was heißt das für mich?«

»Wir bieten dir einen Platz hier auf der Auslandredaktion in Zürich an.«

»Das ist nicht dein Ernst! Nach Sidney, Prag, Berlin und Stockholm willst du mich für die restlichen Jahre bis zur Pension hier im Newsroom einsperren? Hühnerhaltung vom Schlimmsten.«

»Ich bitte dich. Auch du wirst dich an die neuen Bedingungen anpassen. Die Medienlandschaft hat sich radikal geändert.«

»Nordeuropa wird strategisch immer bedeutender, mit den Rohstoffen in der Arktis und der Ostsee, die in diesen unsicheren Zeiten für die NATO immer wichtiger werden.«

»Ja, da gebe ich dir recht. Aber um dies für unsere Leserschaft einzuordnen, musst du nicht in Stockholm sitzen.« Schmid trommelte mit den Fingern der rechten Hand auf die Tischplatte. »Mit dem Internet sind hier alle Informationen auf einen Mausklick zugänglich. Da musst du nicht mehr reisen. Und per Zoom kannst du dich jederzeit bei all deinen Kontakten zwischen Grönland und Gotland informieren.«

»Ich glaube, ihr macht einen großen Fehler«, setzte Mattmann an und erklärte, dass es für guten Journalismus Zeit zum Recherchieren vor Ort brauche. Schnell merkte er, dass er auf taube Ohren stieß. Schmid, so hatte er erfahren, verbrachte als Auslandchef viel Zeit mit Sitzungen und Strategiepapieren. Schon lange hatte er keinen Fuß mehr vor die Türe seines Büros gesetzt.

»Ich verstehe, dass das alles für dich etwas plötzlich kommt«, sagte Schmid.

»Plötzlich! Wir haben schon bei meinem letzten Besuch darüber gesprochen. Und ihr bastelt ja schon zwei, drei Jahre an dieser Arrondierung herum.« Mattmann schlug mit seiner flachen Hand auf den Tisch und stand auf.

»Du willst schon gehen?«

»Was soll ich hier?« Er schob seinen Stuhl an den Tisch.
»Schick mir euer Angebot für einen schnellen Abgang.«
»Die Zeiten der schönen Abgangsentschädigungen sind vorbei. Das muss ich dir nicht erklären.«
»Und eine Frühpensionierung? In vier Jahren bin ich fünfundsechzig.«
»Sechs Monate kann ich dir anbieten. Das ist unser Sozialplan.«
»Nachdem ich mehr als fünfundzwanzig Jahre für diesen Laden gearbeitet habe!«
»Als Freier kannst du weiterhin für uns schreiben.«
»Bezahlt per Zeile?«
»Zeilengeld gibt es nicht mehr. Wir lösen das heute mit Pauschalen. Und mit einem Bonus per Klick.«
»Und was schenkt eine Reportage, pauschal, ein?«
»Kommt darauf an, ob mit oder ohne Bilder.«
»Professionelle Bilder kann ich nicht liefern, das weißt du.«
»Du hast ein Mobiltelefon, für die Onlineversion genügen die Anzahl Pixel längst.«
»Sind Pixel das Einzige, was für euch zählt?«
»Mattmann! Ich maile dir einen Vertragsentwurf als freier Korrespondent. Deine Geschichten bietest du zuerst uns an, und wenn wir nicht anbeißen, bist du völlig frei. Du bist so dein eigener Herr und Meister. Was willst du mehr?«
Mattmann stand auf, hob die Hand und wandte sich zur Türe.
»Ich begleite dich zum Ausgang«, rief ihm Schmid hinterher.
Er antwortete nicht und ging.

Mit dem nächsten Zug zurück ins »Gyrenbad«? Zum See? Oder nur einen Kaffee trinken? Mattmann konnte sich nicht entscheiden, daher lief er los, zum Bellevue und weiter dem Limmatquai entlang. Auf der Terrasse des Cafés Grande fand er keinen freien Tisch. Beim Central ging er weiter der Limmat entlang. Der Fluss hatte etwas Beruhigendes, auch bei all dem Verkehr, der ihm auf dem Neumühlequai entgegenbrauste. Beim Hotel Marriott schwenkte er ab zum Lettensteg, voll von Frauen in Bikinis und Männern in farbigen Badeshorts. Warum sind die nicht bei der Arbeit?, fragte er sich. Es war Montag, ein normaler Arbeitstag, die Mittagspause längst zu Ende. Die letzten Worte von Schmid gingen ihm nicht aus dem Sinn: »Du bist völlig frei. Was willst du mehr?« Er sah, wie sich die Schwimmer im Fluss abwärtstreiben ließen, und hatte Lust, auch ins Wasser zu springen. Das Leben als freier Journalist hatte etwas Verlockendes, so könnte er auch nach seiner Pensionierung weiterschreiben. Zuerst musste er jedoch die vier nächsten Jahre über die Runden bringen. Er brauchte eine Abkühlung.

Im Flussbad Oberer Letten mietete er sich eine Badehose, wobei er zwischen einem hellblauen und einem grau-schwarz karierten Modell wählen konnte. Er entschied sich für die hellblaue Hose und ging zu den Umkleidekabinen. Er zog sich aus, hängte seine Kleider in das vergitterte Garderobenkästchen und blieb in der Unterhose stehen. Er hatte Lust, gleich mit einem neuen Artikel zu beginnen, den Titel hatte er schon lange im Kopf: »Der Handstreich der Schweden«. Er verfolgte eine Spur, die er in der Autobiografie von Percy Barnevik gefunden hatte. Der damalige CEO des schwedischen Elektrounternehmens ASEA hatte 1986 seinen Schweizer Konkurrenten BBC, die Brown, Boveri & Cie., unter die Lupe genommen, ein Fall von Industriespionage, der nie richtig an die Öffentlichkeit gekommen war. Unter dem Code »Manhattan« hatte Barnevik heimlich eine Truppe losgeschickt, um einen Einblick in die innovativen Projekte und einen Überblick über die Kennzahlen des Konzerns zu erlangen, der seit knapp hundert Jahren in Baden beheimatet war. Auf die Schwächen der Konzernleitung und des Verwaltungsrates hatte es Barnevik damals angelegt, denn er wollte sich das Unternehmen mit Haut und Haar einverleiben.

Der Titel war gut, für den ersten Satz hatte er eine Idee, damit war die Geschichte schon zur Hälfte geschrieben. War der Entscheid also bereits gefallen? Hatte er sich auf dem Weg von der Redaktion dem Fluss entlang für das Leben als freier Journalist entschieden? Kleine Entscheide brauchen oft lange Zeit, große werden schnell gefasst. Das Leben als freier Journalist hatte Mattmann schon lange gereizt, denn eigentlich war die Zeit bei seiner alten Zeitung längst abgelaufen. Nur aus Bequemlichkeit war er geblieben, weil pünktlich jeden Monat der Lohn eintraf und weil er sich einredete, dass er die letzten vier Jahre durchstehen würde. Er zog die Badehose an und schloss das Kästchen ab. Vor dem Schwimmen wollte er etwas trinken und ging über die Liegeterrasse die Treppe hoch an die Bar, wo er ein Glas Riesling und eine Karaffe mit Wasser bestellte. Es kam ihm in den Sinn, dass er den ganzen Tag gar nichts gegessen hatte, und er bestellte eine Empanada. Er hatte kurz gezögert, ob er nicht besser gleich mit den Flusskrebsen aus dem Katzensee beginnen sollte, die auf der Speisekarte angeboten wurden. Nach dem Schwimmen, entschied er. Er setzte sich an die Reling, trank einen Schluck vom kühlen Wein und schaute aufs Wasser. Da rief Gina an.

»Wie ist es gegangen?«, fragte sie.

»Schlecht. Sie haben mich auf die Straße gestellt.«

»Einfach so?«

»Ja.«

»Entlassen?«

»Ich könne in Zürich im Newsroom weiterarbeiten.«

»Nicht du.«

»Genau. Oder als freier Journi.«

»Und?«

Mattmann schwieg.

»Wie geht es dir?«, fragte sie.

»Ich weiß es nicht.«

»Aber Koma«, sagte sie, »du weißt doch, wie es dir geht.«

Manchmal benutzte sie sein Kürzel als Kosename.

»Ich habe ein flaues Gefühl im Magen. Etwas zieht sich da zusammen.«

»Scheißzeitung!«

»Sie haben mich gut bezahlt. Zwar ist nicht alles abgedruckt worden, was ich geschrieben habe, weil es auf einem Stapel liegen blieb. Und an die politischen Diskussionen mit der Redaktion will ich mich gar nicht erinnern …« Mattmann sah, dass ihm der Mann am Buffet ein Zeichen gab.

»Bist du noch da?«, fragte Gina.

Er stand auf, um die gewärmte Empanada am Buffet abzuholen.

»Wo bist du?«

»Im ›Panama‹.«

»Wie bitte?«

»Eine Freiluftbar in einer Badeanstalt, mitten in Zürich.«

»Schön. Du genießt den ersten Tag als freier Mann.«

Mattmann sagte nichts.

»Ich habe einen langen Arbeitstag im Kinderspital vor mir. Vom Schwimmen kann ich nur träumen.« Sie erzählte ihm, dass sie in der Bieterrunde für das Sommerhaus in Blankaholm ein zweites Angebot machen müssten.

»Das ist wirklich ein ungünstiger Moment«, sagte Mattmann und nippte am Riesling, der langsam warm wurde.

»Im Gegenteil. Gerade jetzt brauchen wir eine neue Perspektive.«

»Ich brauche Zeit, um mir alles in Ruhe zu überlegen.«

»Wir müssen entscheiden, was uns das wert ist. Subito!«

Mattmann wollte nie ein Sommerhaus besitzen, mieten würde ihm genügen, einmal an der einen Küste, dann an einer anderen, gerne auch auf einer Insel. Er wusste, Gina brauchte etwas, woran sie sich binden konnte.

»Warum sagst du nichts?«, fragte sie.

»Ich überlege.«

»Ruf mich zurück, wenn du zu einem Schluss gekommen bist.« Sie hängte auf.

Mattmann schaute aufs Wasser. Ihm fiel ein, dass er seiner Mutter versprochen hatte, sie am Nachmittag zu besuchen. Nicht heute, dachte er und schrieb ihr ein SMS, dass ihm etwas dazwischengekommen sei. Er wollte noch das Vortragsmanuskript von Kling für Rahel zusammenfassen.

11

Rahel hatte nach den drei Tagen Pikettdienst frei und war auf dem Weg zu Giovanni. Während ihrer freien Tage fuhr sie immer zu ihm nach Airolo, auch an diesem Montagmittag. Der Verkehr auf der Autobahn war flüssig, auch im Tunnel. Vor ihr flackerten die roten Schlusslichter eines Lastwagens. Im Dunkeln musste sie sich speziell konzentrieren, denn ihr fehlten ein paar Stunden Schlaf. Der Dienst an diesem Wochenende war anstrengend gewesen: am Freitagnachmittag ein Zimmerbrand, am Abend ein Fall häuslicher Gewalt und dann am Samstag der Tote am Göscheneralpsee. Kurz vor Dienstschluss war der DNA-Abgleich des Instituts für Rechtsmedizin aus Zürich eingetroffen. Danach handelte es sich beim Toten eindeutig um Kjell-Göran Kling. Ob er eines natürlichen Todes gestorben war, einem Unfall oder Verbrechen zum Opfer gefallen war, das würde die Obduktion zeigen. Die Resultate waren für morgen zu erwarten. Die Nachricht, dass es sich beim Toten definitiv um ihren Ehemann handelte, hatte sie Pat Hunger per Telefon mitteilen müssen, da diese für Sotheby's in London war. Sie hatte sehr gefasst reagiert, etwas anderes hatte Rahel nicht erwartet. Überrascht war sie, dass Pat Hunger keine einzige Frage gestellt hatte.

Beim Fall Kling stand sie erst ganz am Anfang und tappte völlig im Dunkeln. Sie wusste, das galt es auszuhalten. Ihre Ermittlungen begann sie immer im engsten Umkreis des Toten. Pat Hunger war da allerdings keine große Hilfe gewesen. Sie konnte keine Angaben zu Klings Kindern aus erster Ehe machen, auch wusste sie nicht, ob seine Eltern noch lebten und ob er Geschwister habe. Eine spezielle Ehe, dachte Rahel. »Und Freunde?«, hatte sie gefragt. »Nur Geschäftsfreunde«, so Pat Hunger. »Und Freundinnen?« Auch zu diesem Punkt konnte oder wollte sie nichts beitragen.

Endlich sah Rahel das Licht am Ende des Tunnels. Vielleicht konnte die Ex-Frau des Ermordeten weiterhelfen. Mit Juliette Schweizer, die in Deggio lebte, hatte sie einen Termin am frühen Nachmittag vereinbart, obwohl ihr Wochenenddienst von Freitag- bis Montagmittag bereits beendet war. Es war nur einen Katzensprung von Airolo entfernt. Bei der Ausfahrt Quinto verließ sie die Autobahn, fuhr hoch nach Deggio und parkierte vor der Kirche. Da sie etwas zu früh war, setzte sie sich auf die Bank vor dem Eingang und blinzelte in die Sonne. Kein Ton war zu hören, wie ausgestorben wirkte das kleine Dorf. Die Abwanderung in der oberen Leventina war groß, zurück blieben nur ein paar Altansässige. Von den wenigen Häusern stand die Hälfte den größten Teil des Jahres leer und wurde nur wenige Wochen im Sommer benutzt.

Als die Kirchenuhr halb zwei schlug, machte sich Rahel auf zum letzten Haus des Dorfes, ein mehrstöckiges altes Holzhaus mit goldbrauner Fassade, wo Juliette Schweizer wohnte. Sie läutete, ohne dass jemand öffnete. Daher ging sie ums Haus herum und blieb vor der offenen Türe der Töpferwerkstatt stehen. Töpfern ist das neue Yoga, wo hatte Rahel das gelesen? Eine Frau in einem grauen Overall, voll von Spuren eingetrockneten Lehms, füllte den Brennofen mit Tellern und Tassen. Rahel klopfte an die Glasscheibe der Türe, worauf sich Juliette Schweizer umdrehte. Sie sah älter aus, als Rahel auf den ersten Blick von hinten vermutet hatte. Ihr schwarzes Haar war von silbernen Strähnen durchzogen.

Rahel stellte sich vor und sagte:»Ich muss Ihnen mitteilen, dass Kjell-Göran Kling tot ist.«

»Ich weiß. Pat hat mich angerufen.« Juliette Schweizer stützte sich im Rücken mit beiden Händen an der Töpferscheibe ab. Hinter der großen schwarzen Brille leuchteten ihre Augen dunkel.

»Gerne würde ich Ihnen ein paar Fragen stellen«, fuhr Rahel weiter fort.

Juliette Schweizer ging zum hinteren Teil der Werkstatt, wo

sich eine Teeküche befand. Rahel folgte ihr und betrachtete die Schüsseln und Vasen, die zum Trocknen auf einem Gestell aufgereiht waren. Auf einem anderen Gestell standen fertig gebrannte und weiß glasierte Teller. Sie hatte selbst einmal einen Töpferkurs besucht, aber mehr als eine klumpige Tasse hatte sie nicht fertiggebracht.

»Sie arbeiten als Töpferin?«, fragte Rahel.

»Als Keramikerin.«

»Was ist der Unterschied?«

»Ich mache keine Töpfe.«

Rahel schaute sich um. »Darf ich?«, fragte sie, und Juliette Schweizer nickte. Rahel nahm einen der Teller in die Hand und strich über die glatte Oberfläche.

»Möchten Sie einen Tee oder lieber etwas Kaltes?«, fragte Juliette Schweizer.

»Ein Glas Wasser, gerne vom Hahnen.«

Sie füllte zwei Gläser voll und ging zu dem kleinen runden Tisch.

Rahel legte den Teller vorsichtig zurück aufs Gestell und folgte ihr. »Haben Sie regelmäßigen Kontakt mit der zweiten Frau Ihres Mannes?«, fragte Rahel.

»Mit der Frau meines Ex-Mannes. Manchmal ruft sie mich an, wenn sie mit ihm nicht weiterweiß. Es war auch für mich nicht immer ganz einfach mit ihm gewesen.«

»Warum?«

»K kannte nur eine Sicht. Seine eigene. Sich in jemand anderen einzufühlen war nicht seine Stärke.«

»Wie lange waren Sie verheiratet?«

Juliette Schweizer rechnete. »Mehr als zwanzig Jahre. Auf dem Papier. Nach zehn Jahren zog ich mit den beiden Kindern aus. Nun sind sie erwachsen.«

»Wo leben Ihre Kinder heute?«

»Meine Tochter Josefine lebt in Stockholm, wo sie im Architekturmuseum tätig ist. Und mein Sohn Jules versucht sich in London durchzuschlagen. Beide haben meine künstlerischen

Gene geerbt. Davon hat K, ich meine Kjell-Göran, nie etwas gehalten.«

»Haben die beiden Kontakt zu ihrem Vater?«

»Jules wollte mit ihm schon länger nichts mehr zu tun haben.«

»Und Ihre Tochter?«

»Wie ihr Vater will sie immer mit dem Kopf durch die Wand. Das geht nicht gut, wenn beide ...« Sie verstummte.

»Ein Konflikt?«

Juliette Schweizer stand auf, schaute durchs Küchenfenster, als hätte sie draußen etwas gehört, doch da war nichts. Sie drehte sich um, trat vom einen auf den anderen Fuß. Rahel fragte sich, was sie ihr erzählen wollte und warum sie so plötzlich innehielt. Rahel wartete. Sie hatte sich angewöhnt, nicht immer gleich nachzufragen, was oft weiter führte. Juliette Schweizer öffnete den Kühlschrank und kam mit einem Teller frischer Feigen zurück an den Tisch.

»Haben Sie auch Kinder?«, fragte sie.

Rahel verneinte.

»Ich musste meine Kinder allein erziehen. Mein Mann war da keine Hilfe. Im Gegenteil.«

»Was wollen Sie damit sagen?«

»Als wir noch zusammen waren, war er immer weg. Und nach der Trennung funkte er immer wieder dazwischen.«

»Und worum geht es beim aktuellen Konflikt Ihrer Tochter mit dem Vater?«

»Um Geld.«

»Etwas genauer bitte.«

»Danach müssen Sie Josefine selbst fragen.«

»Wissen Ihre Kinder vom Tod ihres Vaters?«

»Ich werde sie heute anrufen.«

Rahel bat um die Angaben der beiden, um sie später selbst zu kontaktieren. Weiter fragte sie: »Wie verlief die Scheidung von Kjell-Göran Kling?«

»Sie wollen wirklich alles wissen. Es war eine Kampfscheidung. Eine außergerichtliche Einigung war nicht möglich. Es ging um viel Geld.«

»Haben Sie mit Ihrem Ex-Mann noch eine Rechnung offen?« Rahel nahm sich eine Feige.

»Finanziell hat mein Anwalt alles geregelt. Anderes ließ sich nicht so einfach erledigen. Wie er all die Jahre mit mir umgegangen war, als wäre ich eine Idiotin. Nur er wusste, was richtig und falsch war. Gesetze galten nur für andere, nicht für ihn. Dass es ein Eherecht gibt, dafür hatte er nur Spott übrig. Und nun ist Pat mit ihm am gleichen Punkt. Sie will sich auch scheiden lassen, das ist kein Geheimnis.«

»Waren andere Frauen im Spiel?«

Juliette Schweizer seufzte. »Mehrere. Wie schon zu meiner Zeit.«

»Mit Namen?«

»Fragen Sie Pat.« Juliette Schweizer schenkte Wasser nach. »Sie müssen wissen: K konnte sehr charmant sein. Auch mich hatte er damals verzaubert, und schon nach wenigen Monaten heirateten wir. War ich damals naiv!« Sie suchte sich eine Feige aus und ließ das reife Fruchtfleisch auf ihrer Zunge zergehen. Dann fügte sie an: »Das tut hier aber nichts zur Sache.«

»Erzählen Sie bitte. Wie haben Sie ihn kennengelernt?«

Juliette Schweizer schwieg, und Rahel wartete einen Moment, dann fragte sie: »Hatten Sie mit Kjell-Göran Kling in der letzten Zeit Kontakt?«

»Nein. Er hat allen Kontakt zu mir abgebrochen. Mit seinem Bruder hat er auch gebrochen. Eine leidige Erbschaftsgeschichte, die groteske Formen annimmt. Deren Vater ist schon länger tot. Die Mutter ist vor drei Jahren gestorben. Ich weiß davon nur durch meine Tochter.«

»Wie heißt der Bruder Ihres Ex-Mannes? Und wo finde ich ihn?«

»Lennart Kling lebt wie meine Tochter in Stockholm.«

Rahel notierte sich den Namen und schloss ihr Notizbuch. Als sie aufstehen wollte, setzte Juliette Schweizer nochmals an. »K war Niederlagen nicht gewohnt. Als Letztes sagte er zu mir: ›Nur an dir bin ich in meinem Leben gescheitert.‹« Ein bemerkenswerter Satz, dachte Rahel.

Juliette Schweizer begleitete Rahel zur Türe ihres Ateliers. Beim Gestell mit dem glasierten Geschirr blieb Rahel stehen. »Wie lang arbeiten Sie schon als Keramikerin?«

»Mehr als mein halbes Leben. Seit der Heirat in meinem eigenen Atelier. Geld verdienen musste ich damit nie. Nach der Scheidung kam plötzlich der Erfolg.« Sie habe damit begonnen, in schicken Einrichtungsgeschäften auszustellen, in Ascona, Locarno und Lugano. Eines Tages sei der Koch eines bekannten Gourmetrestaurants in ihrem Atelier gestanden und habe drei Mal dreißig Teller in drei Größen bestellt. »Weiß und schlicht mussten sie sein, aber eindeutig als handgemacht zu erkennen.« Ein paar Wochen später sei er mit ein paar zerbrochenen Tellern zurückgekommen. »Upcycling«, habe er gesagt, man müsse die Bruchstelle nach dem Flicken erkennen, als Narbe in der Glasur. Juliette Schweizer lächelte.

»Bei meinen Großeltern wurde auch nichts weggeworfen«, sagte Rahel, »jede Tasse hatte ihre Geschichte.«

»So war's einmal. Und nun ist es ein Hype. Ein paar mit Sternen dekorierte Köche richten ihre Kreationen auf meinem Geschirr an. Kürzlich habe ich sogar eine Anfrage aus Zürich erhalten, von der Bar im Kunsthaus.«

Rahel war beeindruckt. Offenbar servierte die Spitzengastronomie neuerdings gerne auf Handgemachtem.

Talaufwärts nach Airolo fuhr Rahel nicht auf der Autobahn, sondern nahm die schmale Straße durch die Dörfer an der Strada Alta, eine der ersten Fernwanderrouten auf der Alpensüdseite und heute Teil des Trans Swiss Trails von Porrentruy nach Mendrisio. In Altanca fuhr sie auf den Parkplatz der Osteria, denn sie hatte Hunger. Auf der Terrasse saßen ein paar fitte Rentner, kleine Rucksäcke und Walkingstöcke auf der Bank deponiert. Sie setzte sich an einen Tisch mit Blick über die Leventina und bestellte ein Plättchen mit lokalem Alpkäse und ein Glas weißen Merlot. Sie war nicht mehr im Dienst und hätte eigentlich abschalten können. Die Einvernahme von Klings Ex-Frau hatte aber bei ihr so viele Fragen aufgeworfen, und dass Klings Bruder und seine beiden Kinder im Ausland lebten, machte die Ermittlungen kompliziert.

Die Kellnerin servierte den Käse und Weißwein, dabei zeigte sie auf das Plättchen: *»Dell'azienda«*, sagte sie, und Rahel nickte, auch wenn sie nicht genau verstand, was das bedeutete. Vom Bauernhof, vermutete sie, ihr Italienisch war rudimentär. Um nicht als einfältige Touristin dazustehen, sagte sie manchmal nur *»sì, sì«*, als wäre sie im Bilde. Sie liebte das südländische Ambiente, das beim Südportal auf einen Schlag da war. Airolo war der Anfang einer anderen Welt für sie. Auch wegen Giovanni. Er würde erst gegen Abend von Bellinzona zurück sein. Sie nahm einen Schluck des kühlen Weins und betrachtete die Sonne über den Bergspitzen auf der anderen Talseite. War das der Pizzo della Sassada oder der Pizzo Campolungo? Schöne Namen, die sich Rahel aber nicht merken konnte.

Vor einem Jahr saß sie in ihrem engen Büro an der Zeughausstraße in Zürich mit Blick auf die alte Kaserne und den Parkplatz. An einem Abend hatte sie sich, mehr aus Jux, auf der Plattform Parship eingeloggt und begonnen, ihr Profil auszufüllen. Einfach in einer Bar eine Bekanntschaft zu machen war in ihrem Alter nicht mehr so simpel wie in jungen Jahren. Wobei, simpel war es für sie weder mit zwanzig noch mit dreißig gewesen. Via Parship war die Auswahl viel zu groß. Nach den ersten Dates hätte sie die Übung am liebsten gleich wieder abgeblasen, doch dann war Giovanni aufgetaucht. Sie trafen sich an einem warmen Sommerabend in Zürich. Giovanni hatte dafür das kleine italienische Restaurant Chianalea hinter der Langstraße gewählt, benannt nach der kleinen Ortschaft ganz im Süden Kalabriens mit Blick über die Straße von Messina hinüber nach Sizilien. Der Wirt stammte von dort und stand selbst in der Küche. Mitten im Kreis »Chaib« von Zürich hatte sie zwischen Spaghetti Vongole und einer grillierten Dorade eine Leichtigkeit des Seins entdeckt, die sie nicht mehr für möglich gehalten hatte. War sie schon nach dem ersten Treffen auf die Idee gekommen, zu kündigen und alle Zelte hinter sich abzubrechen? Für das zweite Date hatte er sie nach Airolo eingeladen. An das Menu im »Tremola« konnte sie sich nicht mehr erinnern, ihre Reisetasche hatte sie im reservierten Einzelzimmer nie ausgepackt, sie waren nach dem Essen und einem langen Spaziergang in seiner Wohnung gelandet.

Rahel war plötzlich allein auf der Terrasse, und die Kellnerin wollte ihr Geschirr abtragen, die Osteria lebte von den Wanderern und schloss um achtzehn Uhr, wenn keine Gäste zum Übernachten da waren. Rahel zahlte und fuhr auf der Strada Alta weiter über Brugnasco und Madrano hinunter ins Tal und die letzten Kilometer auf der Hauptstraße nach Airolo. Das alte Haus mit der Wohnung unter dem Dach lag an der Via San Gottardo im oberen Teil des Dorfes, ganz ohne Durchgangsverkehr. Sie parkierte bei der Kirche, das »Tremola« vis-à-vis war montags geschlossen, Giovanni würde heute Abend für sie kochen, wie er versprochen hatte. Sie liebte seine Cucina povera, vor neun Uhr würde das Essen aber nicht auf dem Tisch stehen. Sie hatte etwas Zeit, könnte endlich mal in dem Buch zu lesen anfangen, das sie von Giovanni bekommen hatte. Doch auch an diesem Abend war sie zu müde zum Lesen. Früher hatte sie Bücher verschlungen.

12

Juliette Schweizer lag wach im Bett. Elf Mal schlugen die Kirchglocken. Das Gespräch mit der Kommissarin ging ihr nicht aus dem Sinn. Hatte sie etwas Falsches gesagt? Sie stand auf und ging zum offenen Fenster. Die Nacht war sternenklar. Ihr Blick schweifte über die Bergkette auf der anderen Talseite, die vom Mond erleuchtet wurde. Scharf hob sich der Grat vom Horizont ab. August war der Erste, der für sie ein klares Bild ihrer Ehe mit K gezeichnet hatte. Bei der Scheidung war sie froh um seine Unterstützung gewesen, ohne ihn hätte sie es vielleicht gar nicht gewagt, aus dem goldenen Käfig auszubrechen. Golden, weil sie in ihrem Atelier machen konnte, was sie wollte, ohne je einen roten Rappen zu verdienen. Käfig, weil sie sich immer mehr hinter die Töpferscheibe zurückgezogen hatte. Und weil sie sich lange nicht getraut hatte auszubrechen. Es war furchtbar, wenn er seine Augen zu schmalen Schlitzen zusammenkniff. Als würde er mit einer Pistole auf sie zielen. Wie gelähmt hatte sie darauf gewartet, bis der Schuss abging. Doch kein Wort kam über seine Lippen. Sein eisiges Schweigen war das Schlimmste.

Sie zitterte, schlüpfte aus dem Nachthemd, zog sich eine Hose sowie einen warmen Pullover an und steckte das Mobiltelefon ein. Vor der Türe blieb sie unter der Außenlampe stehen. Sie ging öfter nachts allein bis zur Kapelle, die weit außerhalb des kleinen Dorfes lag. Als sie aus dem Lichtkegel trat, gewöhnten sich ihre Augen langsam an die Dunkelheit. Sie ging der Dorfstraße entlang, vorbei an der Kirche, die Santa Caterina und Santa Barbara geweiht war. Beide gehörten zu den heiligen vierzehn Nothelferinnen. Katharina war nicht nur Beschützerin der Jungfrauen und Ehefrauen, sie war auch Schutzpatronin der Näherinnen und Schneiderinnen. Die heilige Barbara wachte über die Bergleute, Pyrotechniker und

Totengräber. Wer war eigentlich für die Keramikerinnen zuständig?, fragte sie sich zum ersten Mal. Sie ging weiter und überlegte, Pat anzurufen. Schon den ganzen Abend hatte sie daran gedacht, dass sie mit ihr sprechen müsse. Vor dem Dorf setzte sie sich auf eine Holzbank und blickte in die klare Nacht.

Sie hatte kein Mitleid mit K. Obwohl er sich immer so stark gegeben und behauptet hatte, nichts könne ihn erschüttern und von seinen Zielen abhalten, war er manchmal wie ein kleines Kind gewesen und hatte um Mitleid gebettelt. Oft war es ihm gelungen, sie zu erweichen, und sie war sich dann mehr wie seine Mutter als wie seine Ehefrau vorgekommen. Er war sehr verletzlich gewesen, und wehe, jemand hatte seinen schwachen Punkt entdeckt. K war im Grunde eine schwache Figur gewesen, das hatte sie erst entdeckt, als sie schon längst geschieden waren. Im Gegensatz zu August, der gegen außen nie selbstherrlich auftrat, dafür echtes Mitgefühl zeigen konnte. Pat hatte auch lange Zeit gebraucht, bis sie K durchschaut hatte.

Juliette suchte nach ihrem Mobiltelefon und wählte Pats Nummer.

»Du bist wach«, flüsterte sie, »oder habe ich dich geweckt?«

»Ich sitze hier in London mit einem Glas Whiskey und lenke mich mit einer Serie von Netflix ab.«

»Eine Kommissarin kam heute in mein Atelier. Reinhart oder so ähnlich heißt sie, irgendwo liegt ihre Karte.«

»Rahel Reinhart, von der Kantonspolizei Uri«, sagte Pat.

»Was wollte sie von dir wissen?«

»Alles.«

»Hat sie dich gefragt, wo du warst, als …?« Sie sprach nicht weiter. Juliette verstand genau.

»Nein. Und dich?«

»Auch nicht. Ich brauche kein Alibi.«

Und ich?, wollte Juliette fragen, kam aber nicht dazu.

»Du musst vor allem eines, ruhig bleiben.«

»Kann ich nicht. Einschlafen ist schwierig.«

»Zähl die Sterne.«

»Glaubst du, dass die Toten zu Sternen werden, damit wir sie nicht vergessen?«

»Das erzählt man den Kindern, damit sie glauben, alle kämen in den Himmel. Aber nicht alle haben einen Platz dort oben verdient.«

13

Klea Said stand mit ihrem schwarzen Labrador am Bahnhof von Göschenen. Es war zwanzig Minuten nach Mitternacht, der letzte Zug nach Zürich war längst abgefahren, ebenso derjenige nach Airolo und Bellinzona. Das »Bistro« auf Gleis 1, wo sie manchmal ein paar Würstchen bestellte und eines ihrer Hündin Yuki fütterte, war abends geschlossen. Dunkel waren auch die hohen Fenster des ehemaligen Bahnhofbuffets erster und zweiter Klasse, wo schon lange nichts mehr serviert wurde. Nun war in einem der alten Speisesäle ein Infozentrum zum Bau der zweiten Straßenröhre durch den Gotthard untergebracht.

Mit Scheinwerfern erleuchtet war die andere Seite des Bahnhofs, die von den Einheimischen »drüben im Eidgenössischen« genannt wurde. Rund um die Uhr wurde über lange Förderbänder der Ausbruch aus dem Stollen in Eisenbahnwagen verladen. Bevor der neue Autobahntunnel in Angriff genommen werden konnte, war ein Sondierstollen zur sogenannten Störzone gesprengt worden, eine Zone mit bröckligem Gestein, an manchen Orten so fein wie Zucker, rund vier Kilometer vom Nordeingang entfernt. Klea hatte gelesen, dass die Mineure, die sich gleichzeitig von Norden und Süden durch den Berg arbeiteten, 2026 in der Tunnelmitte aufeinandertreffen würden. Bis zur Vollendung des neuen Tunnels würde es weitere drei Jahre dauern.

Yuki schnüffelte an allen Ecken, Klea wollte jedoch nach Hause. Langsam ging sie dem ehemaligen Güterschuppen entlang, musste aber immer wieder stehen bleiben, auch mitten auf der Brücke über die gestaute Göschener Reuss. Sie schaute hinunter ins tiefe Schwarz, dunkler als die Nacht. Immer wieder hatte sie überlegt, ob sie nicht besser die Kommissarin hätte anrufen sollen. Sie hatte Kling erkannt, obwohl sie und

Andrea oben auf dem Weg gestanden und ihn nur von Weitem gesehen hatten, unten am Ufer des Stausees, mit dem Gesicht im Kies. Dieser Kling war ihr vor Monaten einmal über den Weg gelaufen, als sie bei ihrem Freund Kevin in der alten Sprengstofffabrik am Urnersee war. Kling hatte sie abgeputzt wie eine freche Göre, als sie ihn gefragt hatte, was er da verloren habe. Dabei war er einer der Investoren. Wegen seiner messerscharfen Stimme erinnerte sie sich auch an seinen Namen. Kling sei knallhart, hatte ihr Kevin erklärt, als sie ihm die Begegnung geschildert hatte. »Finanzheini« hatte er ihn genannt. Alle seine Freunde von der Zwischennutzung würden ihn am liebsten auf den Mond schießen. Oder einfach in die Luft sprengen, Sprengstoff sei bestimmt in der Fabrik irgendwo gelagert.

Klea warf einen letzten Blick in die Tiefe, dann ging sie ans andere Ende der Brücke und bog in die alte Gotthardstraße ein, die mitten durchs Dorf führte. Im Hotel »Gotthard« wie im »Weissen Rössli« brannte kein Licht mehr. Mit der Eröffnung des Autobahntunnels vor mehr als vierzig Jahren war der Tourismus im Dorf zum Erliegen gekommen. Motorradfahrer kurvten noch über den Gotthardpass und stiegen manchmal in Göschenen ab. Selten hielt ein Bus mit Rentnern und Rentnerinnen im Dorf für eine Kaffeepause an. Klea engagierte sich für die Förderung des sanften Tourismus, doch auch sie wusste, allein mit Projekten wie »Wasserwelten« ließ sich der Niedergang nicht stoppen. Für die nächsten Jahre hatten die Tunnelbauer das Dorf wieder fest im Griff, da war an eine blühende Zukunft, wie sie sich das vorstellte, nicht zu denken.

Sie öffnete die Türe zum Schulhaus und stieg hinter Yuki hinauf in die Dachwohnung. Andrea, mit der sie die Sieben-Zimmer-Altbauwohnung teilte, war schon längst schlafen gegangen. Leise ging sie in ihren Teil der Wohnung, wo sie drei Zimmer belegte: ein Schlafzimmer, ein Büro und einen großen Raum in der Mitte, mit hohen Büchergestellen an beiden Längsseiten. In ihrer Bibliothek sammelte sie alles, was ihr zum Thema Wasser in die Finger kam. Eines ihrer Spezialgebiete war der Stausee auf der Göscheneralp. Auf einem separaten Gestell standen Publikationen zum Nil, was nicht so abwegig war, wie es auf den ersten Blick erschien.

Klea schenkte sich in der Küche ein Glas Rotwein ein und ging damit in ihre Bibliothek. Yuki folgte ihr und legte sich in ihren Korb neben dem Lesesessel. Trotz später Stunde wollte sie im sechshundertseitigen Wälzer mit dem Titel »Nil« weiterlesen. Bei keinem anderen Fluss ließ sich so gut wie beim Nil belegen, wie politisch die Frage der Verteilung des Wassers war: Die Engländer zweigten das Nilwasser ab, um ihre Baumwollplantagen zu bewässern, später bauten sie den Assuandamm und begannen Strom zu produzieren. Die Siedlungen, die im Stausee untergingen, kamen nur in einem Nebensatz vor. Ebenso im Kapitel über den Bau des Damms, mit dem sich Präsident Gamal Abdel Nasser ein Denkmal schuf. Klea schweifte mit ihren Gedanken ab, an den Göscheneralpsee, zu den Menschen, die ihre Häuser verlassen mussten, die im Stausee untergingen, und zum Toten, der wieder auftauchte. Aber mit der Geschichte der Göscheneralp hatte der bestimmt nichts zu tun. Warum musste gerade sie ihn als Erste entdecken? Zum Glück war Andrea dabei gewesen und hatte kühles Blut bewahrt. Sie war froh, hatte sie Kevin, der sie beruhigen konnte. Sie wollte weiterlesen, doch sie konnte sich nicht aufs Buch konzentrieren. Ihre Gedanken sprangen zur Befragung vom Sonntag, zur Kommissarin. Was hatte sie ihr auf all die Fragen geantwortet? Warum verschwieg sie, dass sie dem Toten schon einmal begegnet war? Sie rechtfertigte sich, dass sie auf keinen Fall Kevin in die Sache hineinziehen wollte.

Als der Kollege der Kommissarin gestern angerufen hatte, er habe ein paar Fragen, war sie zuerst ganz verdattert gewesen, bis er ihr erklärt hatte, er sei Journalist bei einer großen Zeitung in Zürich und wolle gerne einen Blick in ihr Archiv werfen. Trotzdem, sie musste auf der Hut sein.

14

Ein warmer Wind blies Konrad Mattmann ins Gesicht. Er saß vor dem Ferienhaus seiner Mutter oberhalb des Dorfes Sternenberg im Zürcher Oberland. Magdalena Mattmann kam mit zwei Espressi aus der Küche vorsichtig die paar Stufen herunter zur Terrasse. Er wollte aufstehen und ihr das Tablett abnehmen. Sie wehrte ab. Mit ihren fünfundachtzig Jahren sei sie noch gut auf den Beinen, versicherte sie ihm. Sie stellte die beiden Tässchen auf den Terrassentisch und ließ sich in den Stuhl fallen.

»Und wie geht es dir so?«, fragte sie.

»Gut«, entgegnete Mattmann, »bei diesem Prachtwetter gibt es nichts zu klagen.«

»Ist er nicht einmalig, der Blick von meiner Terrasse?« Sie zeigte zum Hörnli und auf die Alpenkette im Süden.

Das fragt sie jedes Mal, dachte er.

Sie schaute sich unsicher um. »Wann kommen die anderen?«

»Welche anderen?«

»Ach, ich dachte, da kommt noch wer.«

»Hast du jemanden eingeladen?«

»Wir werden ja sehen«, sagte sie ausweichend.

Mattmann hatte bei seinen wöchentlichen Anrufen aus Stockholm bei seiner Mutter eine zunehmende Verwirrung festgestellt, die sie jeweils zu überspielen versuchte. Am Telefon war es für ihn jedoch schwierig, sich ein genaues Bild zu machen. Nun saß sie ihm gegenüber. Wie Gina vermutet hatte, konnten das Anzeichen einer Demenz sein.

»Brechen wir auf«, sagte sie, »ich habe fürs Mittagessen im ›Sternen‹ reserviert.«

»Ich habe dir gesagt, dass ich vor dem Mittag weitermuss«, sagte er irritiert.

»Hast du?«

»Ja, bestimmt.«

»Wo warst du eigentlich die ganze Zeit?«

Das war nicht der richtige Moment, ihr vom gestrigen Tag auf der Redaktion zu erzählen. Zudem müsste er mit ihr ein paar andere Fragen ansprechen: Ob es nicht Zeit sei, das Ferienhaus zu verkaufen. Ob für sie eine kleinere Wohnung mit Lift nicht bequemer wäre. Vielleicht sogar eine Alterswohnung mit entsprechendem Service, bevor nur noch das Pflege- oder sogar Demenzheim in Frage käme? Er wollte die Zeit nutzen und mit ihr etwas Geeignetes suchen. Zuerst musste er jedoch für sich selbst schauen, wie es beruflich weiterging.

Mattmann verabschiedete sich mit etwas schlechtem Gewissen, fuhr von Sternenberg hinunter nach Bauma, dann nach Wetzikon und auf der Oberlandautobahn Richtung Rapperswil. Er war froh, dass seine Mutter nicht selbst auf seine Arbeit zu sprechen gekommen war. Sie hätte es nicht verstanden, dass er seinen Job los war. Wie hätte er ihr das erklären können?

Er war unterwegs nach Göschenen, um sich von Klea Saids Archiv zu den untergegangenen Dörfern einen Eindruck zu verschaffen. Ein Interview mit ihr wäre möglicherweise ein guter Ausgangspunkt für eine Reportage, die er einer der schwedischen Tageszeitungen verkaufen könnte: historische Bilder von Siedlungen, die in Stauseen versunken waren, und aktuelle Bilder der heilen schweizerischen Alpenwelt. Dazu O-Ton der letzten Zeitzeugen, die darüber berichten konnten. Bei einer solchen Story würde eine Redaktion von »Dagens Nyheter« oder »Svenska Dagbladet« bestimmt anbeißen. Auch dem schwedischsprachigen »Hufvudstadsbladet«, das in Helsinki erschien, würde er die Geschichte anbieten, am besten für die Sonntagsbeilage. Auf Schwedisch zu schreiben traute er sich zu, ja, er freute sich über eine solche Herausforderung. In Gedanken stellte er sich weitere Themen vor, die er als freier Journalist anpacken könnte. Storys rund um den Ausbau der Wasserkraft und den Bau riesiger Solarkraftwerke in den Schweizer Alpen, das interessierte bestimmt ganz Skandinavien, weil das da auch heiß diskutiert wurde. Mit einer mehrfachen Nutzung jeder

Geschichte ließe sich der Wegfall seiner Anstellung aber nicht kompensieren. Der Traum vom Leben und Arbeiten als freier Journalist war schnell ausgeträumt.

»Gotthard – fünfundvierzig Kilometer, Lugano – hundertfünfzig Kilometer, Milano – zweihundertzwanzig Kilometer« kündigte ein grünes Schild über der Autobahn an. In weniger als drei Stunden könnte er auf dem Domplatz etwas trinken, sich in der Mode- und Designstadt umsehen und dann weiterfahren. Am Abend würde er in Triest ein gemütliches Restaurant und etwas zum Übernachten suchen. Das Vortragsmanus und seinen Laptop hatte er dabei, er würde Rahel die Zusammenfassung von unterwegs schicken. Der Abstecher nach Göschenen durfte auf keinen Fall lange dauern.

Das Schulhaus war nicht schwierig zu finden. Er parkierte, ging zwischen den auf dem Schulhof spielenden Kindern zum Eingang und stieg die Treppen hoch bis zur Dachwohnung.

Klea Said führte ihn gleich in ihre Bibliothek, ihr Privatarchiv. An einer Wand hingen Schwarz-Weiß-Fotos von Frauen und Männern, die im Wasser standen und Kisten auf einen Wagen stemmten, der mit Stühlen, Betten und Matratzen bereits vollgepackt war. Im Hintergrund war ein Haus zu sehen, mit Geranien vor den Fenstern. Würden auch sie mit allem anderen untergehen? Er trat näher und betrachtete eine andere Aufnahme von einem Kirchturm, der soeben gesprengt wurde. Trümmer flogen durch die Luft.

»Nehmen Sie Tee oder Kaffee?«, fragte Klea Said. Sie trug über den verwaschenen Jeans ein langes dunkelblaues Hemd, das gut zu ihren fast schwarzen Haaren passte. Sie war jung, zwischen fünfundzwanzig und fünfunddreißig, vermutete er.

»Tee oder Kaffee?«, wiederholte Klea Said.

Mattmann bat um Tee. Er ließ seinen Blick über die Buchrücken schweifen: »Zervreilasee«, »Ein Bergdorf geht unter«, »Strom für Zürich. Ein Requiem für Marmorera«.

»Meine Bibliothek der überfluteten Siedlungen«, sagte Klea

Said, als sie mit einem Tablett zurückkam, darauf eine gusseiserne Kanne, ein Teewärmer und zwei Teegläser. Sie stellte das Tablett auf ein niedriges Tischchen, zog ein Buch heraus und blätterte, bis sie zu den Bildseiten kam. »Sufers, Splügen, Medels und Hinterrhein wären im Sufenersee versunken, wäre die Staumauer wie geplant höher gebaut worden. Wegen der heftigen Proteste wurde der Lago di Lei in Italien als weiterer Speichersee errichtet.« Sie zeigte Mattmann eine Dokumentation zum Sihlsee bei Einsiedeln, zum Schiffenensee bei Düdingen im Freiburgischen, zum Wägitalersee im Kanton Schwyz und zum Marmorera-Stausee an der Julierpassstraße. Sie schlug eine Seite auf und wies auf ein Bild, die Dorfbevölkerung kniend vor einer Kapelle, bevor das Wasser in den See eingelassen wurde.

»Wie viele Siedlungen gingen in der Schweiz in den Fluten von Stauseen unter?«, fragte Mattmann.

»Zwei Dutzend könnten es sein.« Klea Said stellte das Buch zurück an seinen Platz. »Ich habe alles dazu gesammelt. Auch Zeitungsartikel, Zeichnungen sowie unzählige Fotos.« Mit der Hand machte sie ihm ein Zeichen, ihr zu folgen, und führte ihn in ihr Büro, wo die Wände voll von gerahmten Zeichnungen waren. Eine Serie zeigte den Bau des Erddamms auf der Göscheneralp: Reihen von Lastwagen, Ingenieure mit Plänen in den Händen, Arbeiter bei der Mittagspause. »Mehr als zwei Kilometer lang war der schmale Stausee, wo einst Kühe auf Alpwiesen geweidet hatten und im hinteren Teil, beim Zufluss der Dammareuss, eine Siedlung mit mehreren Häusern und Ställen gestanden war, wo Wanderer im Gasthaus Göscheneralp eingekehrt oder im Hotel Dammagletscher übernachtet hatten. Mehr als hundert Personen mussten umgesiedelt werden, bevor der Damm in Betrieb genommen wurde. Lange weigerte sich der Priester, die Kapelle und die Toten auf dem Friedhof zurückzulassen«, erzählte sie.

Klea Said suchte auf ihrem Schreibtisch nach einem Buch. »Wahrscheinlich habe ich es Andrea für die Projektwoche ausgeliehen. Fotos, wie die Leute vor dem Bau des Damms auf der Göscheneralp gelebt hatten. Und Interviews mit Zeitzeugen, die berichten, wie sie ihre Habe zusammenpackten und von Weitem zuschauten, als das Wasser stieg und alles überschwemmte. Auch den Friedhof.«

»Das interessiert mich. Wen kann ich dazu interviewen?«

»Unterdessen sind alle gestorben. Aber es gibt Kinder, die ihre Eltern erzählen hörten.«

Mattmann überlegte. Für eine Reportage gäben die versunkenen Siedlungen in der Schweiz bestimmt genug Stoff her, aber ohne Zeitzeugen wäre das nicht machbar.

Für das Anlegen des Archivs war Klea Said von Zürich nach Göschenen gezogen. »In meiner Einzimmerwohnung in Zürich hatte ich keinen Platz mehr für alles Material. Und sie kostete doppelt so viel wie die Sieben-Zimmer-Altbauwohnung hier.«

»Vermissen Sie die Stadt nicht? Göschenen ist schon etwas ab vom Schuss.«

»Wir haben genug zu tun und können bestens von hier aus arbeiten.« Sie zeigte auf die beiden Tische mit Bildschirmen. »Mein Freund und ich können Backend und Frontend aus einer Hand anbieten.«

»Wohnt Ihr Freund auch hier?«

Sie zögerte. »Nein, am Urnersee. Warum fragen Sie?«

»Nur so.«

15

Als Mattmann zu seinem Auto ging, schaute er nochmals hoch zur Dachwohnung. Etwas kam ihm komisch vor. Er hatte das Gefühl, dass Klea Said etwas wusste, was sie vor zwei Tagen oben auf dem Damm Rahel nicht erzählt hatte. Vielleicht wäre sie mit der Sprache herausgerückt, wenn er die Gelegenheit genutzt und nachgefragt hätte. Es war aber nicht an ihm, sie zu vernehmen, das musste Rahel machen. Er rief sie gleich an. Auf ihrem Mobiltelefon war nur die Combox eingeschaltet, wo er ihr eine Mitteilung hinterließ. Statt ins Auto zu steigen und direkt durch den Tunnel und weiter bis nach Mailand zu fahren, wollte er zuerst etwas essen. Bis jetzt hatte er nur ein Sandwich gegessen. Da kam ihm die Kantine für die Mineure in den Sinn, die ihm Rahel bei der Fahrt zum Göscheneralpsee gezeigt hatte. Am Nachmittag gab es da bestimmt noch etwas Warmes. Sie lag am Dorfende, es waren nur wenige Minuten zu Fuß. Vor dem Selbstbedienungsbuffet bildete sich auch zu dieser Zeit eine Schlange. Es werde rund um die Uhr in drei Schichten gearbeitet, erklärten ihm zwei Arbeiter in Shorts und T-Shirts mit dem Firmennamen »Herrenknecht« auf dem Rücken. Während sie sich Schritt für Schritt der Essensausgabe näherten, erfuhr Mattmann, dass sie die über zweihundert Meter lange und tausendvierhundert Tonnen schwere Tunnelvortriebsmaschine revidierten, die sie im Werk in Süddeutschland konstruiert und danach in Teilen zerlegt transportiert und in Göschenen wieder installiert hatten. Mattmann hätte gerne mehr darüber erfahren, doch da war er an der Reihe und musste sich zwischen Schnitzel mit Pommes frites und einer Pizza entscheiden.

Mit einer Pizza Margherita setzte er sich auf die Terrasse und begann zu essen. Gleichzeitig machte er sich Notizen vom Gespräch mit Klea Said und versuchte vergeblich, Rahel zu erreichen. Er schob den Teller beiseite und holte das Vortragsmanus von Kling aus der Tasche, von dem er Rahel eine Zusammenfassung versprochen hatte. Im »Gyrenbad« war er damit nicht sehr weit gekommen. Im Referat malte Kjell-Göran Kling bevorzugte Rückzugsorte für hoch bezahlte Manager aus, die sich vom hektischen Geschäftsleben erholen mussten. Oasen, weit genug von der Zivilisation entfernt und trotzdem nicht zu abgelegen, damit sie mit dem Flugzeug und wenn nötig mit dem Helikopter einfach erreichbar waren. Und wo Wohlhabende unter sich bleiben konnten. Solche Angebote bewegten sich im Preissegment 50K+, bei dem Reisende fünfzigtausend Franken oder mehr pro Woche ausgeben würden.

So viel, wie er in einem halben Jahr verdiente, rechnete Mattmann kurz nach und nahm ein weiteres Stück Pizza. Auf den folgenden Seiten wurde das Projekt Baumhotel am Vierwaldstättersee beschrieben. Auf dem Gelände der ehemaligen Sprengstofffabrik Isleten und im ganzen Isental waren dreiunddreißig Baumhäuser im Endausbau vorgesehen, alle von international bekannten Architekten entworfen. Gebaut mit einheimischem Holz, isoliert mit Schafwolle, ausgerüstet mit Verbrennungstoiletten, versorgt mit Elektrizität aus dem eigenen Wasserkraftwerk. Nachhaltig. *Sustainable.* Eine Lodge mit einem Gourmetrestaurant war auch geplant.

Der Rest der Pizza war unterdessen kalt geworden.

Die Sprengstofffabrik Isleten war für ihn ein Trigger. Dort hatte einst sein Vater gearbeitet. Vor einem Jahr hatte er in eigener Sache recherchiert und war auf ein Familiengeheimnis gestoßen. Wie er in Klings Vortragsmanuskript gelesen hatte, war dort eine Umnutzung geplant. Er nahm sein iPad aus seiner Umhängetasche und googelte »Isleten«. Dabei stieß er auf die Website »Baumhotel am Vierwaldstättersee«. Das Hotel war noch nicht eröffnet, aber er sah Fotos einer ganzen Reihe von Baumhäusern. Oder waren es nur animierte Visualisierungen? Der Eröffnungstermin wurde mit *»soon«* bezeichnet, Reservationen waren nicht möglich. Er suchte die Baumhaus Schweiz AG bei Moneyhouse. Im Verwaltungsrat saß als Präsident ein Rechtsanwalt aus Altdorf, zudem Morgan Strandhäll, ein Norweger, der in Schweden wohnte, August Wasik aus Baden und Kjell-Göran Kling. Wusste Rahel das? Er versuchte, sie nochmals anzurufen. Wieder war nur die Combox eingeschaltet.

»Bitte sofort zurückrufen«, sagte er nach dem Piepston leicht genervt. Danach mailte er ihr eine kurze Zusammenfassung von Klings Vortrag.

16

Rahel Reinhart hatte nach ihrem langen Wochenenddienst am Vormittag ausgeschlafen. Eigentlich hätte sie zwei Tage frei, doch hatte sie am späten Nachmittag eine Sitzung mit dem Kripochef und dem ganzen Team. Das ließ sich mit einer kleinen Ermittlung im Golfclub in Andermatt kombinieren. Dort war Kjell-Göran Kling Mitglied, für Rahel eine gute Gelegenheit, mehr über ihn zu erfahren. Auf dem Weg von Airolo nach Andermatt vibrierte ihr Mobiltelefon. Am Telefon war die Wirtin des »Dammagletschers« oben am Stausee. Ihr sei etwas in den Sinn gekommen. Vor etwa drei Wochen sei ein dunkelblauer Porsche rückwärts gegen den Pfosten der Barriere gefahren, bei der Abschrankung zum Damm. In der Zeitung habe sie vom Aufruf der Polizei gelesen, die nach genau so einem Auto fahnde.

»Vor etwa drei Wochen. Können Sie das genauer sagen?«, fragte Rahel.

»Moment bitte«, sagte die Wirtin, und Rahel hörte, wie sie in einem Buch blätterte. »Da haben wir es: Wir hatten die Wandergruppe Altstetten auf der Terrasse zum Mittagessen. Am 30. Mai. Wir hatten eben das Dessert aufgetragen, einen Coupe Romanoff, als ich es hörte. Etwa um zwei Uhr, schätze ich.«

»Sahen Sie, wer am Steuer saß?«, fragte Rahel und wartete. Sie bekam keine Antwort. »Mann oder Frau?«, fragte sie nach.

»Das konnte ich von der Terrasse aus nicht sehen.«

Rahel wollte die Spurensicherung nochmals an den Göscheneralpsee schicken. Im besten Fall gab es Farbsplitter bei der Barriere, das müsste sich feststellen lassen. Sie gab Sabrina Meili den Auftrag. Ein erster Hinweis zum Auto des Opfers. Und endlich ein genaues Datum und eine Uhrzeit.

Danach hörte Rahel ihre Combox ab. Ein Kollege hatte ihr eine Mitteilung hinterlassen, dass Surfer-Richi wieder einmal auf dem Posten gewesen sei. Diesmal habe er selbst eine Anzeige wegen einer Taxenerhöhung für den Platz seines Wohnmobils gemacht, in seinen Augen völlig ungerechtfertigt. Zwei Mitteilungen waren von Mattmann, der dringend um einen Rückruf bat. Als sie ihn erreichte, erzählte er ihr vom Gespräch mit Klea Said. Bei ihr müsse Rahel unbedingt nachhaken. Gehört nicht zum engsten Kreis meiner Ermittlungen, sagte sie sich. Ausführlich wollte ihr Mattmann von seinen Recherchen zur Baumhotel AG berichten. Kling sei da in Geschäfte verstrickt, da gebe es Spuren zuhauf, die man verfolgen müsse. »Danke für den Hinweis«, sagte sie. Um das Netz von Klings Geschäftsbeziehungen offenzulegen, fehlten ihr in Altdorf aber schlicht die Ressourcen, wie sie Mattmann zu erklären versuchte. Bei ihrer vorhergehenden Stelle bei der Kripo Zürich hätte sie die Abteilung für Wirtschaftskriminalität einschalten können. Zudem war sie überzeugt, dass es im Fall Kling um ein Beziehungsdelikt ging, auch wenn sie nach der Befragung von Klings Frau und Ex-Frau nichts Konkretes in der Hand hatte.

»Hast du von diesem Projekt Baumhotel schon mal etwas gehört?«, fragte Mattmann.

»Irgendetwas habe ich mal gelesen. In einem Wald soll das gebaut werden. Das ist in der Schweiz sowieso absolut unmöglich.«

»Nicht in irgendeinem Wald, sondern auf dem Areal der alten Sprengstofffabrik in Isleten. Und weiter oben im Tal.«

»Das ist mir neu. Wird dort nicht Nitroglyzerin für medizinische Zwecke hergestellt?«

»Diese Produktion ist schon seit einiger Zeit eingestellt. Die Cheddite AG hat das ganze Gelände verkauft. Kling ist einer der Investoren hinter der Firma, die das erworben hat, und sitzt im Verwaltungsrat.«

»Dem könnte man mal nachgehen. Wie er dazu kam. Mit welchem Betrag er da beteiligt ist. Ob es Gegner für das Projekt gibt.«

»Die gibt es bestimmt.«

»Kannst du da mal etwas graben? Auf dem Netz versteht sich.«

»Besser wir beide sehen uns das gleich heute mal an«, sagte Mattmann. »Ich bin jetzt in Göschenen und kann sofort kommen, damit wir uns das mal anschauen können.«

»Heute Nachmittag habe ich keine Zeit.«

»Am frühen Abend?«

»Ich habe mit Giovanni zum Nachtessen abgemacht, das kann ich unmöglich canceln.« Sie hörte, wie Mattmann leise knurrte.

»Willst du, dass ich alleine nach Isleten fahre?«, fragte er.

»Nein! Du recherchierst auf dem Internet. Und ich vor Ort. Das Urnerland ist mein Jagdgebiet. Da kann nur ich als Ermittlerin auftreten.« Im Stillen nahm sie sich für den Nachmittag vor, das Projekt »Baumhotel« in Andermatt mal anzusprechen, und vertröstete Mattmann. »Für dich habe ich einen anderen Auftrag. Ich kann es dir heute Abend erklären.«

»Heute Abend?«

»Komm nach Airolo. Ins ›Tremola‹. Dort lernst du Giovanni kennen.«

»Warum nicht.«

»Halb acht«, sagte Rahel und hängte auf.

Das Clubhaus lag neben der neuen Apartmentsiedlung »Andermatt Reuss« mit Blick Richtung Hospental. Auf dem Parkplatz herrschte eine Zweiklassengesellschaft, wie Rahel sofort auffiel: einerseits die staubigen Subarus und Jeeps aus dem Kanton Uri, andererseits die blank polierten SUVs, Limousinen und Cabrios mit Zürcher und Zuger Nummernschildern sowie aus anderen Ländern. Sie stellte ihren Forester zu den Einheimischen und fragte in der Rezeption nach dem Clubpräsidenten, mit dem sie einen Termin vereinbart hatte. Die Terrasse war voll besetzt mit dezent sportlich gekleideten Golfern und Golferinnen. Bluejeans, T-Shirts, Tanktops und Fitnesskleidung waren nicht erwünscht, wie Rahel bei einem kurzen Blick auf die Homepage vor ihrer Abfahrt erfahren hatte. Bernhard Bischofberger empfing sie in der Lounge des Clubrestaurants The Swiss House. Er wollte sie zuerst durch die Anlage führen, doch Rahel kam sofort zur Sache.

»Wie gut kannten Sie Kjell-Göran Kling?«

»Er war eines unserer ersten Mitglieder, als wir den Club gegründet haben. Alle kennen ihn.«

»Welchen Ruf hatte er?«

»Er war ehrlich, integer und höflich, verkörperte für mich wie kein anderer den *spirit of the game of golf*.«

»Höflich? So wurde er mir bis jetzt nicht geschildert.«

»Er konnte durchaus höflich sein. Und hatte einen speziellen Charme. Etwas Nordisches vielleicht, auf eine Art zurückhaltend, aber nicht so spröde wie bei einigen Engländern. Bei Frauen kam das an.«

»War er ein guter Spieler?«

Bischofberger musste einen Moment nachdenken. »Er war ein Kämpfer. Es gab für ihn nur eines: siegen, um jeden Preis. Er war süchtig nach Bewunderung. Hinter vorgehaltener Hand nannten wir ihn manchmal Hoover.«

»Nach Herbert Hoover, Präsident der USA während der großen Depression?«

»Nein. Er sog Anerkennung wie ein Staubsauger auf.«

»Waren Sie mit ihm befreundet?«

»Wir pflegten eine Freundschaft, wie das unter Golfern üblich ist. Er kam fast jeden Tag, bei jedem Wetter.«

»Was können Sie mir zu seinem privaten Hintergrund erzählen?«

»Wir haben uns vor allem auf dem Golfplatz und bei Anlässen des Clubs getroffen. Seine Frau habe ich nur ein- oder zweimal gesehen. Sie macht sich nichts aus Golf, obwohl sie aus England stammt. Übrigens bieten wir hier geradezu schottische Verhältnisse, angesichts der Höhenlage.«

»Pflegten Sie geschäftliche Beziehungen mit Kling?«

Er lächelte. »Zwangsläufig. Ich bin in der Immobilienbranche tätig und habe ihm etwas vermittelt, das geht hier in Andermatt Hand in Hand.«

»Wie konnte er als Ausländer hier eine Ferienwohnung kaufen? Die ›Lex Koller‹ hat das streng limitiert«, sagte Rahel.

»In Andermatt gelten andere Regeln, müssen Sie wissen. Es geht hier um ein Investitionsvolumen von mehreren hundert Millionen Franken. Da hat der Bundesrat eine Sonderregelung bewilligt und diese kürzlich um weitere zwanzig Jahre verlängert. Ausländische Käufer können hier uneingeschränkt Wohneigentum und Häuser erwerben.«

»Und das Zweitwohnungsgesetz, ist das hier auch außer Kraft?«

»Stellen Sie sich vor, der Bau von Ferienwohnungen wäre hier auf zwanzig Prozent aller Wohnungen im Dorf beschränkt! Andermatt wäre heute noch ein verschlafenes Kaff, wenn Sie den Ausdruck entschuldigen.«

»Hatten Sie noch anderweitige Geschäftsbeziehungen mit Kling?«

»Nein.«

»Kling ist als Verwaltungsrat der Baumhaushotel AG aufgeführt, die ein Tourismusprojekt in Isleten plant. Sind Sie da auch beteiligt?«

»Ach, diese Baumhotelgeschichte. Wenn Sie mich fragen, das Fiasko ist programmiert. Und für Kling eine Schuhnummer zu groß.«

»Warum?«

»Da gibt es Altlasten. Die aufzuräumen geht ins Geld. Ich habe gehört, mindestens eine Million sei da nötig.«

»Eine Schätzung oder gibt es da konkrete Zahlen?«

»Wer in Isleten mit der Planung der Umnutzung beginnen will, muss diese Million für die Entsorgung der Altlasten gleich mal auf ein Sperrkonto einzahlen. Das kann nicht jeder.« Bischofberger rieb sich die Hände und fuhr fort: »Und zweitens soll es beträchtliche Auflagen des Landschaftsschutzes für das ganze Areal in Isleten geben. Wer da bauen will, braucht einen langen Atem. Einen sehr langen Atem.«

»Kann ich mir vorstellen«, sagte Rahel.

»Da kommt mir ein anderes Projekt in den Sinn, bei dem Kling beteiligt war und kläglich gescheitert ist.«

»Welches?«

»Er war Mittelsmann bei einer Offerte von Fundata, bei der es um das Ticketing für sämtliche Bahnen und Skilifte in Andermatt ging. Der Zuschlag ging an eine andere Firma.«

»Erzählen Sie.«

»Ich weiß nur, was in der Zeitung stand.«

»Wer weiß mehr?«

Bischofberger überlegte und schaute sich um. »Joe habe ich eben gesehen. Wahrscheinlich ist er draußen, Green 1 oder 2 würde ich tippen. Joe Salzgeber kennt den Gründer von Fundata. Sie stammen beide aus München. Und über Kling kann er Ihnen auch das eine und andere erzählen.« Er wählte eine Nummer auf seinem Telefon und gab eine Anweisung. Dann sagte er zu Rahel: »Jemand wird Sie hinfahren.«

Zehn Minuten später saß Rahel in einem elektrisch angetriebenen Golfcar, ein bärtiger Mann in grüner Arbeitskleidung saß am Steuer. Sie kamen schnell ins Gespräch und waren bald beim Du, weil Rahel nicht vom Golfclub war, wie er begriff. Ramon erzählte, er schneide das Gras auf dem ganzen Parcours. Viele Überstunden im Sommer. »Und im Winter?«, wollte Rahel wissen. Arbeite er bei den Bergbahnen und präpariere mit dem Ratrac die Skipisten. Aufgewachsen sei er auf einem Bergbauernhof in Realp, doch davon könne man heute nicht mehr leben.

Auf Green 1 war Joe Salzgeber nicht zu sehen, daher fuhren sie weiter. Wo früher Kühe weideten, waren jetzt Abschläge, Fairways, Roughs und Greens. Die Roughs mit dem hohen Gras müsse er nur zweimal pro Jahr mähen, erklärte ihr, »für die Herren und Damen aus dem Unterland muss es etwas wild aussehen.«

»Und die Greens?«

»Da mache ich einen Bürstenschnitt.«

»Das heißt?«

»Vier Millimeter. Für ein Profiturnier sogar nur zweieinhalb.«

»Präzisionsarbeit.«

»Für einen so kurzen Schnitt ist der Untergrund entscheidend: eine perfekte Mischung von Sand und Humus. Damit das Wasser versickern kann.«

Sie passierten kleine Gruppen von Golfern, die Golftaschen mit den Schlägern hinter sich herzogen.

»Und die Bewässerung in diesem trockenen Sommer?«, fragte Rahel.

»Ein Riesenthema.«

Da erspähte Ramon den gesuchten Salzgeber und steuerte auf ihn los. Als sie ihn erreichten, stieg Rahel aus und wollte sich verabschieden.

»Ich warte«, sagte er, und sie dankte ihm.

Joe Salzgeber reagierte unwirsch, als sich Rahel vorstellte. Er war mit einer Gruppe unterwegs und wollte nicht gestört werden, schon gar nicht von der Polizei. Rahel ließ nicht locker.

»Fünf Minuten, mehr gebe ich Ihnen nicht«, sagte er, ging ein paar Schritte abseits und stützte sich auf seinen Golfschläger.

»Sie kannten Kjell-Göran Kling?«, begann Rahel.

»Ich habe von den bedauerlichen Umständen erfahren.«

»Waren Sie geschäftlich mit ihm liiert?«

»Wir waren Konkurrenten. Ich arbeite für Siemens, er arbeitete für die ABB. Nachdem Kling aus der Geschäftsleitung plötzlich ausgeschieden war, haben wir auf diesen achtzehn Löchern gegeneinander gespielt.«

»Plötzlich?«

»Ja, es war ein abrupter Abgang. Vierzig Jahre hat er für den Konzern gearbeitet, und dann musste er weg. Man sollte nie so lange an einem Ort bleiben.«

»Was ist vorgefallen?«

»Er hat als linke Hand von Percy Barnevik begonnen und war am Schluss Finanzchef der ABB. Ein glänzender Stratege. Kling hatte erkannt, dass für große Firmenübernahmen sehr viel Kapital notwendig war, und hatte daher innerhalb des Konzerns eine Kriegskasse mit enormen Mitteln aufgebaut. Gewissermaßen eine konzerneigene Bank. Da saß er oft am längeren Hebel in der Geschäftsleitung und diktierte die Bedingungen bei den Übernahmen, bestand auf dem Auswechseln der alten Führungsmannschaften und schloss Werke, eines nach dem anderen. Dabei kam schon der eine und andere unter die Räder. Kling war da nicht zimperlich, wenn ich ganz offen reden darf.«

»Ich bitte Sie darum.«

»Geld, Gier und Größenwahn ist in unseren Kreisen verbreitet. Aber handgreiflich geht man sich nicht an den Kragen. Wir sind ja alle zivilisierte Menschen.« Er wandte sich dem Trolley mit seinen Schlägern zu.

»Zu seinem abrupten Abgang wollten Sie mir noch etwas sagen.«

»Wollte ich nicht.«

Rahel wechselte das Thema. »Wie war Kling bei Fundata engagiert? Bernhard Bischofberger meinte, dass Sie mir dazu einiges erzählen können.«

»Wohl weil ich den Aufstieg dieses Unternehmens von Anfang an verfolgt habe. Eine spannende Geschichte. Fundata hat ganz klein begonnen, als man am Skilift noch eine gestempelte Tageskarte an der Kasse zeigen musste.«

Rahel erinnerte sich.

»Sie waren die Ersten, welche ein elektronisches System mit Drehkreuz verkauften. Zu Beginn musste man die Karte, an einem elastischen Bändel hängend, jedes Mal in einen Schlitz stecken. Danach ging es Schlag auf Schlag weiter: Fundata entwickelte ein System für den Zutritt zu allen Skiliften einer ganzen Destination mit einer zentralen Datenbank. Dann folgte die Kombination Skipass und Zimmerschlüssel in einem. Darauf rüstete die Firma große Hotelanlagen, Sportstadien, Einkaufszentren weltweit mit elektronischen Zutrittskontrollen aus. Ein Riesenmarkt.«

»In Andermatt kamen sie nicht zum Zug.«

»Kling hatte es vermasselt.«

»Warum?«, fragte Rahel.

Salzgeber schaute auf die Uhr und wollte zu seinen Golffreunden zurückkehren. »Darüber ist Gras gewachsen.«

»Sie haben mir Kling als erfolgreichen Finanzchef der ABB geschildert. Wie kam er ins Straucheln?«

»Straucheln. Hübsch gesagt. Da gab es tatsächlich ein paar Stolpersteine, wenn ich so sagen darf. Verletzliche Seiten, das hat jeder Mensch, das wissen Sie als Kommissarin bestimmt besser als ich.«

»Bei Kling?«

»Sie sind hartnäckig. Aber bei mir beißen Sie da auf Granit.«

»Eine allerletzte Frage, dann lasse ich Sie springen: Wo war Kling sonst noch involviert?«

»Er hatte ein Projekt am Laufen, eine große Kiste, wie ich gehört habe. Ein Baumhaushotel. Eine Idee, die er aus Skandinavien importiert hat. Zusammen mit einem Norweger, der im Ölgeschäft reich geworden ist und nun in der Schweiz investieren will. Mehr weiß ich nicht.«

»Mit wem muss ich sprechen, wenn ich mehr darüber erfahren will?«

»August Wasik. Bei ihm laufen viele Fäden zusammen. Wie Kling war er jahrzehntelang bei der ABB und kennt die Interna. Sie könnten ihn auch hier in Andermatt treffen, wo er seit Langem eine Ferienwohnung besitzt. Besser, Sie fahren nach Baden. In letzter Zeit ist er selten hier. Was in Andermatt abgeht, soll ihm nicht so behagen.«

Rahel hätte von Salzgeber gerne mehr zu Wasik erfahren, doch ihre Zeit war abgelaufen. Auch ein paar weitere Golffreunde von Kling hätte sie treffen wollen, fürs Erste musste das aber genügen. Sie würde nach Baden fahren, fürchtete allerdings das Prozedere, bis sie außerkantonal ermitteln konnte. Am Rand der heutigen Sitzung in Altdorf würde sie das dem Kripochef unterbreiten, damit er dies ganz unbürokratisch möglich machte.

Ramon brachte sie zurück zum Parkplatz, wo sie ihren Forester aufschloss und sich auf den Fahrersitz fallen ließ. Im Auto war es heiß wie in einer Sauna.

Eine halbe Stunde später war sie zurück auf dem Posten in Altdorf. Die Sitzung mit der ganzen Abteilung zog sich in die Länge. Rahel hörte nur mit einem Ohr zu, gedanklich war sie bei ihrem Fall und reagierte nicht auf eine Frage Krähenbühls, der sie mit bösem Blick strafte. Am Ende der Sitzung zitierte er sie zu sich. Er rügte sie und zeigte kein Verständnis für ihren Antrag, in Baden zu ermitteln. »Konzentrier dich auf den Kanton Uri, da hast du bestimmt genug zu tun«, sagte er barsch.

Verärgert ging sie ins Büro von Tiefenbacher, der am Fundort der Leiche getaucht war. Sie lästerten kurz über ihren Chef, dann klärte Rahel die Frage der Wassertemperatur im Göscheneralpsee und mailte die Angabe an Zimmermann vom Institut für Rechtsmedizin in Zürich. Dieser rief umgehend zurück.

»Hast du den Obduktionsbericht zum Fall Kjell-Göran Kling gelesen?«, fragte er.

»Ich hatte zwei Tage frei und bin noch nicht dazu gekommen«, sagte sie und spürte, wie müde sie war.

»Die Prellungen am Kopf des Opfers und die Hämatome an den Gliedern stammen vom Sturz, sie führten mit größter Wahrscheinlichkeit jedoch nicht zu seinem Tode.« Er erklärte, dass die Haut durch das lange Liegen im Wasser so aufgeweicht worden sei, dass Rückschlüsse von den festgestellten Blutergüssen schwierig seien. »Die Hautabschürfungen an den beiden Unterarmen und Handgelenken dagegen sind aufschlussreich: Sie zeigen in verschiedene Richtungen. Sie stammen vom Hinunterrollen.«

»Und dann ist er ertrunken?«

»Nein. So kann man das nicht sagen, lies den Bericht.«

»Mach ich. Aber nur ganz kurz: Woran ist das Opfer gestorben?«

»Das fragen wir uns auch. Ein Sturz, verursacht durch einen Hitzschlag? Oder ein Herzinfarkt? Dafür haben wir jedoch keine Anzeichen gefunden. Auch nicht für eine tätliche Auseinandersetzung.«

»Folgen einer Vergiftung?«

»Keine Rückschlüsse durch den Mageninhalt, die darauf hindeuten.«

»Das hilft mir nicht weiter«, sagte Rahel. »Also keine Anzeichen fremder Einwirkung. Und keine Anzeichen, dass er in den Stausee gefallen und dabei ertrunken ist.«

»Genau so ist es.«

»Und zur Todeszeit könnt ihr auch keine konkreten Angaben machen?«

»Schwierig, sehr schwierig. Je länger eine Leiche im Wasser liegt, desto diffiziler ist ein genauer Zeitpunkt des Todes feststellbar. Auf mehr als zwei, drei Tage genau können wir das nicht sagen. Im besten Fall.«

Rahel blätterte im Obduktionsbericht. »Zwischen dem 28. und 30. Mai steht da. Wie soll ich mit diesen vagen Angaben ein Alibi einholen?«

»Pass auf! Du gehst von einem außergewöhnlichen Todesfall aus. Wir haben nichts Konkretes, das diesen Verdacht bestärkt.«

»Hast du noch etwas im Köcher?«

»Bei uns ist eine Gewebeanalyse am Laufen. Sowie eine Untersuchung des Kammerwassers.«

»Kammerwasser? Nie gehört.«

»Das erkläre ich dir später, wenn die Resultate vorliegen. Der Tote litt an einem schweren Diabetes, nicht wahr?«

»Er hatte sich täglich Insulin spritzen müssen, so die Aussage seiner Frau. Bei der Durchsuchung der Wohnung bin ich auf ein Insulinbesteck gestoßen. Heute benutzt man wohl eher einen Pen, aber Kling war in diesen Dingen vielleicht etwas altmodisch.«

»Wir haben einige wenige Einstichstellen in der Bauchdecke festgestellt. Allerdings ließen sie sich kaum erkennen.«

»Warum?«

»Die Haut einer Wasserleiche ist so aufgequollen, wie wenn du zu lange in der Badewanne gelegen bist.«

Rahel ging nicht darauf ein. Sie war der Typ, der lieber duschte.

17

Die Einladung nach Airolo ließ sich Mattmann nicht entgehen. Da er genug Zeit hatte, konnte er über den Gotthard fahren. Noch nie hatte er diesen Pass überquert. Durch die Schöllenenschlucht fuhr er hinauf nach Andermatt, ließ das Dorf links liegen und fuhr weiter nach Hospental. Dort zweigte er ab und nahm die ersten Kurven Richtung St. Gotthard in Angriff. Die Straße stieg langsam an. Er hatte sich die Fahrt dramatischer und kurviger vorgestellt, vielleicht weil sich so viele Mythen um dieses Bergmassiv rankten. Bald war er über der Baumgrenze und erreichte nach einer Weile die kahle Passhöhe mit dem Parkplatz voller Autos. Kurz aussteigen, einen Kaffee trinken und dann weiterfahren. Auf der Terrasse des Albergo San Gottardo fand er einen Tisch an der Hauswand, geschützt vor dem kalten Wind, der über die Passhöhe zog. Kaum hatte er den ersten Schluck getrunken, rief Gina an.

»*Buongiorno, bella*«, begrüßte er sie.

»*Koma, amore mio*«, sagte sie mit ihrer hellen Stimme. Er liebte es, wenn sie seinen Namen mit weichem italienischen K aussprach, das eher wie ein G tönte. »Wo bist du?«

»Ich sitze in der Sonne auf über zweitausend Metern über Meer.« Er erzählte ihr, dass er auf dem Weg nach Süden sei.

»Ohne mich?«

»Du willst diesen Sommer ja gar nicht in die Schweiz kommen.« Er hatte sich schon Gedanken gemacht, über welche Pässe sie diesmal gemeinsam fahren würden und in welchen romantischen Hotels sie übernachten könnten.

»Blankaholm«, sagte sie und fragte: »Um wie viel sollen wir unser Angebot erhöhen?« Sie zählte nochmals alle Vorzüge auf: Sicht aufs Meer aus allen Zimmern; eigener Strand mit Bootshaus; kein Nachbar weit und breit, nur Wald; und trotzdem nur ein paar hundert Meter zum kleinen Dorf mit zwei Restaurants, einem Lebensmittelgeschäft und einem Postschalter. »Wo ist so ein Bijou heute noch zu finden?«

»Ich habe die Verkaufsbeschreibung genau gelesen. Bei mir leuchten alle Lampen rot. Die Umschreibung ›Renovierungsobjekt‹ verspricht nichts Gutes.«

»Es ist ein Haus mit Charme.«

»Ein Fass ohne Boden. Da können wir endlos Geld hineinstecken.«

»Am besten wir wohnen mal einen Sommer drin. Danach sehen wir weiter.«

Er schwieg. Er hatte keine Lust, den ganzen Sommer in einer Ruine zu verbringen.

»Und das kleine hübsche Dorf?«, fragte sie. »Hast du es dir auf dem Netz angeschaut?«

»Ich habe mir nur das Restaurant angesehen. ›Zu verkaufen‹ steht da. Offenbar schon seit Langem. Und der Hafen sieht auf Google Earth recht öde und verlassen aus.«

»Das täuscht. Bei der ersten Besichtigung habe ich in der Hafenkneipe einen ausgezeichnet geräucherten Zander gegessen. Die Auswahl an Glacés ist riesig, wie du das liebst.«

»Ein Kiosk, der bestimmt schon Ende August dichtmacht, wenn alle Tagestouristen verschwunden sind.«

»Koma, du bist immer so kritisch, wenn es um Schweden geht.«

»Die Sommersaison in Schweden ist kurz, das weißt du.«

»Erhöhen wir um fünfzigtausend auf achthunderttausend? Das sind lumpige achtzigtausend Franken. Was bekommst du dafür in der Schweiz?«

»Du hast die Kosten für die Renovation vergessen. Wie viel kommt da noch dazu?«

»Je nachdem, was wir selbst machen. Ich schätze mal grob, nochmals hundertfünfzigtausend. Damit sind wir, großzügig aufgerundet, bei einer Million Kronen oder hunderttausend Schweizer Franken. Für ein Haus direkt am Meer. Mit viel Umschwung. Eine Chance, die wir packen müssen.«

»Sehr optimistisch, deine Schätzung«, sagte Mattmann und suchte nach Argumenten, um das Projekt zu bodigen. Dabei schaute er sich um. Ein Mann am anderen Ende der Terrasse schien ihn zu beobachten. Irgendwie kam er ihm bekannt vor, Mattmann hatte aber keine Ahnung, wo er ihn getroffen haben könnte, und schon gar nicht, wie er hieß.

»Entweder du schaust es dir selbst an, oder du gibst mir Carte blanche. Basta!«

»Also gut«, sagte Mattmann kurz entschlossen. »Ende Woche fliege ich zurück, und wir fahren zusammen nach Blankaholm.« Entschieden ist damit noch nichts, dachte er und beendete das Gespräch.

Der Fremde trat an seinen Tisch. »Konrad Mattmann?«, fragte er und stellte sich vor. »Mark Croneman. Ich glaube, wir sind uns vor vielen Jahren schon mal begegnet.«

Mattmann erkannte ihn an der Stimme, Mark hatte damals für eine Zeitung in Baden geschrieben, während er selbst Volontär bei der großen Zeitung in Zürich gewesen war.

»Was treibst du hier auf dem Gotthard?«, wollte Croneman wissen.

»Ich bin auf der Durchreise.«

»Du schreibst offenbar immer noch für das gleiche Blatt. Ich lese ab und zu von dir, Herr Auslandkorrespondent.«

Mattmann fragte sich, ob seine Entlassung auf Twitter schon die Runde gemacht habe. Ungern wollte er darauf eingehen.

»Und du?«, fragte er.

»Nein. Zum Glück nicht mehr beim Tagblatt. Ich habe die Branche gewechselt.«

»Und womit arbeitest du nun?«

»Mit dem Tod.«

Mattmann runzelte die Stirn, forderte ihn auf, am Tisch Platz zu nehmen, und fragte, was er trinken wolle.

Croneman winkte ab, er müsse gleich weiter. »Ganz kurz: Seit fünf Jahren bin ich als Trauerredner bei nicht kirchlichen Beerdigungen tätig.«

»Vom Journalisten zum Trauerredner«, sagte Mattmann.
»Gar kein so weiter Weg.«
»Bestimmt keine leichte Aufgabe, jedes Mal eine passende Story zu finden, die tröstet. Oder hast du zwei, drei Standards, die du immer bringen kannst?«
»Meine Abdankungen sind maßgeschneidert.«
»*Nihil nisi bene.* Über die Toten nur Gutes, sagt man.«
Croneman lächelte. »So einfach ist das nicht.«
»Hast du nicht einen Abstecher als Pressesprecher gemacht?«
»Unternehmenskommunikation heißt das heute. Ich war eine Zeit lang bei der ABB, als es am spannendsten war«, sagte er und stand auf.

Mattmann horchte auf. Die ABB, der Zusammenschluss der schwedischen ASEA und der schweizerischen BBC, interessierte ihn als Thema für seinen Abschiedsartikel.

»Ich muss«, sagte Croneman. Er gab Mattmann seine Karte und rief ihm beim Gehen zu, er solle ihn mal anrufen, wenn er in Baden sei. Bei einem Bier könnten sie sich ausführlicher unterhalten. »Das Geschäft mit dem Tod hat Zukunft. Die Kirche macht da ein paar fatale Fehler bei der Bewirtschaftung. Wer weiß, vielleicht ist das auch mal etwas für dich.«

Mattmanns Kaffee war kalt geworden. Mit dem Tod hatte er bis jetzt wenig zu tun gehabt. Dass er den Journalismus an den Nagel hängen würde und sich dafür einen Talar als Abdankungsredner überziehen könnte, diese Idee war bei ihm schon einmal aufgeblitzt. Nach der neusten Entwicklung bei seiner Zeitung müsste er diese vielleicht nochmals prüfen. Oder war das eine abwegige Idee?

Er zahlte. Bevor er zum Auto zurückging, schlenderte er zum nahen St. Gotthard Hospiz. Er stand vor der sechsstöckigen Giebelfront, ging um das mächtige Gebäude herum und betrachtete mit Abstand das grau glänzende Dach, welches auf drei Seiten steil abfiel und mit modernen Lukarnen durchsetzt war. Auf der einen Seite ragte ein kleiner Glockenturm wie ein Fremdkörper aus dem Dach, darunter eine kleine Pforte.

Mattmann trat ein und stand in der alten weiß getünchten Kapelle mit kleinen Fenstern. Links und rechts vom Altar zwei Gemälde mit einem Heiligen. War das der St. Gotthard? Er fand auf der hintersten Bank eine Broschüre zur Geschichte, aber keine Angaben zum heiligen Godehard. Dafür las er, wie die französische Garnison, die 1799 auf dem Gotthard überwinterte, nach ihrem Abzug die meisten Gebäude zerstört hatte. Was übrig blieb, wurde danach von den österreichischen und den russischen Truppen demoliert.

18

Am Abend saß Mattmann an der Bar im Hotel Tremola in Airolo. Er brauchte nicht lange zu warten, bis Rahel und ein groß gewachsener Mann im schwarzen Anzug an ihrer Seite das Lokal betraten. Er hatte sein langes dunkles Haar zu einem Pferdeschwanz zusammengebunden. »Giovanni«, stellte er sich vor und schüttelte ihm die Hand. Rahel küsste Mattmann flüchtig auf beide Backen. Sie trug ein kurzes Kleid, schwarzblau schimmernd, mit freiem Rücken. Mattmann hatte sie bisher immer nur in Jeans und T-Shirt gesehen. Nur einmal, als er sie vor mehr als drei Jahrzehnten in einem Café in Zürichs Innenstadt kennengelernt hatte, trug sie ein geblümtes Kleid. Oder täuschte ihn seine Erinnerung?

Der Wirt wies ihnen den Tisch am Fenster zu. Mit ihm unterhielt sich Giovanni im italienischen Dialekt, der in der oberen Leventina gesprochen wurde. Dieser war mit alemannischen Wörtern durchsetzt, deswegen aber nicht leichter zu verstehen. Der Wirt stellte ihnen das Menu des Abends vor: eine kalte, scharfe Tomatensuppe und zum Hauptgang eine Forelle aus dem Luganersee. Beim Essen erzählte Giovanni, er sprach wie die meisten Tessiner ein gutes Deutsch, dass er in Airolo aufgewachsen sei und vor ein paar Jahren sein Elternhaus renoviert habe. Er war Architekt mit eigenem Büro in Bellinzona, daneben unterrichtete er an der Akademie für Architektur in Mendrisio, die neu auch eine Außenstelle in Airolo betrieb. Sie kamen auf die Tunnelarbeiten am Südportal zu sprechen, die für viel Lärm, Staub und Werkverkehr sorgten.

»Bringt der Bau der zweiten Straßenröhre auch Geld und Aufträge ins Dorf?«, fragte Mattmann.

»Für die Mineure wurde das ehemalige Hotel Alpina aus einem jahrelangen Winterschlaf geweckt«, sagte Giovanni.

»Früher kamen die Touristen für eine oder zwei Wochen nach Airolo. Heute gibt es nur Tagestouristen.«

Rahel, die lange nichts gesagt hatte, schaltete sich ins Gespräch ein. »Spannend, was hier in Airolo abgeht, eine ganz andere Dynamik als in Göschenen.« Die Autobahn werde auf der ganzen Länge des Dorfes überdeckt. Darüber entstehe ein Park. Im Winter mit einer riesigen Eisbahn.

Als der Wirt den Fisch servierte, fragte Mattmann, was er vom Tunnelprojekt halte.

»Der San Gottardo hat schon lange seine Heiligkeit verloren, seit dem Durchstich für den ersten Eisenbahntunnel.«

»Kennen Sie sich mit dem heiligen Godehard aus?«

»Nach dem Essen«, sagte der Wirt.

Nachdem sie den Fisch entgrätet hatten, kam Mattmann auf das kümmerliche Ende seiner Arbeit bei der Zeitung zu sprechen. Für seinen Abschiedsartikel müsse er ein paar Recherchen in Baden machen. Wie die Schweden handstreichartig die BBC übernommen hätten, sei spannender als ein Krimi.

»Dass die Hintergründe bis heute im Dunkeln liegen, ist mir einfach schleierhaft.«

»Da bin ich gespannt«, sagte Rahel.

»Das gibt eine schöne Geschichte, wenn ich mich als Korrespondent von den Lesern verabschiede.«

»Und dann?«, fragte Rahel.

»Das wissen die Götter.«

»Das nehme ich dir nicht ab. Bestimmt weißt du, was du nachher machst.«

»Ich habe da ein paar Dinge in petto, über die ich schreiben will.«

»Erzähl.«

Der Wirt kam an ihren Tisch und räumte die leeren Teller ab. Dann setzte er sich zu ihnen und ließ sich ein Glas einschenken.

»Wann zog Godehard über den Gotthard?«, fragte Mattmann.

»Nie«, antwortete der Wirt. »Einmal von Rom kommend,

vor rund tausend Jahren, hat er in Mailand und Lugano halt-gemacht und ist von dort über den Lukmanier weiter nach Norden gereist. Über den Gotthard gab es damals keinen Übergang.«

»Er hat also nie einen Fuß auf den Pass gesetzt?«, fragte Rahel.

»Das stimmt. Die Heiligen waren erst später gefragt und großzügig als Schutzpatrone auf die neu erschlossenen Pässe verteilt worden. Der heilige Bernhard gleich zweimal, für den San Bernardino und den Grossen St. Bernhard.«

»Und der Julier? Und der Simplon? Warum gingen die leer aus?«

»Die wurden schon viel früher als Alpenübergang benutzt und nach einem Ortsnamen wie Simplon oder nach Julius Cäsar benannt.«

Giovanni ergänzte: »Vor den Römern nutzten schon die Gallier den Julier …«

Der Wirt ließ ihn nicht ausreden, und es entbrannte eine heiße Diskussion, ob das gallische Wort »julo« für Joch, Pass dem Namen zugrunde liege oder ob da nicht auch eine Giulia ein Wort mitgeredet habe, schließlich heiße er auf Italienisch Passo del Giulia.

Als die Wirtin ein Sorbet aus den ersten Himbeeren auftrug, hörte das Palaver sofort auf.

Nach dem Dessert legte Giovanni die Serviette auf den Tisch und stand auf. »Ihr wollt bestimmt noch euren neuen Fall besprechen«, sagte er zu Rahel. Er küsste sie, ging an die Bar, um die Rechnung zu begleichen, und dann nach Hause.

»Ist er auf dem Laufenden?«, fragte Mattmann nach einer Weile.

Rahel schaute ihn verwundert an.

»Dass wir vor einem Jahr zusammen ermittelt haben.«

Sie nickte.

»Und dass wir vor über dreißig Jahren …«

»Alles muss er nicht wissen.«

»Wenn du mich beim Fall Kling wieder einspannen willst, würde ich mit offenen Karten spielen.«

»Langsam«, sagte Rahel, »ich habe dich vorerst nur gebeten, Klings Vortragsmanus für mich zu übersetzen.«

»Hast du meine Zusammenfassung gelesen?«

»Noch nicht.«

»Kling hat sich bei einem Tourismusprojekt am Vierwaldstättersee mit recht viel Geld beteiligt. Da lief offenbar etwas nicht so rund«, begann Mattmann.

»Du meinst dieses Hotelprojekt in den Bäumen?«

»Genau. Da scheint mir einiges lusch zu sein.«

Rahel berichtete ihm von ihren heutigen Ermittlungen im Golfclub von Andermatt. Sie kam auf die Rolle Klings zu sprechen, welche dieser beim schwedisch-schweizerischen Konzern ABB vor Jahren gespielt hatte. Von der linken Hand des CEOs bis zum Finanzchef, so viel hatte sie bei der Befragung des Siemens-Managers erfahren. Und da sei der Name August Wasik gefallen.

»Wasik, ein spezieller Name, sagt er dir etwas?«, fragte sie.

»Sie sitzen zusammen im Verwaltungsrat der Baumhotel AG.«

»Siehe da!«, sagte Rahel. »Ich würde gerne selbst nach Baden fahren, um diesen Wasik zu vernehmen, aber ich kann nicht.«

»Warum nicht?«

»Ich habe dir von Krähenbühl erzählt.«

»Deinem Chef?«

»Er will mir die Flügel stutzen. Er lässt mich nicht in Baden ermitteln. Und einen Auftrag an die Aargauer Kantonspolizei will er auch nicht unterschreiben.«

»Und wenn du dich darüber hinwegsetzst?«

»Das könnte Ärger geben.«

»Kann ich das für dich übernehmen?«, fragte Mattmann.

»Fühl mal Wasik auf den Zahn. Du musst ja sowieso für deine Recherchen nach Baden, wie du heute Abend gesagt hast.«

»Du gehst also nicht mehr davon aus, dass es sich um ein Beziehungsdelikt handelt?«

»Ich habe nicht einmal einen Beweis, dass es sich überhaupt um ein Delikt handelt.«

»Und die Spur mit den Altlasten?«

»Bring mir etwas Handfestes aus Baden mit«, sagte Rahel. »Ich glaube noch immer, der Hund liegt im persönlichen Umfeld begraben. Es gibt da eine Erbschaftsgeschichte. Ein Familienzwist zwischen Kling und seinem Bruder Lennart. Ich weiß nicht, ob das in Schweden vor Gericht verhandelt wurde. Und wenn dem so ist, wie ich da rankomme.«

»Schweden ist mein Jagdgebiet, da könnte ich recherchieren.«

»Aber bis nach deinem Heimaturlaub kann ich nicht warten.«

»Ich muss nächstens zurück.«

Rahel schaute ihn erstaunt an. »Ich hoffe, mit Gina ist alles okay?«

»Sie hat viel zu tun im Spital. Wie immer.«

»Und eure gemeinsamen Ferien in der Schweiz?«

»Da wird wohl nichts draus.«

»Warum?«

»Sie hat sich in ein Sommerhaus in Schweden verguckt. Richtig verliebt. Ich muss mir das ansehen.«

»Du tönst nicht gerade begeistert.«

»Ein Renovierungsobjekt. Und ich bin nicht so der Handwerkertyp.«

»Und Gina?«

»Sie ist geschickter. Mit Hammer und Säge kann sie gut umgehen.«

Rahel bestellte mehr Rotwein. Als der Wirt ihre beiden Gläser gefüllt hatte und sie sich wortlos zuprosteten, fragte Rahel: »Wann spielt deine Story, für die du in Baden recherchierst?«

»Im August 1987.«

»Lange her. Wen interessiert das heute noch?«

»Das war eine der ersten großen Fusionen«, begann Matt-mann.

Rahel winkte ab. »Wir hatten uns kurz davor getrennt.« Mattmann nahm einen Schluck Merlot, der ihm plötzlich sauer schmeckte. »Du wolltest ja nicht nach Sidney mitkommen.«

»Was hätte ich dort machen sollen?«

»Du wolltest in Zürich bleiben. Auf deinem Beruf weiterarbeiten.«

»Eine Fernbeziehung war für mich kein Thema. Und überhaupt: Ein Flug nach Australien kostete damals ein Vermögen. Und erinnerst du dich, wie sündhaft teuer es war, ins Ausland zu telefonieren?«

Mattmann befürchtete, dass Rahel eine alte Geschichte aufwärmen wollte und ihm noch immer vorwerfen würde, dass er sich damals aus dem Staub gemacht hatte. Seit sie mit Giovanni zusammen war, hatte sich jedoch etwas bei ihr gelöst, wie er an diesem Abend erneut feststellte. Richtig glücklich kamen ihm die beiden vor. Oder einfach frisch verliebt.

»Übrigens: sehr sympathisch, dein Kater«, sagte Mattmann. »Hat er nicht ein schönes Fell?«

Teil III

Baden

19

August Wasik überließ nichts dem Zufall. Er hatte sich auf die Anfrage von Konrad Mattmann vorbereitet, auch wenn er die Geschichte des Konzerns, für den er so lange in führenden Positionen gearbeitet hatte, gut kannte. Eigenartig kam ihm vor, dass der Fokus des Interviews auf der Fusion der alten BBC mit der ASEA liegen würde, das war mehr als dreißig Jahre her, und kein rundes Jubiläum stand an. Wasik hatte daher Erkundigungen über den Journalisten eingeholt. Selbst Aktionär der großen Zürcher Zeitung und mit drei Verwaltungsräten bestens bekannt, wusste er genau, wen er anrufen konnte. Dabei war ihm versichert worden, Konrad Mattmann sei ein langjähriger, seriöser Mitarbeiter, seit Jahren für Skandinavien zuständig, über politische und wirtschaftliche Themen schreibend, die einen Bezug zur Schweiz hätten.

Seit seine Frau gestorben war, frühstückte Wasik nicht mehr zu Hause. Im Café Himmel am Bahnhofplatz trank er jeweils seinen Kaffee und aß ein Croissant. Heute hatte er keinen Appetit. Schon um acht Uhr war es ungewöhnlich warm, viel zu heiß für Ende Juni. Zum Glück war es im »Himmel« dank Klimaanlage angenehm kühl. Er blätterte in der Zeitung, ohne einen Artikel zu lesen. Dann zahlte er und ging in sein kleines Büro, das nur wenige hundert Meter limmatabwärts lag. Sein Chefbüro hatte er bei der Pensionierung vor fünfzehn Jahren räumen müssen. Da er noch kleinere Beratungsmandate annahm, hatte er an der Haselstraße in einer Geschäftsliegenschaft mit Zahnärzten und Elektroplanern einen Raum mit Blick auf den Kurpark gemietet.

Wasik öffnete die Haustüre mit den farbigen Scheiben und Jugendstilverzierungen, stieg die Stufen im Treppenhaus hoch und schloss seine Bürotür auf. Er ging zum Fenster und schaute in den Park. Er hatte es weit gebracht im Leben. Schon sein

Großvater hatte in Galizien, im Kronland des österreichischen Kaiserreichs, eine Weberei geleitet. Das Gebiet kam nach dem Ersten Weltkrieg zu Polen, und sein Großvater, mit dem gleichen Vornamen wie er, leitete die Fabrik weitere vierzig Jahre, bis die Russen die Stadt befreiten und er mit seiner Familie emigrierte. Mausarm war er in der Schweiz angekommen. Sein Vater dagegen hatte ein Leben lang bei der BBC als Schlosser gearbeitet und war nie auf einen grünen Zweig gekommen. Wasik setzte sich an den Schreibtisch. Zuoberst auf dem Stapel der Akten fand er seine Notizen für das heutige Gespräch und das bereitgelegte Buch »Company Town«, wie die BBC die Stadt Baden geprägt hatte; das wollte er dem Journalisten mitgeben. Er blätterte darin und hielt bei einer Luftaufnahme von 1945 inne: Das damalige Firmengelände auf beiden Seiten der Bruggerstraße war »das Herz von Baden«, so sagte man damals. Eine andere Schwarz-Weiß-Aufnahme von Anfang der 1960er Jahre zeigte Hunderte von Arbeitern und Arbeiterinnen sowie einzelne Krawattenträger auf ihren Velos nach Arbeitsschluss. Er schaute näher, ob er eines der Gesichter erkennen würde. Damals hatte er als Ingenieur bei der BBC begonnen und war selbst mit dem Velo zur Arbeit gefahren. *Tempi passati*, dachte er und schlug das Buch zu, beim Interview durfte er nicht zu weit ausholen, der Journalist konnte ja alles nachlesen, was ihn interessierte.

Ohne Frühstück war Konrad Mattmann in Airolo gestartet und kam rechtzeitig in Baden an.

Er stellte sein Auto im Parkhaus am Theaterplatz ab, ging über den Hinterweg und den unteren Bahnhofplatz zu Wasiks Büro, wo dieser im zweiten Stock unter der offenen Türe auf ihn wartete. Er hatte dichtes weißes Haar und eine Brille mit einem markanten schwarzen Gestell. Mattmann schätzte sein Alter zwischen fünfundsiebzig und fünfundachtzig Jahre.

»Warum ist die Fusion von BBC und ASEA noch ein Thema?«, wollte Wasik wissen, kaum hatten sie sich an den Besprechungstisch gesetzt.

»Es war einer der ersten Zusammenschlüsse von zwei großen Unternehmen im Bereich der Elektroindustrie«, begann Mattmann, »und daher allein schon geschichtlich interessant.«

»Aber Sie schreiben wohl keine historische Abhandlung, wenn ich das richtig verstanden habe, sondern einen Artikel für Ihre Zeitung.«

»Richtig.«

»Also«, sagte Wasik, »schießen Sie los.«

Mattmann hatte sich überlegt, ob er mit einer offenen Frage zum Umbruch in den 1980er Jahren einsteigen wollte, entschied sich jedoch, den Fokus am Anfang ganz eng zu halten, und fragte: »Wie haben Sie im August 1987 von der Fusion erfahren?«

»Per Communiqué der Unternehmensleitung. Wir alle waren überrascht, von der Direktionsetage bis hinunter zu den Arbeitern in den Produktionshallen. Nur ganz wenige Personen hatten an den geheimen Verhandlungen teilgenommen.«

»Wer gehörte zum innersten Kreis?«

»Nur die beiden CEOs und die beiden Verwaltungsratspräsidenten, welche die größten Aktienbesitzer repräsentierten.«

»Wurde der Deal nur zu viert ausgehandelt?«

»Zwei, drei weitere ausgewählte Vertreter von beiden Seiten sollen auch dabei gewesen sein.«

»Wer?«

Wasik zuckte mit den Schultern.

»Sie wissen mehr.«

»Nein. Das wurde immer im Dunkeln gelassen. Wir alle, auch im Kader, waren völlig überrascht. Es kam wie ein Blitz aus heiterem Himmel.«

»So blau war der Himmel damals nicht über Baden. Die BBC stand unter enormem Druck.«

»Das stimmt. Das Flaggschiff der Schweizer Industrie war auf Sand gelaufen, auch wenn das an der Konzernspitze niemand wahrhaben wollte. Ich und viele andere waren überzeugt, dass die Schweden das Unternehmen wieder auf Kurs bringen würden. Einige waren gekränkt: ›Das hätten wir auch ohne die Wikinger stemmen können‹, meinten sie.«

»Hätte die BBC den Turnaround wirklich aus eigener Kraft geschafft?«

»Auf keinen Fall. Wir hätten das Unternehmen bereits vor der Fusion einer Rosskur unterziehen sollen, so wären wir als gleichberechtigter Partner in die Verhandlungen eingestiegen.«

»Kann man überhaupt von einem Zusammenschluss sprechen, oder war es nicht vielmehr eine Übernahme, ein eigentlicher Handstreich der Schweden?«

»Man kann sagen, die BBC wurde unter ihrem Wert gehandelt. Weit unter ihrem effektiven Wert.« Wasik fasste sich ans Kinn. »Wir brachten das Tafelsilber ein: technologisch an der Weltspitze mit glänzenden Ingenieuren. Mit einer weltweit einzigartigen Forschungsabteilung. Leider interessierte bei der BBC die technische Raffinesse mehr als die Rentabilität.«

»Gerade die Schweden waren extrem auf Rentabilität aus.«

»Das kann man sagen. Sie filetierten die BBC, übernahmen die guten Stücke in den neuen Konzern, die anderen stießen sie ab. Allein in der Schweiz musste ich nach der Fusion zweitausendfünfhundert Leute entlassen, tausendsiebenhundert davon in Baden. Stellen Sie sich vor, tausendsiebenhundert allein in Baden! Das fuhr mir in die Knochen.«

»Standen Sie hinter dieser Restrukturierung?«

»Das war unsere einzige Chance. Da musste jemand von außen kommen, der mit harter Hand durchgreifen konnte.«

»Das war Percy Barnevik.«

»Genau, der neue CEO des fusionierten Unternehmens ging beim Reinemachen ganz praktisch vor: ›Eine Treppe ist von oben zu kehren‹, sagte er und ernannte als Erstes siebenhundert neue Chefs. Siebenhundert! Ein großer Teil der alten Garde musste den Hut nehmen, auf den entscheidenden Posten saßen danach Schweden. Und ein paar Schweizer wie ich. Man sprach in Baden von der ›Schwedenschwemme‹.«

»Haben Sie damals mit Kjell-Göran Kling zusammengearbeitet?«, fragte Mattmann und bemerkte, wie sich Wasiks Miene versteinerte. »Er soll damals die linke Hand von Barnevik gewesen sein«, fuhr er fort.

Wasik antwortete nicht und schaute vor sich aufs Pult. Hatte er die Frage nicht verstanden?, fragte sich Mattmann. Oder überhört?

Wasik stand auf, nahm ein Buch zur Hand und übergab es Mattmann. »Hier können Sie alles über die BBC und die ABB nachlesen.« Er schaute auf seine Uhr. »Zeit zum Mittagessen, ich lade Sie ein.«

Sie gingen der Haselstraße entlang bis zur Kreuzung, wo Wasik auf ein unscheinbares Gebäude zeigte. Die Ziegelsteinfassade war von den Verkehrsabgasen ganz grau und die Fenster trüb. »Das alte Parkhotel genügte den Anforderungen der Zeit nicht mehr«, sagte Wasik, »da bauten wir eben ein neues.« Er erzählte von der alten BBC-Zeit, vom Gesellschaftshaus mit einer tausendplätzigen Kantine, Freizeitwerkstätten und Tennisplätzen. »Das waren noch Zeiten, bevor die Schweden das Ruder übernahmen. Dass die Firma wie eine große Familie war, kann man nicht sagen. Aber man kümmerte sich um die

Arbeiter und Arbeiterinnen. Mit patronalem Pathos, wohlverstanden.« Die Schweden hätten davon nichts mehr wissen wollen. Wozu die Mitarbeiter verpflegen und Lehrlinge ausbilden? Alles, was keinen Profit abgeworfen habe, sei abgestoßen worden. Das sollte der Staat übernehmen.

Als die Ampel auf Grün schaltete, überquerten sie die Straße und gingen dem Kurpark entlang bis zum Kurtheater, bogen dann links ab und kamen zum Hotel du Parc, einer typischen Betonarchitektur der 1980er Jahre, die alles überragte. Ein Kellner begrüßte Wasik mit Namen und führte sie auf die Terrasse zum reservierten Tisch unter der riesigen Blutbuche, doch Wasik wollte bei dieser Hitze drinnen essen. Wasik entschied sich für einen Salatteller und ein Kalbskotelett. Mattmann bestellte grillierte Avocados mit Kichererbsen und Rucola. Sie stießen mit einem am Südfuß der Lägern gewachsenen Weißwein an.

Während Mattmann die Alufolie, in welche die Avocado eingepackt war, mit Gabel und Messer zu lösen versuchte, begann Wasik, eine Frage nach der anderen zu stellen: zur heutigen Politik in Schweden, wie es sich dort leben lasse und was ihn an diesem Land beeindrucke. Nun waren die Rollen umgekehrt, Mattmann suchte nach Antworten. Die Veränderungen des schwedischen Modells während der letzten Jahrzehnte in wenigen Sätzen zu beschreiben war schwierig. Er löffelte in der matschigen Avocado und versuchte, die zu wenig lang gekochten Kichererbsen aufzugabeln. Erstaunt stellte er fest, dass Wasik den Ansatz der schwedischen Sozialdemokraten bewunderte, welche den großen Unternehmen freie Hand ließen und gleichzeitig mit hohen Steuern die Früchte des Wohlstandes breit verteilten sowie höhere Ausbildungen für jedermann zugänglich machten.

»Meine Eltern hatten nicht im Traum daran gedacht, mich aufs Gymnasium zu schicken«, sagte Wasik. »Wie mein Vater hätte ich Schlosser werden und ein Leben lang in der Fabrikhalle stehen sollen.«

»Wie sind Sie Maschineningenieur geworden?«

Wasik zerschnitt sein grilliertes Kalbskotelett in Stücke, kam aber nicht zum Essen. »Mein Lehrer erkannte, dass ich recht hell auf der Platte war. Schließlich verdanke ich es meiner Mutter. Sie hat an allen Enden gespart, damit ich die Matura machen konnte.«

»Und Ihr Vater?«

»Er tauchte nicht einmal an der Maturafeier auf.« Wasik erzählte, wie er während des Studiums frühmorgens in einer Bäckerei gearbeitet hatte und von dort direkt in den Hörsaal gegangen war. Er fuhr fort, wie er sich später bei der BBC immer über die steilen Hierarchien geärgert hatte und sich beim Einzug der Schweden in Baden erhofft hatte, dass sich das änderte. »Weg mit den Pyramiden!«, forderte damals ein Bestseller aus Skandinavien. Der Chef von Scandinavian Airlines, Jan Carlzon, propagierte in seinem Buch eine neue Art von Unternehmensführung mit flachen Hierarchien und großen Entscheidungskompetenzen für diejenigen, die im direkten Kontakt mit den Kunden standen. »Bei der ABB sind wir damit leider nie so weit gekommen, wie ich mir das gewünscht habe.« Er schob die Fleischstücke auf dem Teller umher.

Für Mattmann war es der Moment, das Lead des Gesprächs wieder zu übernehmen und bei seiner letzten Frage in Wasiks Büro einzuhaken. »Kjell-Göran Kling war die linke Hand des CEOs. Wirkte er im Hintergrund?«

»Sie sagen es. Er hat für Barnevik den schmutzigen Teil der Arbeit erledigt, dass dieser seine weiße Weste anbehalten konnte«, sagte Wasik und hob seinen Zeigefinger. »Von dem, was ich Ihnen jetzt erzähle, will ich aber gar nichts in der Zeitung lesen.«

»Alles *off the record*«, versprach Mattmann. »Als Journalist bin ich immer auf Hintergrundwissen angewiesen.«

»Vor der Fusion hatte Kling das Projekt unter dem Code ›Manhattan‹ geleitet«, fuhr Wasik fort, »reine Industriespionage. Die Schweden hatten die BBC sys-te-ma-tisch durchleuchtet.«

»Manhattan?«

»Im Zweiten Weltkrieg war dies der Code der Amerikaner für die Entwicklung ihrer Atombombe. Kling wäre gerne Kampfpilot bei der schwedischen Flugwaffe geworden, wie er mir einmal erzählt hatte. Daraus war aber nichts geworden.«

»Welche Aufgaben übernahm Kling nach der Fusion?«

»Er war der Quartiermeister im Schwedenflügel.« Wasik zeigte mit der Gabel durchs Fenster auf den rechten Teil des Hotelkomplexes. »Barnevik residierte die ersten Monate in einer Suite im obersten Stockwerk. Dort mussten die Kandidaten für die neuen Chefposten antanzen. Und Kling führte Regie. Unter der Blutbuche, wie es damals hieß.«

»Mussten Sie dieses Schaulaufen auch mitmachen?«

»Nein, ich hatte einen direkten Zugang zum Boss. Und wissen Sie, was mich heute am meisten erstaunt? Ich fand das damals alles ganz in Ordnung. Kling wurde mit der Zeit Finanzchef des Konzerns, ich Länderchef, und wir arbeiteten eng zusammen.«

»Und sein abrupter Abgang?«

»Das war erst lange nach dem Skandal um Barneviks goldenen Fallschirm. Achtzig Millionen Franken hatte er sich für seinen Abgang zugeschachert. So ist er als erster Abzocker in die Geschichte eingegangen. Kling distanzierte sich sofort von seinem Ziehvater und überlebte danach zwei weitere CEOs an der Spitze der ABB. Bis er wegen einer undurchsichtigen Geschichte selbst den Hut nehmen musste.« Wasik hielt inne. Mit gesenkter Stimme sagte er: »Ich habe vernommen, er sei völlig überraschend gestorben. Da muss ich wohl etwas zurückhaltend sein.«

»Nicht mir gegenüber. Ich weiß, Sie sitzen mit ihm zusammen im Verwaltungsrat der Aktiengesellschaft eines Hotels.«

»Das war ein eigenartiger Zufall«, sagte Wasik und schüttelte den Kopf. Bei einer seiner Reisen habe er in einem speziellen Hotel am Polarkreis übernachtet. In einem Baumhotel der Luxusklasse. Er hielt inne. Obwohl nur einige Meter über dem

Boden sehe aus der Perspektive eines Baumhauses die Welt ganz anders aus. »Und es hat mich an meine Kindheit erinnert, als wir Buben Baumhütten gebaut haben.«

»Sie und Kling haben vor zwei Jahren viel Geld in ein Baumhotelprojekt am Vierwaldstättersee investiert. Sie beide halten je ein Drittel der Aktien in der Hand. Und der Dritte im Bund ist Morgan Strandhäll.«

»Genau, der Eigentümer der schwedischen Treehotel Aktiebolag. Ein phantastischer Typ. Mit ihm komme ich bestens zurecht.«

»Und mit Kling?«

»Courant normal, wie schon zu Zeiten, als wir beide bei der ABB waren. Strandhäll und Kling kannten sich auch von früher.«

»Kling war kein einfacher Krieger, wie Sie vorher angetönt haben.«

»Neuen Ideen gegenüber war er immer aufgeschlossen. Da war er phantastisch. Wenn er ein Potenzial erkannte, konnte ihn nichts mehr bremsen. In Schweden war dafür ein guter Boden, und das Treehotel wurde eine Erfolgsgeschichte.«

»In der Schweiz geht es mit den Bewilligungen nicht so schnell. Vor allem, wenn es da noch Altlasten gibt.«

»Das haben wir im Griff.« Wasik machte eine Pause, dann fragte er: »Was hat das mit dem Thema Ihres Artikels zur Fusion der BBC mit ABB zu tun?«

»Nichts direkt«, musste Mattmann zugeben und versuchte umständlich, zu erklären, wie er im Rahmen seiner Recherchen zur Fusion auf den Namen Kling gestoßen sei und auf die Baumhotel AG.

»Wissen Sie, wie ich als Achtzigjähriger auf die Idee kam, bei diesem Projekt am Vierwaldstättersee einzusteigen?«, fragte Wasik. »Ich hatte Zeit, ich hatte Geld.« Dann kam er auf den Tod seiner Frau zu sprechen. Kinder hätten sie keine gehabt, denen er sein Vermögen hätte vermachen können. Er habe viel über sein Leben nachgedacht: was er richtig, was er falsch gemacht habe im Leben; was er als Ingenieur und Geschäftsmann zur laufenden Zerstörung des Planeten beigetragen habe; und was er heute zur Rettung beitragen könne. Die Vision eines ökologischen Hotels in einer schützenswerten Landschaft und auf dem Gelände mit denkmalgeschützten Bauten habe ihn fasziniert. »Ich glaube, da kann ich etwas bewegen«, fasste er zusammen. »*Reduce to the max.* Darum geht es.«

So textete eine Werbeagentur Ende des letzten Jahrhunderts für einen Slogan zur Einführung des damals kleinsten und sparsamsten Autos der Welt. Mattmann erinnerte sich an die Präsentation des Smart. Nun konnten die Autos nicht groß genug sein, obwohl alle von der Klimakrise sprachen. SUVs mit Elektromotor waren in Schweden wie in der Schweiz das Nonplusultra.

Über sein Verhältnis zu Kling wollte Wasik nicht sprechen, obwohl ihn Mattmann nochmals darauf ansprach. Als der Kellner das Geschirr abtrug und die Dessertkarte bringen wollte, schaute Wasik kurz zu Mattmann, dann winkte er ab. »Aber einen Marc könnte ich jetzt brauchen«, sagte er, »für Sie auch?«

Mattmann nickte.

Sie verabredeten sich, bald einmal den Ort des Baumhotelprojekts am Vierwaldstättersee zu besuchen, und Mattmann versprach, den Artikel zu schicken, sobald er fertig geschrieben sei.

»Übrigens, was haben Sie noch vor in Baden?«, fragte Wasik, als er dem Kellner mit dem Portemonnaie in der Hand ein Zeichen gab.

»Eigentlich wollte ich gleich zurück ins ›Gyrenbad‹, wo ich in einem schönen kleinen Hotel im Tösstal abgestiegen bin.«

»In Baden hat sich die letzte Zeit einiges getan. Der Architekt Mario Botta hat ein großes, modernes Bad gebaut. Daneben ist am Kurplatz ein kleines, aber sehr innovatives Projekt entstanden. Mehr als achthundert Genossenschafter haben den Badekeller im alten ›Raben‹ gekauft und bauen ihn zu einem Kulturbad um. Zudem gibt es jetzt die zwei ›Heißen Brunnen‹

am Ufer der Limmat, die rund um die Uhr öffentlich zugänglich sind und keinen Eintritt kosten. Ich habe zur Realisierung auch mein Scherflein beigetragen.«

Mattmann bedankte sich für den Tipp und verabschiedete sich. Ihm war bei diesem heißen Wetter aber nicht ums Baden im warmen Kurwasser. Einen Blick ins neue Bäderquartier wollte er dennoch werfen und ging vom Hotel du Parc die steile Straße hinunter, vorbei am Botta-Bad und am ehemaligen Badehotel Verenahof, dessen Fassade eingerüstet war. Vor dem Hotel Blume blieb er stehen. Beim Mittagessen hatte etwas gefehlt. Er brauchte etwas Süßes.

21

In der »Blume« war es angenehm kühl. Zwei ältere Damen tranken ihren Nachmittagstee, andere Gäste sah Mattmann keine. Er setzte sich in gebührendem Abstand an einen Tisch an der Brüstung und blickte in den Innenhof mit Laubengängen, die zu den Zimmern in den oberen Etagen führten. Er hörte das Zwitschern von Vögeln und das Plätschern eines Brunnens. In einem kleinen Becken mit Fontäne schwammen Goldfische. Aber wo waren die Vögel? Der Wirt brachte ihm einen Espresso, ein Glas kaltes Wasser und einen Mandelgipfel, den Mattmann genüsslich verzehrte. Er liebte Mandelgipfel. Es lag am Blätterteigmantel und an der Mandelmasse, dass sie so viel besser schmeckten als normale Nussgipfel mit Haselnussfüllung. Nach dem letzten Bissen netzte er den Zeigefinger an der Zungenspitze und pickte die Krumen auf. Er erinnerte sich, wie er sich als Student manchmal tagelang nur von diesem Gebäck und Kaffee ernährt hatte. Bis spät in die Nacht hinein hatte er mit anderen in einem muffigen Saal im Seminargebäude gesessen und Berge von Büchern durchkämmt. Geschrieben hatte er seine Arbeiten auf einer mechanischen Schreibmaschine in dem kleinen Zimmer, das er im Dachgeschoss des Coiffeurverbandes gemietet hatte. Damals gab es schon elektrische Schreibmaschinen mit Kugelkopf und Korrekturband, was er sich aber nicht leisten konnte. Tippfehler musste er mit Tipp-Ex übermalen, und beim Überschreiben war es schwierig, die richtige Stelle zu treffen.

Die »Blume« war ein altes Badehotel mit dem Charme vergangener Tage, den Mattmann liebte. Kurz entschlossen fragte er den Wirt, ob noch ein Zimmer frei sei, und checkte ein. Eine Zahnbürste und Zahnpasta konnte er an der Rezeption kaufen, mehr brauchte er nicht für eine Nacht. Er ging die mit Läufern bedeckten Treppen hoch bis in den dritten Stock, wo sich sein Zimmer befand. Im Gang mit Blick ins Atrium sah er die Voliere mit den Kanarienvögeln.

Im Zimmer wollte er zuerst Rahel anrufen und von der Begegnung mit Wasik berichten. Hatte er überhaupt konkrete Ergebnisse? Nichts zum Verhältnis zwischen Wasik und Kling, nichts zu den Altlasten auf dem Gelände der ehemaligen Sprengstofffabrik. Eine Kurzmitteilung reichte für den Moment: »Keine heiße Spur in Baden, aber heiße Brunnen.«

Die Autobiografie von Percy Barnevik hatte er in seiner Umhängetasche und wollte auf dem Bett liegend ein wenig darin lesen. Der Titel »Jag vill förändra världen« hatte ihn eher abgestoßen. Ehrlicher als »Ich will die Welt verändern« hätte der ehemalige CEO von der ABB seine Lebensgeschichte mit »Ich wollte die Welt erobern« überschrieben, dachte Mattmann und schlug die Einleitung auf. Weit kam er nicht mit der Lektüre.

Als er nach dem Mittagsschlaf erwachte, war es schon vier Uhr. Croneman hatte ihn auf dem Gotthard aufgefordert, sich zu melden, wenn er einmal in Baden wäre. Bestimmt kannte er Wasik und vielleicht auch Kling. Mattmann suchte in seinem Portemonnaie nach dessen Karte, rief ihn an und lud ihn zum Nachtessen in die »Blume« ein. Croneman sagte spontan zu, konnte jedoch nur kurz sprechen, da er gleich eine Abdankung halten müsse.

Mattmann buchte einen Flug von Zürich nach Stockholm für den übernächsten Tag. Er rief Gina an, die sich freute, dass er sich das Haus in Blankaholm am Wochenende ansehen wollte. Misstrauisch fragte sie: »Kommst du nur wegen mir und dem Sommerhaus?«

»Es gibt da noch ein paar Recherchen, die können nicht warten.«

»Ich habe gemeint, du hast Ferien.«

»Recherchen für den Fall. Den Fall von Rahel.«

»Du scheinst da recht engagiert.«

»Das kann man sagen.«

Er wusste zunächst nicht, wie er das Gina erklären konnte. Sie wusste von der einstigen Beziehung, die er und Rahel vor vielen Jahren hatten. Sie wusste auch, dass er und Rahel schon bei seinem letzten Heimaturlaub zusammen ermittelt hatten. Bei seinen Ermittlungen für ihren Fall handle es sich um einen reinen Freundschaftsdienst.

»Immer noch eine enge Freundschaft?«

»Rahel ist frisch verliebt in einen Architekten aus dem Tessin.« Dann erzählte er ihr, was er vom Opfer Kjell-Göran Kling wusste.

»Eindeutig toxisch«, stellte Gina fest.

»Toxisch?«, fragte er. »Das musst du mir erklären.«

»Das erinnert mich an einen unserer Chefärzte. Ich nenn jetzt keinen Namen, ein typischer Fall einer toxischen Persönlichkeit. Er vergiftet das ganze Klima auf der Abteilung mit seiner Art. Eine narzisstische Persönlichkeitsstörung, da bin ich überzeugt.«

»Etwas ausführlicher bitte, das interessiert mich.«

»Ein Cocktail von Eigenschaften: charmant und überheblich, für Frauen nicht unattraktiv, aber gefährlich.«

»Puh. Keine heile Welt in deinem Spital.«

»Nicht nur bei den Göttern in Weiß ist das ein Thema. Überall in Führungsetagen kommt das vor. Liest du eigentlich keine Zeitung?«

Nach dem Telefon mit Gina schlug Mattmann in Percy Barneviks Erfolgsgeschichte das Kapitel »Die Geburt eines Giganten« auf. Wie dieser die BBC durchleuchten ließ, wollte er vor dem Nachtessen noch lesen. Barnevik hatte seinen Gegenspieler Fritz Leutwiler zu geheimen Verhandlungen getroffen. Weder in Borås noch in Baden, den Hauptsitzen der beiden Unternehmen, saßen sie an einem Tisch, sondern in einem Konferenzzimmer des Hotels Zürich hinter verschlossenen Türen. Barnevik stellt Leutwiler in seiner Autobiografie als unfähigen, alten Mann dar, der nach seiner Karriere als Präsident der Schweizerischen Nationalbank noch den Industriekapitän spielen wollte. Sich selbst beschreibt er als General an der Spitze einer kleinen schlagkräftigen Truppe. Wie die Schweden vor vierhundert Jahren im Dreißigjährigen Krieg habe er die Front von hinten aufgerollt und den Feind vernichtend geschlagen. Sein brutales Vorgehen sei bei den alten BBC-Managern nicht gut angekommen. Er fragt: »Warum ist es besser, den Schwanz in Stücken abzuschneiden?«

Mattmann ging hinunter zum Abendessen, wo alle Tische weiß gedeckt waren. Croneman war noch nicht da, daher studierte er schon die Speise- und die Weinkarte. Er schwankte zwischen einer Forelle Müllerinnen Art und geschnetzeltem Kalbfleisch an einer Rahmsauce mit Rösti. Das Mittagessen war nicht üppig gewesen, und er hatte Appetit. Da kam Croneman die Treppe hoch. In seinem schwarzen Anzug mit schwarzer Krawatte und Glatze erkannte ihn Mattmann zuerst gar nicht, auf dem Gotthard war er leger mit Jeans und Baseballmütze gekleidet gewesen. Er begrüßte ihn mit Handschlag.

»Meine Uniform«, entschuldigte sich dieser und lockerte seine Krawatte. »Ich komme soeben von einer Beerdigung mit Leichenmahl. Daher esse ich nur etwas Leichtes.« Er setzte sich. »Aber wir trinken eine gute Flasche zusammen. Wo wir uns so lange nicht mehr gesehen haben. Beginnen wir mit Weißwein?«

»Du bist von hier. Was schlägst du vor?«

»Lieber keinen Hiesigen. Sie haben auf der Weinkarte einen Spätburgunder, den kann ich empfehlen.« Er bestellte beim Wirt eine Flasche und für sich einen gemischten Salatteller. Mattmann hatte sich für das Kalbsgeschnetzelte entschieden.

»Ich hatte dich immer beneidet«, begann Croneman, »wie du gleich auf Anhieb bei der großen Zürcher Zeitung untergekommen bist. Während ich ganz unten anfangen musste.«

»Ich habe auch bei einer kleinen Zeitung begonnen. In Schaffhausen.«

»Schaffhausen – Zürich – Stockholm. Oder war zuerst Sidney an der Reihe?«

»Als Auslandkorrespondent war ich zuerst in Australien stationiert, zum Abschluss meiner Karriere zum zweiten Mal in Schweden.« Von der Entlassung musste Croneman nichts wissen.

»Meine Stationen als Journalist sind schnell aufgezählt«, sagte Croneman und zog die Krawatte sowie das Jackett aus. Damit legte er den Habitus des Trauerredners ab. »Für das Tagblatt habe ich über Regionales von Baden und Umgebung geschrieben. Dann eine Zeit lang als Bundeshauskorrespondent aus Bern. Weiter habe ich es nicht gebracht.«

»Du hast darauf die Seite gewechselt. Als Pressesprecher von der ABB hat sich dein Lohn bestimmt verdoppelt.«

»Lohn und Verantwortung sind gestiegen, wobei ich Tag und Nacht schuften musste.«

Der Wirt brachte die Flasche Weißwein, gab ihn Croneman zum Probieren und schenkte beiden ein. Sie stießen an.

»Tag und Nacht? War das so streng?«

»Durchaus. Anfangs lief alles wie geschmiert. Die Pressekonferenz zur Fusion war ein Knüller. Alle waren völlig ahnungslos, und kaum jemand fragte nach.«

»Ich saß damals in Stockholm, mitten im riesigen Pulk der Journalisten, bei der simultan stattfindenden Medienorientierung. Und schrieb wie alle anderen, was ihr uns serviert habt. Niemand zweifelte an der Fusion zweier gleichberechtigter Partner.«

»Warum sollte jemand zweifeln?«

»Es war schlicht eine Übernahme durch die Schweden.«

»Die BBC war der Stolz der schweizerischen Wirtschaft. Ein solches Unternehmen übernimmt man nicht einfach so.«

»Ich will jetzt eine längere Reportage schreiben, wie das alles ablief.«

»Wen interessiert das heute noch?«

»Das ist spannend.«

»Ich fürchte, das gibt eine lauwarme Story.«

Das Essen kam, und weil die Flasche schon leer war, bestellte Croneman eine zweite.

»Ich war heute bei August Wasik«, sagte Mattmann. »Sehr viel ist dabei zwar nicht herausgekommen.«

»Und nun willst du mir heute Abend die Würmer aus der Nase ziehen? Nein, mein Lieber. Heute bin ich ganz privat hier. Zu Wasik musst du nur eines wissen: Er ist alt geworden und dünnhäutig. Vielleicht war er das schon als Manager, doch er hatte es sich nie anmerken lassen.« Croneman schenkte nach. »Ein letztes Glas und dann muss ich gehen.«

»Eines möchte ich noch wissen«, setzte Mattmann an. »Bist du als Pressesprecher einem Kjell-Göran Kling begegnet?«

»Nicht dass ich wüsste.«

Mattmann glaubte ihm nicht. Zu schnell hatte er geantwortet. Daher ließ er nicht locker. »Kling soll die linke Hand von Barnevik gewesen sein.«

»Möglich, dass ich mal Kontakt mit ihm hatte. Aber das ist lange her.«

»So eine Figur wie Kling vergisst man nicht.«

»Moment.« Croneman griff sich an die Stirn. »Ich hatte kürzlich ein Gespräch mit seiner Witwe. Ich soll die Trauerrede halten. Die Abdankung findet auf dem Gotthard statt.«

Nun war Mattmann baff und suchte nach Worten. Croneman fuhr fort, dass er vor einer schwierigen Aufgabe stehe. »Ich erlebe öfter, dass nicht nur gute Menschen sterben.«

»Wie wahr.«

»Wir haben alle zwei Wölfe in uns, einen guten und einen schlechten. Die kämpfen gegeneinander. Und weißt du, wer jeweils die Oberhand gewinnt?«

Mattmann schüttelte den Kopf.

»Derjenige, den man füttert.«

»Welchen hat Kling gefüttert?«

»Du verstehst bestimmt, dass ich an die Schweigepflicht gebunden bin wie die Ärzte und die Geistlichen. Auch wenn ich weder das eine noch das andere bin.« Er machte eine kleine Pause, um seinen Worten Nachdruck zu verleihen. »Die Kirche hat ein Problem. Fromme Worte und ein paar Bibelsprüche bei einer Beerdigung, wer kann damit heute noch etwas anfangen, wenn plötzlich der Tod einen unserer Liebsten aus dem Leben reißt?«

»Er ist nicht einfach so gestorben«, unterbrach ihn Mattmann.

»Was heißt das?«, fragte Croneman erstaunt.

Er durfte nichts von den Ermittlungen preisgeben, was ihm Rahel im Vertrauen erzählt hatte.

»Du machst mich neugierig«, sagte Croneman, »aber wenn du mir nichts erzählen willst, lassen wir das.« Er zog sein Jackett an, suchte nach der Krawatte in der Seitentasche, hielt sie in der Hand und stopfte sie wieder hinein. »Ich habe noch etwas zu erledigen«, sagte er, zog sein Portemonnaie hervor, doch Mattmann winkte ab.

Er schaute ihm nach, wie er mit schnellen Schritten die Treppe hinunterging. Im Atrium plätscherte die kleine Fontäne im Innenhof. Die Kanarienvögel waren verstummt. Als Mattmann auf sein Zimmer ging, bemerkte er das Tuch, mit dem der Käfig abgedeckt war. Er blieb vor seiner Zimmertüre stehen. Kannten sich Croneman und Pat Hunger schon länger? Steckte er mit ihr unter einer Decke? Womöglich im ganz wörtlichen Sinn?

22

Wasik war nach dem Mittagessen mit Mattmann zurück in sein Büro gegangen. Auf seine Mails hatte er sich nicht konzentrieren können. Den ganzen Nachmittag saß er am Schreibtisch, ohne wirklich etwas zu erledigen. Das ging ihm in letzter Zeit öfters so. Vielleicht war es mit achtzig Jahren an der Zeit, seine Beratertätigkeit zu beenden, um endlich ein normales Rentnerleben zu führen. Die wenigen Verwaltungsratsmandate, die er noch innehatte, wollte er nächstens aufgeben und die Unterstützung der gemeinnützigen Projekte auf ein absolutes Minimum zurückschrauben. Es wurde ihm alles zu viel. Gleichzeitig fürchtete er sich vor der Leere, die sich danach einstellen könnte.

Carpe diem, genieße den Augenblick, hatte ihm ein alter Freund geraten. Verschiebe bei der knappen Lebenszeit nicht alles auf morgen, was du heute genießen kannst. Einfach genießen, das fiel ihm schwer. Bedeutete *carpe diem* nicht »nutze den Tag«? Pflücke den Tag, ganz wörtlich übersetzt, und mach etwas Sinnvolles! Sein Engagement bei der Baumhotel AG und all das Geld, das er dort investierte, ergaben für ihn Sinn. Eine neue Art von Hotel, Tourismus nahe an der Natur, die Zugänglichkeit des ganzen Geländes und einer attraktiven Uferzone für die breite Öffentlichkeit, das wollte er ermöglichen. Zudem konnten die alten Industriegebäude dank dieses Projekts mit neuem Leben gefüllt statt abgerissen werden. Er war auf eine Gruppe gestoßen, deren Idee für eine Umnutzung ihn begeisterte und für die er sich mit all seinen Kräften einsetzte. Dabei geriet er sich mit Kling in die Haare. Warum hatte er das nicht vorhergesehen?

In trüben Gedanken versunken verließ Wasik sein Büro am späteren Nachmittag. In der Bar, wo er jeweils seinen Apéro trank, versuchte er, sich mit einem weißen Wermut aufzuheitern, und überlegte, wie er den Abend über die Runden bringen konnte. Er saß draußen auf der Terrasse und kam nicht zur Ruhe, denn seine Gedanken kreisten weiter um Kling.

Juliette hatte ihn daran erinnert: »Du hattest geschworen, nie mehr mit Kling zusammenzuarbeiten.« Und trotzdem nahm er Einsitz im Verwaltungsrat der Baumhaus AG, wo auch Kling saß. Warum hatte er ihre Argumente in den Wind geschlagen? Von Kling hätte er nichts zu befürchten, dachte er damals. Zusammen mit Strandhäll würde er ihn bestimmt in die Schranken weisen können. Kling konnte ekelhaft sein, wenn man ihm keinen Respekt zollte. Ihm gegenüber war er aber immer zuvorkommend gewesen und hatte Achtung gezeigt, denn er wusste, ohne ihn würde er seine Ziele nie erreichen. Und für ihn selbst, sagte sich Wasik, war es eine Win-win-Situation gewesen, wie oft im Geschäftsleben. Die Idee des Baumhaushotels hatte ihn vom ersten Moment an fasziniert, seit dem Sommer, als er in einem der Baumhäuser am Polarkreis übernachtet hatte. Er erinnerte sich an das flache Licht, wenn die Sonne um Mitternacht knapp über dem Horizont stand und nicht untergehen wollte. Nur selten hatte er in seinem hohen Alter so lichte Momente, in denen die Zeit stillstand.

Wasik bestellte einen zweiten Wermut. Dass Juliettes Ehe mit Kling in die Brüche gegangen war, war eine andere Geschichte. Wobei: Die Trennung der beiden kam ihm nicht ungelegen – auf Juliette hatte er lange ein Auge geworfen. Nach dem Tod seiner Frau musste er sich nicht mehr im Zaum halten. Juliette weckte in ihm Gefühle von Zärtlichkeit und Leidenschaft, wie er sie seit seiner Jugend nie mehr erlebt hatte. War das wahre Liebe? Ich alter Esel, sagte er sich, trank sein Glas aus und stand auf.

Der Heimweg durch die Altstadt erschien ihm länger, obwohl es nur wenige Minuten dauerte. Plötzlich kam ihm der Gedanke, dass er nie in einem der »Heißen Brunnen« gebadet hatte, obwohl er den Verein »Bagni Popolari« mit einem hübschen Sümmchen unterstützt hatte. Dieser hatte zwei neue mit

Thermalwasser gespiesene Brunnen realisiert, wie sie einst im Mittelalter populär gewesen waren. Bis jetzt hatte er immer Hemmungen gehabt, in seinem Alter in einem öffentlichen Brunnen zu baden. Bei seinen Spaziergängen der Limmat entlang hatte er beobachtet, wie eng man nebeneinander im warmen Wasser saß und dass es meist junge Leute waren, die sich da trafen. Zudem gab es keine Garderobe, man musste sich auf dem Uferweg umziehen.

Warum eigentlich nicht?, dachte er, als er die Türe zu seiner Wohnung in der Altstadt aufschloss. An diesem warmen Sommerabend waren in den beiden Brunnen an der Limmat bestimmt kaum Leute, die vergnügten sich anderswo. Er ging direkt ins Badezimmer, packte Badehose, Bademantel und ein Frottiertuch ein, ging mit forschem Schritt zurück durch die Badstraße bis zum großen Platz beim Café Himmel und nahm den gläsernen Lift hinunter an die Limmat. Im Schatten der hohen Bäume ging er dem Fluss entlang. Beim »Bad zum Raben«, gleich beim Fußgängersteg nach Ennetbaden, sah er, dass die Türe offen war. Am runden Tisch bei der Theke saßen vier Leute und tranken Kaffee. Er kannte nur Amanda Lyra, die Kuratorin des Kulturbaden, die ihm eine Tasse anbot. Er trank sie im Stehen, erkundigte sich nach der neuen Ausstellung, worauf sie ihn durch die Kojen des alten Badekellers mit den Einzelwannen und den Installationen führte, die im Entstehen waren. Eine japanische Keramikerin arbeitete mit einem Fliesenleger aus Baden und einer kunstinteressierten Zahnärztin zusammen. Wie die drei mit Fliesen, Fugen und Implantaten arbeiteten, sei spannend; Oberflächen ganz anders zu denken, das sei das Ziel, erklärte ihm Amanda.

»Wie muss ich mir denn die Ausstellung vorstellen?«, fragte Wasik leicht verwirrt.

»Wait and see.«

Er verabschiedete sich und ging weiter bis zum Brunnen hinter dem Botta-Bad. Bei der Sitzbank zog er sich um, duschte mit dem kalten Wasser aus dem Schlauch und stieg ins Fußbad und dann in den eigentlichen Brunnen mit zwei Becken, in dem je ein knappes Dutzend Badegäste Platz hatten.

Vorsichtig setzte er sich, darauf bedacht, dass er ausrutschen könnte. Links sprachen sie Schweizerdeutsch, rechts Englisch und vis-à-vis eine dritte Sprache, die er nicht verstand. Helga neben ihm war pensioniert und hatte bei der ABB als Hallenkranführerin gearbeitet. In den siebziger Jahren sei dies zu einem Frauenberuf geworden und sie sei eine der Ersten gewesen. »Ein toller Job. Da war Fingerspitzengefühl gefragt. Frag mich nicht, wie viel Tonnen mit Maschinenteilen ich in meinem Leben gehoben habe.«

War man im »Heißen Brunnen« per Du?, fragte sich Wasik. Zum Glück wollte sie nicht wissen, wo er gearbeitet habe. Was hätte er geantwortet? Dass er sein Büro in der Teppichetage der ABB hatte, wäre ihm peinlich gewesen. Büroangestellter hätte er wahrscheinlich gesagt, oder »Bürogummi«. Unterdessen unterhielt sich Helga mit einem jungen Pärchen auf der anderen Seite. Wasik schnappte den Ausdruck »bibergeil« auf. Ob »megageil« schon out sei, fragte er.

Die beiden lachten. Sie studierten Architektur an der Fachhochschule Nordwestschweiz. Bibergeil sei der Name einer Aargauer Architektengruppe, welche die imaginierte »Waldstadt Lenzburg« entworfen habe und die Idee von urbanem Wohnen im Wald im zweiten Studienjahr mit ihnen weiterentwickle, erklärten sie ihm. »Wir müssen unsere Städte und Agglomerationen mit Wald aufforsten, um die Klimaziele in den nächsten zwei Dekaden zu erreichen.«

»Kommen in diesen Szenarien auch Baumhotels vor?«, fragte Wasik.

»Witzig«, sagte die Studentin. »Daran haben wir gar nicht gedacht.«

Wasik fand es plötzlich nicht mehr so witzig. Denn was er mit Kling die letzten Monate erlebt hatte, ließ ihn erschaudern.

23

Endlich hatte Rahel im Fall Kling etwas Konkretes in der Hand: Die weiteren Untersuchungen des Instituts für Rechtsmedizin in Zürich hatten bei der Leiche von Kjell-Göran Kling einen außergewöhnlich hohen Insulingehalt ergeben von fremdem, also gespritztem Insulin. Bei der ersten Blutuntersuchung nach der Obduktion war kein erhöhter Wert festgestellt worden.

Die zweite Untersuchung konzentrierte sich auf das Kammerwasser der Augen, so erklärte ihr Ronald Zimmermann, der Institutsleiter, am Telefon. Dort ließen sich der Blutzuckergehalt und der Anteil von Insulin auch lange nach dem Tod messen. Seinen detaillierten Ausführungen zur Flüssigkeit in der hinteren und vorderen Augenkammer, die zu achtundneunzig Prozent aus Wasser bestehe sowie zahlreiche Produkte des Stoffwechsels enthalte, konnte Rahel nur zum Teil folgen. Für sie war bloß eines entscheidend: Der zu hohe Insulingehalt war Folge einer stark überhöhten Dosis. Hatte sich Kling diese Spritze selbst gesetzt und sich bei der Dosierung getäuscht? Vielleicht im Zustand einer Unterzuckerung auf der anstrengenden Wanderung um den See? Oder war ein Dritter, eine Dritte daran beteiligt?

Darauf musste sie sich bei ihren Ermittlungen nun fokussieren. Wer wusste überhaupt, dass Kling an einem schweren Diabetes litt? Wer kannte sich in seinem Umfeld mit Hypo- und Hyperglykämien aus sowie mit den tödlichen Folgen, wenn zu viel Insulin gespritzt wurde? Oder wenn gar keines injiziert wurde? Der Verdacht auf ein Tötungsdelikt, den Rahel von Anfang an hegte, verdichtete sich. Als Erstes dachte sie an dessen Frau. Sie wählte Pat Hungers Nummer und erreichte sie beim ersten Versuch. In wenigen Worten teilte sie ihr mit, dass die Leiche in den nächsten zwei Wochen auf keinen Fall freigegeben werden könne. Weitere Analysen des Instituts für Rechtsmedizin hätten sich aufgedrängt.

»Stimmt etwas nicht?«, fragte Pat Hunger.

»Reine Routine. Wir wollen klären, woran Ihr Mann gestorben ist. Das wollen Sie bestimmt auch wissen.«

»Natürlich. Ich glaubte, es sei erwiesen, dass er bei der Wanderung um den See abgestürzt sei.«

»Dazu kann ich nichts sagen.«

»Für die Abdankung habe ich den Termin bereits festgelegt.«

»Wann?«

»In zehn Tagen, das würde allen passen. Seine Kinder und sein Bruder müssen vom Ausland anreisen.«

»Das ist definitiv zu früh.«

Rahel hörte, wie Pat Hunger leise seufzte.

»Ich habe noch ein paar Fragen an Sie. Heute Nachmittag oder morgen, Freitag, in meinem Büro in Altdorf. Können Sie das einrichten?«

»Ich bin soeben aus London zurückgekommen, und morgen Nachmittag findet hier in Zürich eine große Auktion statt, die ich leite. Also lieber nächste Woche.«

»Es kann nicht warten. Wie wäre es am Wochenende?«

»Gar nicht gut.«

»Dann komme ich heute Nachmittag zu Ihnen nach Zürich«, sagte Rahel, »es wird nicht lange dauern.«

»Am besten gleich nach dem Mittag.«

»Okay.«

Rahel notierte sich die Fragen, welche sie Pat Hunger stellen wollte. Da sie nach Zürich musste, verabredete sie sich kurzfristig mit Zimmermann zu einem frühen Mittagessen. Dabei könnte er ihr ein paar Punkte des Analyseberichts näher erläutern. Dann dankte sie Mattmann für das Mail mit der kurzen Zusammenfassung des Vortragsmanuskriptes und des Interviews, das er mit Wasik geführt hatte. Als Dank lud sie ihn auch gleich zum Essen ein. Zimmermann schlug das »Wild

West Steakhouse Texas« vor, gleich auf der anderen Straßenseite des Campus der Universität Zürich auf dem Irchel, wo auch das Institut für Rechtsmedizin lag.

Als Nächstes rief sie Juliette Schweizer an. »Wie hat die Zuckerkrankheit das Zusammenleben mit Kling geprägt?«, fragte sie ohne lange Einleitung.

Anfangs reagierte Juliette Schweizer misstrauisch, dann begann sie zu erzählen, wie seine chronische Krankheit ihre Ehe überschattet hatte. Er habe immer so getan, als hätte er alles im Griff. Das hatte er nicht, wenn seine Nase bleicher und bleicher geworden sei; ein sicheres Zeichen, dass sein Blutzuckerwert am Sinken war und er dringend etwas hätte essen müssen. Alle liebevoll gemeinten Hinweise seien vergeblich gewesen. Er habe immer sehr harsch reagiert. Wer, wenn nicht er, kenne seinen Körper am besten. Wenn er darauf in eine Unterzuckerung abstürzte, sei das ihre Schuld gewesen. »Der Diabetes war seine schwache Seite. Und eigene Schwächen zugeben war nicht sein Ding«, fasste Juliette Schweizer zusammen. »Aber Mitleid, das wollte er.«

»Wie haben Ihre Kinder darauf reagiert?«

»Traumatisch. Das Bild des starken Vaters geriet mehr und mehr ins Wanken.«

»Und wie war das für Sie?«

»Ich war überfordert und gleichzeitig enttäuscht. Ich hatte am Anfang unserer Ehe immer gedacht, dass er so stark sei und ich mich bei ihm anlehnen könnte. Sein Betteln um Mitleid ging mir immer mehr auf die Nerven. Und was er von mir nicht bekam, suchte er anderswo.«

»Wo?«, fragte Rahel.

»Bei einer Liebhaberin. Es war eine nach der anderen. Lange ließ ich das durchgehen, weil er immer wieder beteuerte, er mache sofort Schluss. Er wurde nicht einmal rot beim Lügen.«

»Wie lange machten Sie das mit?«

»Viel zu lange. Weil ich immer daran geglaubt hatte, mit ihm eine Abmachung treffen zu können.« Sie machte eine lange

Pause. »So dumm von mir«, fuhr sie fort. »Er hielt sich an gar nichts, außer es nützte ihm.«

»Schuldet er Ihnen etwas?«

»Nein.«

»Ein finanzieller Anspruch, der bei der Scheidung zu kurz gekommen ist?«

»Was während unserer Ehe zusammengekommen ist, darüber haben unsere Anwälte lange gestritten. Mit dem Resultat der Scheidungskonvention kann ich recht gut leben.«

»Und wie ging Ihre Nachfolgerin, wenn ich so sagen darf, mit alldem um?«

»Pat ist souverän. Warum sie ihn allerdings geheiratet hat, ist mir heute noch schleierhaft.«

»Ihre Vermutung?«

»Soviel ich weiß, zahlt sie es ihm mit gleicher Münze zurück. Sie ist zwanzig Jahre jünger als er und hält sich den einen und anderen Lover.«

»Können Sie mir Namen nennen?«

»Das müssen Sie Pat schon selbst fragen. Und bitte lassen Sie mich dabei aus dem Spiel.« Dann beendete sie das Telefongespräch.

Für das Mittagessen mit Mattmann und Zimmermann fuhr Rahel mit ihrem Subaru nach Zürich und parkierte in der Tiefgarage der Universität auf dem Irchel. Sie hatte im Steakhouse drinnen reserviert, da es wieder ein heißer Tag war. Das Restaurant war klimatisiert, fast zu kühl für sie. Rahel wählte eine Ecke, damit sie sich in Ruhe unterhalten konnten. Sie war eine halbe Stunde zu früh. In ihrem Rucksack hatte sie das Buch von Giovanni, in das sie noch keinen Blick geworfen hatte. »Sturz in die Sonne« war der Titel. Es ging um drei glühend heiße Sommermonate ohne Regen. Langsam wird das Grundwasser knapp. Die Städte sind menschenleer. Die Ufer voll von Menschen, die sonst nie im See schwimmen. Das Buch war eine Neuausgabe, bereits 1922 erschienen.

Als Mattmann kam, legte sie das Buch auf den Tisch.

»Was liest du da?«, fragte er und nahm es zur Hand.

»Du liest Charles Ferdinand Ramuz«, sagte er, »von ihm habe ich noch nie ein Buch gelesen. Ich kenne ihn nur von der Abbildung auf der alten Zweihunderternote.«

»Ein Geschenk von Giovanni. Brandaktuell, sagt er. Es gehe um die Klimakrise.«

»Heute habe ich mich schweren Herzens von meinem alten Volvo getrennt und das Nummernschild abgegeben. Ich bin jetzt mit dem Zug unterwegs.«

»Du willst als gutes Beispiel dastehen«, neckte sie ihn.

»Ich hätte meinen Wagen vorführen müssen. Und das hätte ein Heidengeld gekostet, alle nötigen Reparaturen machen zu lassen.«

Zimmermann traf ein, wie immer mit Anzug und Krawatte, auch in dieser Hitze. Sie bestellten alle drei einen Burger. Zimmermann bat Rahel, das Opfer, das er nur vom Obduktionstisch her kannte, näher zu schildern. Sie schaute sich nochmals um, ob niemand in Hörweite war, und fasste zusammen, was sie von Klings Frau, seiner Ex-Frau und im Golfclub Andermatt erfahren hatte. Er hörte aufmerksam zu, neigte den Kopf einmal nach links, dann nach rechts und fasste zusammen: »Ich, ich, ich. Für ihn waren andere Menschen also nur dazu da, ihn zu bewundern.«

Rahel nickte.

»Er wollte andere Menschen beherrschen.«

»Diesen Eindruck habe ich auch gewonnen«, bestätigte Rahel.

»Sehr karrierefördernd«, sagte Zimmermann. »Solche Persönlichkeiten setzen sich bei Assessments am besten durch und stehen in Wirtschaft, Politik, Wissenschaft oft an der Spitze.«

Mattmann nickte. »Auch in der Medizin. Meine Frau ist Ärztin, sie kann das bestätigen.«

»Und in der Kulturbranche«, sagte Zimmermann, »sind sie überall zu finden.«

Das Essen wurde serviert. Zimmermann biss in den Burger und tupfte sich mit der Serviette die Sauce vom Mund. »Eine stark ausgeprägte narzisstische und machiavellistische Persönlichkeit, wie es scheint. War bei ihm auch eine sadistische und psychopathische Seite vorhanden?«

Rahel konnte nichts dazu sagen.

»Falls ja, ließe sich von einem ›Dark Factor‹ oder einer ›Dunklen Triade‹ sprechen.« Er nahm einen nächsten Biss. Zimmermann war nicht nur Mediziner, sondern auch Psychiater und hatte als Leiter des Instituts für Rechtsmedizin unzählige Gutachten erstellt. Er fragte in die Runde: »Warum gehen so viele intelligente Frauen solchen Männern auf den Leim?«

Rahel und Mattmann zuckten die Schultern.

»Erstens sind sie recht schwierig zu entlarven. Sie sind Blender, können sehr charmant sein«, erklärte er. »Und gerade Frauen mit einer formalen Intelligenz sind anfällig für solche Typen.«

»Formale Intelligenz?«, fragte Rahel nach.

Zimmermann kaute, und als er heruntergeschluckt und sich die Mundwinkel wiederum mit der Serviette geputzt hatte, antwortete er: »Formale Intelligenz wird in der Schule und Hochschule gefördert, während die emotionale Intelligenz oft zu kurz kommt.« Dann erkundigte er sich, wie weit die Ermittlungen zu möglichen Motiven der Ehefrau und der Ex-Frau gelangt seien.

»Motive sind durchaus denkbar. Rachegefühle wären naheliegend bei einer so dunklen Persönlichkeitsstruktur.«

»Da könnte mancher ein Motiv haben«, warf Zimmermann ein.

»Kann ich nun vom Tatbestand Mord ausgehen oder nicht?«, fragte Rahel und fuhr leicht genervt fort: »Ertrunken ist er nicht ...«

»Wir haben darüber am Telefon gesprochen«, unterbrach Zimmermann sie. »Beim Opfer fanden wir keine voll ausgeprägten Ertrinkungssymptome. Als er ins Wasser geriet, dürfte er schon bewusstlos gewesen sein und hat unter Wasser nicht mehr als zwei oder drei Atemzüge gemacht, dann war er tot.«

»Aber beim überhöhten Insulingehalt im Kammerwasser stellt sich die Frage nach Fremdeinwirkung«, wandte Rahel ein.

»Klar ist, dass das Opfer an einem schweren Diabetes litt. Seine Bauchspeicheldrüse funktionierte reduziert und produzierte das nötige Insulin nur mangelhaft, weshalb er dieses jeweils vor den Hauptmahlzeiten spritzen musste. Jemand könnte ihm eine Überdosis gegeben haben.«

Mattmann schaltete sich ein. »Da muss es Spuren geben.«

»Bei ihm wie bei den meisten Diabetikern finden sich unzählige Einstiche in der Bauchdecke. Andere konnten wir nicht entdecken«, erklärte Zimmermann.

»Spuren, die darauf hindeuten, dass er gefesselt wurde, bevor ihm eine Überdosis verabreicht wurde?«

»Keine Spuren an den Handgelenken oder Rückstände unter den Fingernägeln, die auf einen Kampf hindeuten würden.«

Rahel und Mattmann schauten sich ratlos an.

»Wenn sich Kling die zu hohe Dosis Insulin nicht selbst gespritzt hat«, sagte Rahel, »kommen für mich nur die Frau und die Ex-Frau als Verdächtige in Frage.«

»Und seine beiden Kinder?«, fragte Mattmann.

»Sie leben beide im Ausland.«

»Sie könnten für einen kurzen Aufenthalt in die Schweiz gekommen sein, eine Auseinandersetzung mit ihrem Vater gehabt haben und gleich wieder abgeflogen sein.«

»Möglich«, sagte Rahel, »da müsste ich ihr Alibi prüfen und die Ankunfts- und Abfluglisten des Flughafens checken. Die Tochter lebt in Stockholm. Vom Sohn, der wohnt in London, habe ich nicht einmal eine Adresse. Er soll dort als Koch arbeiten. Das wird schwierig für mich.«

»Warum?«, fragte Mattmann.

»Die Formalitäten mit ausländischen Polizeibehörden machen mich wahnsinnig. Bis die für uns ermitteln, muss ich

Antrag um Antrag schreiben, und alles geht über Bern, das Departement für Justiz. Das dauert ewig.«

»Klings Bruder dabei bitte nicht vergessen. Bist du der Sache mit dem Erbschaftszwist nachgegangen?«, fragte Mattmann.

»Mit einer solchen Persönlichkeitsstruktur hat er sich bestimmt auch in seinem geschäftlichen Umfeld viele Feinde gemacht«, sagte Zimmermann.

»Die Spur, die nach Baden und zurück zur ABB-Fusion führt, hat nichts ergeben«, sagte Rahel, »aber es gibt eine Querverbindung zwischen den beiden ehemaligen ABB-Mitarbeitern Kling und August Wasik, die beide im Verwaltungsrat der Baumhaus AG sind. Nur wissen wir nichts über den dritten Verwaltungsrat, Morgan Strandhäll, ein Norweger.«

Mattmann schaute sie an, doch sie erwiderte seinen Blick nicht.

»Ich bin noch immer damit beschäftigt, die letzten Wochen in Klings Leben lückenlos zu rekonstruieren«, fuhr Rahel fort. »Am 14. Mai flog er für einen Vortrag nach Schweden. Am 21. Mai kehrte er zurück und landete in Kloten, das lässt sich belegen. Dann holte er sein Auto im Parkhaus des Flughafens ab, fuhr aber nicht zu seiner Wohnung am Stadtrand Zürichs, sondern nach Andermatt. Seine Frau hat mit ihm Ende Mai das letzte Mal telefoniert. Ende Mai wurde auch sein Auto am Göscheneralpsee gesehen, ob er selbst am Steuer war, ist unklar. Aufgetaucht ist es bis heute nicht. Ebenso wenig Klings Laptop. Und auch sein Mobiltelefon ist verschwunden. Den Zugang zu den Daten des Anbieters haben wir beantragt.«

»Fragen über Fragen«, resümierte Zimmermann. »Wann genau hat seine Frau mit Kling das letzte Mal telefoniert? Das müsste sich eruieren lassen.«

»Sie konnte mir bei der Vermisstmeldung kein genaues Datum nennen. Am Nachmittag habe ich eine Einvernahme mit Pat Hunger. Da werde ich versuchen, sie festzunageln.«

»Und wann genau wurde Klings Auto das letzte Mal gesehen?«

Rahel blätterte in ihrem Notizbuch, bis sie den Eintrag vom Telefongespräch mit der Wirtin vom »Dammagletscher« fand. »Am 30. Mai.«

Zimmermann fasste zusammen. »Die Todeszeit Klings haben wir leider nur ungefähr festlegen können, zwischen dem 28. und 30. Mai. Bei einer Wasserleiche ist das immer schwierig, wie ich in meinem Bericht ausgeführt habe. Auf diese Tage müsste sich die Ermittlung konzentrieren.«

Es war bereits nach zwei Uhr, Zimmermann musste zurück ins Institut, Rahel hatte einen Termin mit Pat Hunger, nur Mattmann hatte Zeit. Daher begleitete er Rahel zum Auto.

24

In der Tiefgarage war es schön kühl. Rahel öffnete die Türe ihres Subaru und blieb stehen.

»Was nun?«, fragte Mattmann.

»Morgen will ich nach Isleten. Dort sollen schon erste Prototypen der Baumhäuser stehen. Kommst du mit?«

»Ich fliege morgen zurück nach Schweden«, sagte er.

»Du hast schon gestern etwas angedeutet. Ist es wegen des Sommerhauses?«

»Genau.«

Rahel sah wieder auf die Uhr. »Dann wird nix aus einem gemeinsamen Besuch in Isleten. Ich schau mir das Gelände schon mal allein an. Nachher gehe ich der Sache mit den Altlasten auf dem Fabrikgelände auf den Grund.«

»Und klär mal ab, wie das mit dem Landschaftsschutz des Deltas in Isleten steht. Ich habe irgendwo gelesen, dass es im Bundesinventar der schützenswerten Landschaften eingetragen ist. Ein Naturdenkmal. Da lässt sich unmöglich bauen.«

»Ronald Zimmermann hatte geraten, die Ermittlungen auf den Zeitraum zwischen dem 28. und 30. Mai zu konzentrieren. Wer hatte damals Kontakt mit Kling?, das ist die Frage.«

»Okay, dann kümmere ich mich um die Frage, ob in einer schützenswerten Landschaft überhaupt gebaut werden kann. Ich habe in dieser Sache einen Kontakt in Bern, den ich anpeilen könnte.«

»Bin gespannt, was du in der Bundeshauptstadt in Erfahrung bringst«, sagte sie, setzte sich ins Auto und steckte den Zündschlüssel ein.

»Und mein Auftrag in Schweden?«, fragte Mattmann. »Welche Erkundigungen soll ich in Stockholm einziehen – zu unserem Fall?«

»Es ist immer noch mein Fall«, sagte Rahel. »Aber wenn du

schon fragst: Dieser Erbschaftsstreit zwischen den Geschwistern Kling interessiert mich. Von Lennart Kling wissen wir gar nichts. Vielleicht spielte Klings Tochter bei dieser Auseinandersetzung auch eine Rolle. Diese Josefine muss einen ziemlichen Rochus auf ihren Vater gehabt haben. Ich muss wissen, wo Lennart Kling und Josefine Kling zwischen dem 28. und 30. Mai waren.«

»Ich knöpf mir beide vor.«

»Klings Bruder soll Pfarrer sein. Was nicht heißt, dass er völlig harmlos ist. Ich hatte bei meinen Ermittlungen schon mehrmals mit Geistlichen zu tun. Puh!«

»Was meinst du, wenn ich mich zudem mal mit dem Rektor der Handelshochschule unterhalte, an der Kling als Letztes einen Vortrag gehalten hat?«

»Mach das. Weiter interessiert mich dieser Strandhäll, der mit Kling und Wasik im Verwaltungsrat der Baumhotel AG sitzt. Das scheint mir die graue Eminenz im Spiel zu sein.«

»Da habe ich einiges zu tun«, sagte Mattmann. »Spannend.«

»Was ist mit den Recherchen für deinen Abschiedsartikel? Oder hast du ihn schon geschrieben?«

»Der liegt auf Eis. Vielleicht nehme ich das Angebot, weiterhin als Freier für die Zeitung zu schreiben, trotzdem an. Dann ist es ein Abschied auf Raten. Es fällt mir nämlich nicht leicht, den Journalismus nach dreißig Jahren an den Nagel zu hängen.«

»Du wolltest neu für skandinavische Zeitungen aus der Schweiz schreiben.«

»So groß ist die Nachfrage da nicht, fürchte ich. Die Schweiz ist für sie nur ein kleiner weißer Flecken auf der Karte Europas, außerhalb der EU.«

»Und etwas ganz Neues? Hast du eine Idee?«

»Ideen habe ich immer. Aber …«

»Was?«

»Zum Beispiel …«, er zögerte, »… eine private Detektivfirma?«

»Du – ganz allein?«

»Nein. Mit dir.« Er schaute ihr direkt in die Augen. »Kannst du dir das vorstellen?«

»Das ist nicht dein Ernst.«

»›Reinhart & Mattmann. Für alle Fälle.‹ Wie tönt das?«

»Du nimmst mich auf den Arm. Ich muss los.« Sie drehte den Zündschlüssel und startete den Motor. »Und im Übrigen bin ich glücklich in Altdorf.«

»Ist das nicht eine Schuhnummer zu klein für dich?«

»Es gibt nicht nur Altdorf, sondern auch Airolo.« Sie zog die Türe zu und hob die Hand zum Abschied.

Er schaute ihr nach, wie sie in der Ausfahrt der Parkgarage verschwand.

25

In der Lobby des Auktionshauses an der Talstraße, wenige
Schritte vom Paradeplatz entfernt, musste Rahel einen Moment warten. Sie schaute sich um und fühlte sich fremd. Es
war eine Welt, die sie nur aus den Medien kannte, wenn wieder
ein Gemälde für mehrere Millionen ersteigert wurde. An den
Wänden hingen Plakate von Auktionen in New York, Paris
und Hongkong, die jedoch alle aus dem Ende des 20. Jahrhunderts stammten. Heute spielten sich die Versteigerungen
mehrheitlich im Netz ab, in Echtzeit, wie sie kürzlich in der
»Tagesschau« gesehen hatte.

Pat Hunger kam in einem dunkelblauen Deux-Pièces mit de-
zentem Goldschmuck aus dem Lift. Sie wirkte auf Rahel größer
als bei ihrer Vernehmung in der Ferienwohnung in Andermatt.
Vielleicht, so vermutete sie, waren es die hochhackigen Schuhe.
In der linken Hand trug Pat Hunger ihr Mobiltelefon und ent-
schuldigte sich bei der Begrüßung, sie erwarte einen dringenden Anruf vom Hauptsitz in London. Sie führte Rahel durch
die Ausstellung mit den Objekten für die morgige Auktion,
vorbei an Gemälden und Fotografien, edlen Schränken und
Kommoden mit Intarsien, Fauteuils im Stil von Louis XVI. und
Louis XVII. wie auch modernen Stahlrohrsesseln der 1930er
Jahre sowie vielen Vasen, Karaffen und Vitrinen mit Uhren.
Nach einem langen Gang gelangten sie in Pat Hungers Büro.
Schlicht eingerichtet mit einem langen Tisch, auf dem ein Bild-
schirm stand, wenige Mäppchen genau im rechten Winkel aus-
gerichtet, und an der Wand eine Farbfotografie in einem breiten
Querformat, die eine leere Fabrikhalle zeigte.

Pat Hunger bot Rahel einen Stuhl am Schreibtisch an und
setzte sich ihr gegenüber in ihren mit schwarzem Leder bezo-
genen Sessel auf Rollen. Sie wippte leicht nach hinten, schlug
die Beine übereinander und wartete auf Rahels Fragen.

»Bei Ihrem Ehemann gehen wir bei unseren Ermittlungen mit größter Wahrscheinlichkeit von einem nicht natürlichen Tod aus.«

»Sie meinen, er ist einem Gewaltverbrechen zum Opfer gefallen?« Pat Hunger verschränkte ihre Hände.

Rahel antwortete nicht.

»Ein Mord?« Pat Hunger suchte in ihrem Ärmel nach einem Taschentuch.

»Ich kann Ihnen leider nichts zur laufenden Untersuchung sagen.«

»Ich verstehe.« Sie schnäuzte sich und tupfte mit einer Ecke ihres Taschentuchs die Augenwinkel.

»Wir rekonstruieren minutiös die Tage nach seiner Rückkehr aus Stockholm«, fuhr Rahel fort, »und sind dabei auf Ihre Hilfe angewiesen. Haben Sie ihn vom Flughafen abgeholt?«

»Nein. Ich wusste nie, wann er von seinen Reisen zurückkehrt. Wir sahen uns nur noch selten. Meistens fuhr er vom Flughafen direkt nach Andermatt. Seit zwei Jahren leben wir in Trennung. Das ist kein Geheimnis.« Pat Hunger stand auf und machte ein paar Schritte durchs Zimmer. »Vor drei Monaten beantragte ich die Scheidung.«

»Wie weit ist das Verfahren fortgeschritten?«

»Fragen Sie meinen Anwalt. Er hat alle Unterlagen.«

»Läuft es auf eine Kampfscheidung hinaus?«

»Er kann Ihnen über alles Auskunft geben. Überprüfen Sie ruhig auch meine finanziellen Verhältnisse.«

»Vielleicht haben Sie noch eine andere Rechnung mit ihm offen?«

»Wenn man so viele Jahre verheiratet war, bleibt einiges liegen. Sind Sie auch verheiratet?«

»Ich war, aber das ist lange her.« Rahel erinnerte sich an das Reihenhaus in Schwamendingen, welches Markus und sie gekauft und zusammen renoviert hatten. Eigentlich war es sein Ding gewesen. Die neue Stelle bei der Kapo Zürich hatte sie mehr als hundert Prozent in Anspruch genommen, daher hatte sie ihm freie Hand gelassen. Und als sie sich scheiden ließen, begann er alles aufzurechnen. Sie blendete das aus und fragte weiter: »Bei der Vermisstmeldung sagten Sie, dass Sie nach seiner Rückkehr von Stockholm am 21. Mai nur noch Kontakt per Telefon und Mail mit ihm hatten. Wann genau?«

»Habe ich das gesagt?«

Pat Hunger setzte sich wieder und nahm ihr Mobiltelefon zur Hand. Sie scrollte durch die Anrufliste, dann durch ihr privates Mailprogramm. »Zwei, drei Mails. Ich werde sie Ihnen weiterleiten.«

»Und Kurzmitteilungen?«

»Wie gesagt, wir hatten uns nicht mehr viel zu sagen.«

»Hatte er eine Freundin?«

»Freundin würde ich das nicht nennen. Manchmal mehrere gleichzeitig.«

»Haben Sie Namen, die ich kontaktieren kann?«

»Wir haben nie darüber gesprochen. In letzter Zeit fiel mir allerdings auf, dass er öfter nach Stockholm flog. Was er dort vorhatte, habe ich ihn nie gefragt.«

Pat Hunger schaute auf ihre Armbanduhr, ein Modell mit einem großen Zifferblatt mit nur zwei Zeigern, auf denen ein klitzekleiner Edelstein funkelte.

»Kjell-Göran Kling hat Kunst gesammelt. Hat er sie da nicht ab und zu nach Rat gefragt? Sie sind Kunsthistorikerin und hier im Haus am Puls des weltweiten Kunsthandels.«

»Er hat ständig Bilder gekauft und verkauft. Die teuren Gemälde der Expressionisten waren in einem Depot sicher verwahrt, weil er Angst vor Einbrechern hatte. Bis auf das eine von Werefkin, das Ihnen in der Wohnung in Andermatt aufgefallen ist. Warum er den Narren daran gefressen hat, weiß ich auch nicht. Je länger, je mehr glaube ich, dass er an Kunst gar nicht wirklich interessiert war.«

»Dann war das kein gemeinsames Interesse?«

»Am Anfang unserer Beziehung schon. Dann habe ich ihn ziemlich schnell durchschaut. Nur die materiellen Werte haben ihn interessiert. Und er prahlte gerne mit den hohen Preisen seiner Bilder an den Partys.« Dann hielt sie einen Moment inne. »Nur eines habe ich nie begriffen: warum er auch Bilder auf Flohmärkten kaufte, von Stauseen und so. Die Wände in seinem Schlafzimmer waren voll davon.« Rahel erinnerte sich.

»Bilder von ›Briefträger-Malern‹, wie er sie nannte.«

»Briefträger-Maler?«

»Bitte entschuldigen Sie den abschätzigen Ausdruck. Die Ausstellungen der alten PTT mit den Bildern ihrer Angestellten gibt es schon lange nicht mehr. Ihnen ist die PTT noch ein Begriff?«, fragte Pat Hunger. »Die alten schweizerischen Post-, Telefon- und Telegrafenbetriebe. Aber die Bezeichnung der ›Briefträger-Maler‹ hat überlebt, auch bei uns, wenigstens in der Filiale in Zürich.«

»Hatte sich Ihr Mann für Stauseen oder Staumauern interessiert?«

»Gigantische Bauwerke haben ihn immer interessiert, aber warum er gerade diese Sujets in seinem Schlafzimmer aufgehängt hat, da habe ich keine Ahnung. Da sie in seinem Schlafzimmer hingen, waren sie nicht für die Augen seiner Gäste bestimmt. Vielleicht kaufte er die Bilder nur aus einer sentimentalen Laune heraus.«

»Oder hatte das mit seiner Herkunft zu tun? Wie ist er aufgewachsen?«

»Darüber hat er mir nie erzählt. Nie waren wir in Schweden an dem Ort, wo sein Elternhaus stand. Auch über seinen Vater und seine Mutter weiß ich nichts. Einmal habe ich mich bei Juliette nach ihnen erkundigt. ›Frag ihn selbst‹, hat sie mir geantwortet.«

»Haben Sie seinen Bruder getroffen, Lennart Kling?«

»Ein-, zweimal, als K und ich frisch zusammen waren. Eine misstrauische Person, er war mir gar nicht sympathisch. Seit dem Tod der Mutter, der Vater muss schon vor längerer Zeit gestorben sein, sind die beiden Brüder in einen Erbschaftsstreit verstrickt. Ein kalter Krieg. Sie verkehren nur per Mail, wenn überhaupt.«

Rahel machte sich eine Notiz. Sie musste wissen, wie er aufgewachsen war, in welchen Kreisen er verkehrte, bevor er in die Schweiz kam und bei der ABB Karriere machte. Vielleicht hatte ihn etwas eingeholt, das mit seinem Tod am Göscheneralpsee zu tun hatte. Dieser Frage musste Mattmann in Schweden auch nachgehen. Dann schrieb sie sich das Stichwort »Sentimentales« auf, ohne genau zu wissen, warum. Dass dieser Kling Gemälde und Zeichnungen aus einer sentimentalen Laune heraus kaufte, passte so gar nicht zum Bild, das sie bisher von ihm bekommen hatte. Hatte er auch eine schwärmerische, eine rührselige Seite? Als empfindsam war er bisher nie geschildert worden.

Rahel holte zur letzten Frage aus. »Wie sind Sie mit dem schweren Diabetes Ihres Mannes umgegangen?«

»Keine einfache Frage. Seine Krankheit spielte ihm arg mit, wenn er in eine Über- oder Unterzuckerung fiel und es zu spät merkte. Solange wir zusammenlebten, war er auf meine Hilfe angewiesen. Mir derart ausgeliefert zu sein ging ihm gegen den Strich.«

»Ein Konfliktherd in Ihrer Ehe?«

»Das kann man sagen.«

26

Mattmann hatte einen alten Freund in Bern angerufen, der sich in Raumplanungsfragen auskannte. Er schilderte ihm die Ausgangslage in Isleten und die außergewöhnlichen Umnutzungspläne auf dem Gelände der ehemaligen Sprengstofffabrik. Auf dem Internet waren die Zeitungsartikel zu einer kürzlichen Informationsveranstaltung für die Ortsbevölkerung abrufbar, ein Bericht des Amtes für Raumplanung mit den Zielen und Anforderungen des Kantons an die Entwicklung in Isleten sowie die Stellungnahmen der beiden Standortgemeinden Seedorf und Isenthal. Auch eine Kartierung der Altlasten war dabei. Mattmann hatte all die Unterlagen nur überflogen, es war viel von partizipativer Planung die Rede, aber in einer Sprache, die schwierig zu verstehen war. Er hatte sich eine schnelle Beurteilung seines Freundes erhofft, doch der bat ihn, ihm alles bereits Recherchierte zu schicken, damit er es studieren könne. Er werde sich in einer Woche melden.

Vorerst hatte Mattmann sich um eigene Altlasten zu kümmern. Nein, so durfte er das nicht nennen, auch wenn es ihm manchmal so vorkam. Das Verhältnis zu seiner Mutter hatte er lange als sehr gespannt und konfliktreich erlebt. Sie hatte ein Leben lang als Psychologin gearbeitet, aber über eigene Gefühle wurde bei ihnen zu Hause nie gesprochen, nur über die Abgründe der Seele, die sich in ihrer Praxis auftaten. Die letzten Jahre war sie milder geworden, nicht zuletzt, weil sie sich an vieles nicht mehr erinnerte. Auch er konnte unterdessen vieles einfach stehen lassen und sie so nehmen, wie sie war. Nur das schlechte Gewissen, dass er sie wegen seines Jobs als Auslandkorrespondent nur selten besuchen konnte, plagte ihn. »Wer ein schlechtes Gewissen hat, hat wenigstens ein Gewissen«, hatte sie ihm kürzlich gesagt, als er ihr das gestanden hatte.

Er musste sich beeilen. Er hatte ihr versprochen, sie ins

Schauspielhaus zu begleiten, und hatte Karten für Dürrenmatts »Der Besuch der alten Dame« reserviert.

Als sie die Tür öffnete, reagierte sie überrascht.

»Du hier?«

»Wir haben abgemacht, ins Theater zu gehen.«

»Was spielen sie?«

»Dürrenmatt. Deinen Dürrenmatt.«

»Schon wieder?« Sie bat ihn herein und fragte, ob er einen Kaffee wolle.

»Lieber etwas Kleines zu essen«, sagte er.

Bei Brot und Käse erzählte sie ihm von einer Freundin in Sternenberg, die zwei uralte Schildkröten hatte.

Er betrachtete seine Mutter. Ihr Gesicht war faltiger, als er es in Erinnerung hatte.

»Tiere sind so dankbar. Was hältst du davon, wenn ich mir einen Hund anschaffe?«

»In deinem Alter?«, fragte er.

»Was meinst du damit? Ich bin noch gut zu Fuß.«

»Und wenn das einmal nicht mehr geht?«

»Dann kannst du ihn übernehmen. Ihr habt ja keine Kinder.«

Mattmann wollte ihr entgegnen, kam aber nicht dazu.

»Wo ist übrigens Gina?«

»Sie kommt diesen Sommer nicht in die Schweiz. Wir wollen ein Ferienhaus in Schweden kaufen und haben etwas an der Angel. Direkt am Meer.«

»In den Bergen ist es viel schöner. Du kannst mein Ferienhaus in Sternenberg haben. Wir haben besprochen, dass du das einmal übernimmst.«

»Wir haben darüber gesprochen, aber ich habe dir schon damals gesagt, dass –«

Sie ließ ihn nicht ausreden. »Die Aussicht vom ›Sunneblick‹ ist einmalig. Und im Winter, dann bist du in Sternenberg über dem Nebelmeer.« Dann kam sie zurück auf ihren Wunsch nach einem Haustier. Damit sie nicht mehr so alleine sei. Mattmann überlegte, ob sie nicht besser eine Katze anschaffen sollte, doch am Schluss müsste er sie ins Tierheim bringen oder einschläfern lassen. Er mochte nicht daran denken, dass seine Mutter einmal sterben würde.

Sie waren frühzeitig am Pfauen und nahmen ihre Plätze ein. Als das Licht im Saal langsam gedimmt wurde und schließlich ganz erlosch, verstummten die angeregten Gespräche. Dann ging der rote Samtvorhang auf. Die Bühne war leer, nur ein schwarzer Vorhang als Hintergrund.

»Scheußlich«, sagte seine Mutter so laut, dass sich die Zuschauer in der vorderen Reihe umdrehten.

Mattmann hielt den Zeigefinger vor seine Lippen und schaute sie streng an. Dann traten die Schauspieler auf, und sie war damit beschäftigt, der Handlung zu folgen. Dabei ging es Schlag auf Schlag. In der Pause reichte ihr Mattmann seinen Arm, und sie hängte sich dankbar ein. So gingen sie durch die dichten Reihen im Foyer Richtung Bar. Dieter Schmid kam ihnen entgegen und grüßte freundlich, während Mattmann so tat, als hätte er ihn nicht gesehen. Er schielte nach einer Sitzgelegenheit, doch nur an einem Stehtisch gab es noch Platz. Er ließ seine Mutter dort zurück und holte zwei Gläser Prosecco. Dann stießen sie an.

»Prost«, sagte eine ihm bekannte Stimme am gleichen Tisch. Es war Mark Croneman, in schwarzem Anzug und blumiger Fliege. Mattmann kam sich in seinen dunklen Jeans und dem dunkelgrauen Kittel schäbig vor. Zum Glück hatte er ein weißes, gebügeltes Hemd angezogen.

Mattmann präsentierte ihm seine Mutter, und diese war stolz, dass ihr Sohn da und dort angesprochen wurde.

»Und wie gefällt euch die Inszenierung?«, fragte Croneman.

»Was soll das mit den grellgelben Stiefeln?«, entsetzte sich Magdalena Mattmann. »So kleidet sich doch keine alte Dame.«

»Für Hochwasser sind sie nicht schlecht«, entgegnete Croneman, und Mattmann nickte.

»Aber davon steht nichts bei Dürrenmatt. Und das karge Bühnenbild, entsetzlich! So sieht das Kaff Güllen nicht aus, in das Claire als alte reiche Dame zurückkehrt, Claire …«

»Claire Zachanassian«, ergänzte Mattmann.

Sie kicherte. »Eine Milliarde setzt sie als Belohnung für denjenigen aus, der den Stadtpräsidenten umbringt, der ihr einst ein uneheliches Kind angehängt hatte. Eine Milliarde!«

Mattmann war es nicht zum Lachen. Seine Mutter hatte ihn auch allein großgezogen, weil sein Erzeuger sie vor der Geburt verlassen hatte.

»Wenn das Opfer zur Täterin wird«, begann Croneman.

»Rache ist süß«, fiel ihm Magdalena Mattmann ins Wort.

»Auge um Auge. Zahn um Zahn«, triumphierte sie und genoss die Aufmerksamkeit des ganzen Tisches.

»Mutter«, sagte Mattmann, »ich glaube, die Inszenierung will das differenzierter darstellen.«

»Papperlapapp. Das steht im Alten Testament.«

»Im Neuen Testament«, meldete sich Croneman wieder zu Wort, »sagt Jesus in der Bergpredigt: ›Wenn dich einer auf die eine Wange schlägt, dann halte ihm die andere Wange hin.‹«

»Da haben wir den Trauerredner in seinem Element«, sagte Mattmann und versuchte, ein neues Gesprächsthema anzuschneiden. »Wie bibelfest bist du eigentlich?«

»Religion verstehe ich in einem breiten Sinn. Zentral im Leben ist die Geborgenheit. Darauf lege ich bei meinen Abdankungen immer wieder den Finger und frage die Angehörigen: Wie viel Geborgenheit hat euch der Verstorbene gegeben? Daran soll man sich erinnern, wenn man an ihn denkt. Das tröstet.«

Schaumschläger, dachte Mattmann. Seine Mutter hatte eine alte Freundin entdeckt und winkte sie an den Tisch. Croneman trat einen Schritt zurück, nahm Mattmann zur Seite und sagte: »Du hörst auf bei der Zeitung, habe ich gehört?«

»Woher hast du das?«, fragte Mattmann.

»Auf Twitter.«

»Ich schreibe noch einen Abschiedsartikel, und dann ist Schluss.«

»Pensioniert?«

»Ich muss noch vier Jahre arbeiten.«

»Willst du bei mir einsteigen? Ich habe so viele Anfragen. Trauerredner wäre was für dich.«

»Mir liegt das Schreiben mehr als das Predigen.«

»Das lässt sich lernen. Wichtig ist, dass du schnell eine Situation erfasst und die richtigen Worte dafür findest. Da bist du als Journalist prädestiniert.«

»Das Trösten ist nicht meine Stärke.«

»Begleite mich mal bei zwei, drei Abdankungen. Dann wirst du sehen, wie ich das mache.«

Mattmann bemerkte, dass seine Mutter nicht mehr am Tisch stand.

»Ich beerdige Direktoren und Drogentote. Ich könnte ein Buch darüber schreiben.«

»Danke für deine Anfrage.«

»Du wechselst lieber ins Kriminalfach«, bemerkte Croneman.

»Wie kommst du darauf?«, wunderte sich Mattmann.

»Du bist involviert in die Recherchen zum Tod von Kjell-Göran Kling, habe ich erfahren.«

»Wer sagt das?«

»Bei meiner Arbeit erfährt man viel.« Croneman leerte sein Glas. Mattmann suchte mit den Augen weiterhin das Foyer nach seiner Mutter ab. Er musste sie suchen gehen. Vielleicht wollte sie frische Luft schnappen. Er ging zum Ausgang und trat ins Freie, entdeckte sie an der Tramhaltestelle und wollte sie zurück ins Theater führen, doch sie war ganz verwirrt und sagte: »Ich will nach Hause.«

Teil IV

Stockholm, Blankaholm, Harads

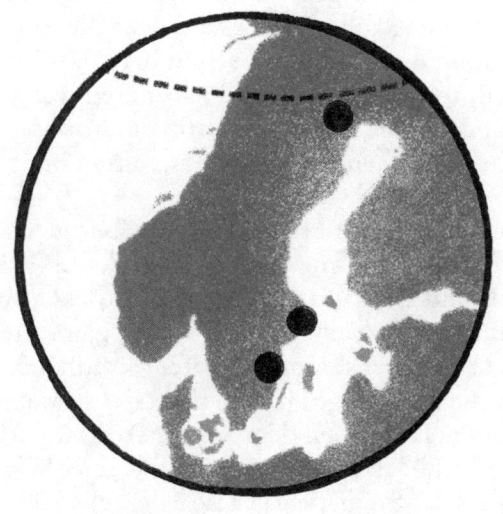

27

Mit dem Arlanda-Express fuhr Mattmann vom Flughafen nach Stockholm. Er hatte von Rahel eine Kurzmitteilung erhalten, das Verhör von Pat Hunger habe nichts Konkretes gebracht, umso mehr erhoffe sie sich von der schwedischen Spur, ergänzt um die Frage zu Klings Herkunft. Nach zwanzig Minuten stand er mitten in der großen Bahnhofshalle, die an diesem frühen Nachmittag voll von Menschen war, die von der Arbeit kamen, früher als üblich, weil schon bald das Wochenende begann. Ein dichter Strom von Passagieren wälzte sich zur U-Bahn und den Fernzügen. Mattmann konnte zu Fuß in seine Wohnung gehen, er schätzte es, mitten in der Stadt zu wohnen.

Er schritt durch den Hauptausgang, überquerte die laute Straße und ging Richtung Sergels Torg, dem Platz vor dem Kulturhaus und Zentrum des modernen Stockholms. Es war bewölkt und rund zwanzig Grad warm, ganz anders als in der Schweiz, wo hochsommerliche Temperaturen herrschten. Sveavägen, die vierspurige Hauptverkehrsachse, war wie immer stark befahren. Er ging auf dem breiten Trottoir vorbei an den fünf City-Hochhäusern und verlangsamte seine Schritte, als er an die Stelle kam, wo im Februar 1986 der schwedische Ministerpräsident Olof Palme auf offener Straße erschossen worden war. Der Mörder wurde nie gefunden. Mattmann, damals das erste Mal Korrespondent in Stockholm und erst zwei Monate auf seinem Posten, verstand nur wenig Schwedisch. Zuerst hatte er geglaubt, die Meldung in den Mitternachtsnachrichten falsch verstanden zu haben. Er hatte den Fernseher angestellt, wo eine Extrasendung lief. Vergeblich versuchte er, die Pressestelle der Regierungskanzlei telefonisch zu erreichen, und ging darauf zu Fuß zum Tatort am Sveavägen. Die Blutlache war unterdessen gefroren. In Zeiten vor der Einführung des

Internets war das Recherchieren vor Ort meist die einfachste Methode gewesen.

Mattmann ging weiter und erreichte nach zehn Minuten den Tulegatan, wo er mit Gina wohnte. Sie war noch nicht von der Arbeit zurück, als er die Wohnung betrat. Er zog Schuhe und Socken aus, ging über den alten Parkettboden zuerst in sein Büro, das hinter der Küche lang; es war einst das Zimmer des Dienstmädchens gewesen. Bürgerliche Wohnungen aus der Zeit um 1900 verfügten über einen separaten Kücheneingang mit einem schmalen Treppenhaus nur für das Personal und die Lieferungen von Milch und anderen Lebensmitteln. Er stellte seine Umhängetasche mit dem Laptop auf den Stuhl, schaute kurz den Stapel mit der Post durch, viel war nicht gekommen. In Schweden wurde das meiste digital verschickt. Dann ging er ziellos durch die Wohnung, streifte mit der Hand die kalten Kacheln des runden weißen Ofens im Wohnzimmer und trat in Ginas Zimmer. Auf ihrem Schreibtisch lag das Dossier mit den Plänen des Sommerhauses in Blankaholm. Sie hatte ihm die Unterlagen gemailt, doch er hatte sie nur oberflächlich studiert. Er nahm das Dossier mit in die Küche, holte aus dem Kühlschrank ein Bier und setzte sich an den Tisch. Da läutete sein Mobiltelefon. Gina fragte, ob er gut angekommen sei. Ein Notfall halte sie im Spital zurück, sie schlage vor, dass sie sich direkt im Restaurant zum Nachtessen treffen würden, einen Tisch im »Oaxen« habe sie reserviert und die letzten beiden Plätze an diesem Freitagabend ergattert. Das gab ihm Zeit, sich vorher hinzulegen, denn er war müde von der Reise.

Das »Oaxen« befand sich auf der Insel, auf der auch das Freilichtmuseum »Skansen« und das Museum mit dem Regalschiff Wasa lag. Das stadtbekannte Restaurant war auf dem Gelände einer ehemaligen Werft, in einer Halle mit einer großen Schiebetüre aus Wellblech. An der Decke schwebten alte Ruderboote hoch über den Tischen. Mattmann mochte die Inszenierung und die Stimmung in diesem »Swedish Bistro«.

Er musste nicht lange auf Gina warten. Sie trug eine schwarze Hose und einen weiten Pullover ebenfalls in Schwarz, was das Dunkle ihrer Augen betonte. Ihr langes silbergraues Haar trug sie offen. Sie strahlte eine Unbekümmertheit aus, die Mattmann liebte.

»Ich habe Hunger«, sagte sie, kaum hatten sie sich geküsst.

Er kannte die Speisekarte bereits und schlug ihr die Muscheln mit Schösslingen von Raps als Vorspeise vor und danach *friterad torskkrage*, das Nackenstück vom Dorsch, frittiert, mit gesalzenen, unreifen Moltbeeren. Er wählte den gleichen Hauptgang und als Beilage geröstete Randen mit einer Glasur aus milchgesäuerten Blaubeeren und Sonnenblumenkernen. Zur Vorspeise entschied er sich für einen marinierten Heilbutt an einer Sauce aus reduziertem Rahm, Wasserkresse und Meerrettich.

»Schön, dass du zurück bist, Koma«, sagte Gina und ergriff seine Hände. Seit fünfzehn Jahren waren sie ein Paar. Sie hatten sich in Berlin kennengelernt, als er in der deutschen Hauptstadt den Korrespondentenposten übernommen hatte und sie als Kinderärztin an der Charité tätig gewesen war. Danach wurde er in Prag stationiert, und auch dort waren Pädiater gefragt. Vor fünf Jahren übernahm Mattmann zum zweiten Mal den Posten in Stockholm. Dass Gina alles mitmachte, rechnete er ihr hoch an. Wie schnell sie jeweils die neue Sprache gelernt hatte, erstaunte ihn jedes Mal.

»Was geht eigentlich auf deiner Redaktion in Zürich ab?«, fragte sie. »Sind diese Erbsenzähler ständig am Sparen?«

»Sie schieben alles auf die sinkenden Werbeeinnahmen.«

»Da haben sie in Zürich etwas falsch gemacht. Die schwedischen Tageszeitungen sind jedenfalls voll von Werbung für Autos, Wein und Reisen.«

»Das kannst du nicht vergleichen.«

»Die sind einfach unfähig. Man sollte sie alle ins Meer peitschen.«

»Gina! Sprichst du im Spital auch so mit deinen Kollegas?«

»Die verstehen nur Klartext. In der Schweiz sprecht ihr oft um den heißen Brei herum.«

»In Zürich boten sie mir an, als freier Journalist weiter für sie zu arbeiten.«

»Zu welchen Bedingungen?«

»Ein kleines Fixum und der Rest pauschal pro Beitrag, inklusive Spesen.«

»Was springt da pro Monat heraus?«

»Je nachdem, was ich im Blatt unterbringen kann.«

»Wenn die Zeitung immer dünner wird, bleibt am Schluss nur eine Seite für das Ausland.«

»Dann muss ich eben auch für die Beilage am Samstag schreiben und für die Sonntagsausgabe.«

»Lifestyle ist nicht dein Ding.«

»Kommt darauf an«, sagte er.

Die Kellnerin brachte den Wein, und sie stießen an.

»Ich möchte hier in Stockholm bleiben«, sagte Gina. »Ich habe mir jetzt bei der Arbeit alles so gut eingerichtet. Wir haben einen Kreis von Freunden, wissen, wo man ausgezeichnet isst, und haben eine schöne und zentral gelegene Wohnung.«

»Ohne Balkon.«

»Das lässt sich lösen.«

Die Kellnerin brachte die Vorspeise und bald darauf den Hauptgang. Das perlweiße Fleisch des Dorschs im frittierten Mantel war wunderbar, die säuerlichen Moltbeeren ein angenehmer Kontrast. Die Glasur auf den gerösteten Randen ein Traum.

Nach dem Essen kramte Gina in ihrer großen Ledertasche, zog ein kleines Büchlein hervor und blätterte. Dann fand sie die gesuchte Stelle. »Der Mensch braucht seine Idyllen! Verachte sie nicht«, las sie laut. »Eine Idylle braucht weder luxuriös noch pompös zu sein. Sie hat Platz in einer Hütte.«

»Eine einfache Hütte.«

»*Just a cabin.*« Gina blätterte weiter, und Mattmann sah, wie sie gedanklich woanders war. Was suchte sie in ihren Erinnerungen? Ein Bild, einen Song? Er wusste, er durfte Gina jetzt nicht fragen, wovon sie träume. Auf ein kleines rotes Haus mit weißen Fensterbogen ließ sich das nicht reduzieren. War sie zurück in ihrer Kindheit? Sie sprach nur ganz selten darüber. Auch er selbst hatte davon nur verschwommene Bilder.

Die Kellnerin trat an den Tisch mit zwei Dessertkarten. Beide winkten ab. »Unser Knäckebrotglacé, habt ihr das schon probiert?«

Gina schüttelte den Kopf, und Mattmann wollte wissen, wie er sich das vorstellen müsse.

»Ein Eis aus Sauermilch und Rahm mit geriebenem Knäckebrot. Magisch!«, antwortete sie.

Sie bestellten eine Portion mit zwei Löffeln und bereuten es nicht.

»Am Sonntag fahren wir nach Blankaholm«, sagte Gina. »Ich habe die Schlüssel.«

»Schon unterschrieben?«, fragte er und legte den Löffel ab.

»Keine Angst. Der Makler hat mir nur gezeigt, wo sie hängen.«

28

Gina musste den ganzen Samstag arbeiten. Das traf sich gut, denn Mattmann hatte den Tag bereits verplant. Er wollte herausfinden, mit wem sich Kjell-Göran Kling auf seiner letzten Reise nach Stockholm getroffen hatte. Er begann mit dessen Vortrag an der Handelshochschule. Wie war Kling zu dieser Einladung gekommen?

Das auf Schwedisch verfasste Vortragsmanuskript hatte Mattmann dabei, als er in die leere Eingangshalle der Hochschule trat. Die Semesterferien hatten bereits begonnen, und auch das Vorzimmer des Rektors machte einen verlassenen Eindruck, doch der Rektor arbeitete auch am Samstag. Rune Adamson begrüßte ihn in seinem Büro mit einem fröhlichen *»Hej!«* und holte zwei Tassen Kaffee. Förmlichkeiten sind in Schweden kein Thema. Alle duzen sich, wobei stets eine gewisse Distanz gewahrt bleibt. Rune fragte nach den Umständen von Klings Tod, dieser habe bei seinem Referat einen kerngesunden Eindruck gemacht. Mattmann wollte dazu nichts sagen.

Das Referat habe im Rahmen eines öffentlichen Vortragszyklus unter dem Titel »Crashtest Sustainability« stattgefunden, bei dem Unternehmen unter die Lupe genommen wurden, die behaupteten, nachhaltig zu wirtschaften. Er habe dazu auch den Gründer des Treehotels in Nordschweden, Morgan Strandhäll, eingeladen, und dieser habe ihn auf seinen Geschäftspartner Kling aufmerksam gemacht, mit dem er ein weiteres Projekt in der Schweiz plane. So hätten die beiden den Vortrag gemeinsam gehalten, doch leider sei das Interesse enttäuschend gewesen, nur ein gutes Dutzend Zuhörer und Zuhörerinnen sei gekommen. Anders als bei den Referaten zur grünen Stahlproduktion oder zur größten Batteriefabrik Europas, die in Nordschweden gebaut wurde. Da sei die Aula bis auf den letzten Stuhl besetzt gewesen. Ökologie im Tourismus und gar im Ultraluxustourismus sei offenbar nur eine kleine Nische, die Schweiz als Land außerhalb der EU hier im Norden kein Thema.

»Schade«, sagte Mattmann.

»Dabei ist das Konzept des Baumhotels bestechend, wie das Kjell-Göran Kling präsentiert hat. Das Potenzial liegt auf der Hand: Der Inselcharakter ist, wenn auch im übertragenen Sinn, gegeben. Rückzugsmöglichkeiten par excellence. Wenn Manager in der einmaligen Kombination von unberührter Natur und modernem Design in den Baumwipfeln ausspannen, entstehen neue Ideen.«

»So unberührt ist die Natur in der Schweiz nicht.«

»Die Kombination von See und Alpen ist einmalig.« Mit der Anbindung an die Destination Andermatt lasse sich die Anlage an diesem See mitten in der Schweiz Sommer und Winter betreiben, das ergebe eine Auslastung von nahezu dreihundertfünfundsechzig Tagen pro Jahr, für die Amortisation sei das entscheidend. Damit kämpfe das Baumhotel in Nordschweden. »Waren Sie schon dort, oben am Polarkreis?«, wollte Rune wissen.

Mattmann hatte erst die Homepage besucht und sich gefragt, ob das wirklich funktioniere.

Rune gab ihm recht. »Harads ist schon recht abgelegen. Aber das hat auch seinen Reiz, gerade im Winter. Mit Polarlicht und allem Drum und Dran.«

»Haben Sie mit Kling nach dem Vortrag gesprochen?«

»Er musste gleich weg zu einem Rendez-vous.«

»Mit wem?«, fragte Mattmann, doch da konnte ihm Rune nicht weiterhelfen.

Vielleicht müsste er nach Nordschweden fahren und sich das Ganze mal ansehen, dachte Mattmann. Wenn sich Gina für einen Abstecher an den Polarkreis überreden ließe, umso besser. Dann käme sie vielleicht auf andere Gedanken, statt von einem verlotterten Sommerhaus in Blankaholm zu träumen.

Für seinen nächsten Termin ging er durch den Kungsträdgården, den ehemaligen Schlossgarten, zum Quai, von wo die Kursschiffe in den Schärengarten ablegten. Hier war auch die Landestelle der Fähre, die ihn auf die kleine Museumsinsel mitten in der Stadt brachte. Stockholm, das Venedig des Nordens, war im Gegensatz zur Lagunenstadt im Süden mit den engen Kanälen eine luftige und moderne Großstadt mit großen Wasserflächen zwischen den Inseln, auf denen der alte Kern der Stadt lag.

Als die Fähre auf der Insel Skeppsholmen anlegte, setzte er sich auf die Terrasse des gleichnamigen Hotels, wo er einen Lunch aß. Der Himmel war strahlend blau, blauer als in der Schweiz. Gerne wäre er länger an der Sonne gesessen, doch er hatte einen Termin mit Klings Tochter vereinbart. Mattmann durchquerte den Park mit den Skulpturen von Niki de Saint Phalle und blieb vor einer der Nana-Figuren stehen. Vor Jahren hatte er in einer Reportage die Installation mit ihren Figuren und den mechanischen Ungetümen von Jean Tinguely beschrieben. »The Fantastic Paradise« war nicht der erste Auftritt des Künstlerpaars in Stockholm gewesen. Mitte der sechziger Jahre hatten sie mit einem gemeinsamen Kunstwerk für einen Skandal gesorgt, der sie international berühmt gemacht hatte: Im Auftrag des damaligen Direktors Pontus Hultén bauten sie eine fünfundzwanzig Meter lange und neun Meter breite Skulptur, die begehbar war, und gaben ihr den schlichten Titel »Hon«, das Personalpronomen »sie«. Es war die Figur einer auf dem Rücken liegenden Schwangeren, die man durch die Vagina betrat. Drinnen, ganz schwarz ausgemalt, befanden sich eine Galerie und ein Kino, in der linken Brust eine Milchbar und in der rechten ein Planetarium.

Mattmann ging weiter, bis er zum Museum der Modernen Kunst und Architektur kam, wo Josefine Kling als Kuratorin arbeitete. Er traf sie in ihrem Büro im Untergeschoss des Museums. Auch sie arbeitete am Samstag, denn in zehn Tagen sollte die Ausstellung eröffnet werden, die sie betreute.

»Ich komme wegen des Todes deines Vaters«, sagte er.

»Ich weiß«, sagte sie. »Du hast mir das am Telefon angekündigt.«

»Im Rahmen der Ermittlungen versuchen wir die Wochen und vor allem die letzten Tage vor seinem Tod zu rekonstruieren. Hast du ihn vor oder nach dessen Vortrag am 16. Mai hier in Stockholm getroffen?«

»Er wollte mich zum Abendessen mit ein paar alten Geschäftsfreunden einladen. Doch als Galionsfigur vorgeführt zu werden, da mache ich nicht mit.«

»Hast du ihn trotzdem gesehen?«

»Wir haben hier auf der Museumsterrasse ein Sandwich gegessen. K hatte nicht viel Zeit. Er nahm sich selten Zeit für uns Kinder.«

Mattmann schaute sie erstaunt an. »Du nanntest deinen Vater K?«

»Alle nannten ihn so.«

»Worüber habt ihr gesprochen?«

»Wie immer hat nur er gesprochen, über ein Projekt in der Schweiz, in das er investiere. Ich habe nur mit einem Ohr zugehört. Keine Frage, wie es mir gehe. Das hat ihn nie interessiert.«

Mattmann fragte sie nach dem Verhältnis zu ihrem Vater, worauf sie nicht eingehen wollte. Sie habe mit ihm abgeschlossen. »Und dein Bruder?«, fragte er weiter.

»Der lebt in London. Ich sehe ihn höchstens einmal pro Jahr, wenn wir uns bei meiner Mutter in der Schweiz treffen.«

»Wann warst du das letzte Mal in der Schweiz?«

»An Weihnachten.«

»Und Ende Mai, warst du dann nicht nochmals kurz da?«

»Nein«, sagte sie, ohne zu zögern.

Für Mattmann kam diese Antwort zu schnell, als wäre sie auf die Frage vorbereitet gewesen.

»Es ist einfach für mich, die Passagierlisten der Flüge zwischen Stockholm und Zürich zu überprüfen. Bist du sicher, dass du in diesem Zeitraum nicht in der Schweiz warst?«

»Ja«, wiederholte sie, »ich war immer hier.«
»Dein Vater soll die letzte Zeit öfter nach Stockholm gekommen sein, hat Pat Hunger ausgesagt. Doch mit dir hat er sich nicht getroffen, wie du sagst. Mit wem denn?«
»Wahrscheinlich war er geschäftlich unterwegs.«
»Oder ganz privat.«
»Gut möglich.«
»Hatte er eine Geliebte hier?«
Josefine Kling schaute vor sich auf den Tisch.
»Oder einen Liebhaber?«
»Nein, da liegst du falsch. Er stand nur auf Frauen. Mir gegenüber hat er nie einen Namen fallen gelassen.«
»Dein Vater und sein Bruder sollen sich seit Jahren um das Erbe ihrer Eltern streiten. Wie kam es so weit?«
»Frag meinen Onkel.« Sie schien nachzudenken, dann sagte sie: »Du glaubst wohl nicht im Ernst, dass dieser Zwist etwas mit seinem Tod zu tun haben könnte?«

Mattmann traf Lennart Kling im »Vetekatten«, einer klassischen Konditorei mit dem Charme der 1950er Jahre. Das Café lag im ersten Stock eines bürgerlichen Mehrfamilienhauses im vornehmen Quartier Östermalm. Lennart Kling saß auf einem Sofa mit gerader Rücklehne. Ein belegtes Brot mit Crevetten, das auf dem Teller kaum Platz hatte, stand unberührt vor ihm.
Mattmann holte sich am Buffet Kaffee und ein Stück Heidelbeerkuchen mit Vanillesauce.
»Ich hoffe, mein lieber Bruder musste nicht allzu sehr leiden«, begann er. »Details will ich keine wissen.«
Mattmann ging nicht darauf ein, sondern fragte, wann er ihn das letzte Mal gesehen habe.
»Bei seinem Besuch in Stockholm, vor mehr als einem Monat.« Er nahm einen Schluck Kaffee und kniff die Lippen zusammen. »Er kam zu mir in meine Wohnung, verlangte einen Aperitif, doch so was habe ich nicht im Haus. Ich trinke keinen Alkohol, das wusste er doch.«

»Worüber habt ihr gesprochen?«

»Wie immer hat er mich aufgefordert, das Leben mehr zu genießen. Er konnte gut reden, als Finanzchef bei der ABB hatte er ein Salär, wovon andere nur träumen können. Er ließ sich früh pensionieren, ich dagegen muss in Schweden bis siebenundsechzig arbeiten.«

»Du hast mit ihm eine gerichtliche Auseinandersetzung über das Erbe eurer Eltern.«

»Das will er mir streitig machen.«

»Um wie viel geht es bei eurem Erbschaftsstreit?«

»Für ihn ist es eine absolut lächerliche Summe. War es, muss ich jetzt sagen. Meine Nichte hatte sich auch entsetzt. Sie hat mich moralisch immer unterstützt.«

»Worum ging es denn bei dieser Auseinandersetzung?«

»Wenn ich das wüsste. Nicht um Geld, das war nur ein Vorwand.« Er schnitt ein Stück des belegten Brotes ab und schob es sich mit der Gabel in den Mund.

Nach dem Tod der Eltern brechen beim Erben oft alte Wunden auf. Mattmann kannte einige Fälle, wie sich Geschwister dabei in die Haare kamen und manchmal sogar bis vor Gericht gingen, um Recht zu bekommen. Was da ans Licht gezogen wurde, war zum Teil absolut abstrus. Alte Geschichten, die am Schluss häufig darauf hinausliefen, dass eines der Geschwister weniger Liebe von Vater und Mutter bekommen habe. Ein solches Defizit sollte dann in Franken und Rappen aufgerechnet und mit den Mitteln der Erbmasse beglichen werden.

»Wie seid ihr aufgewachsen?«, fragte Mattmann. »Wer waren eure Eltern?«

Ihre Kindheit sei weder speziell glücklich noch unglücklich gewesen. »Normal, würde ich sagen.« In Västerås, einer Industriestadt hundert Kilometer westlich von Stockholm, seien sie aufgewachsen. Der Vater habe in der Lokomotivenfabrik von ASEA gearbeitet, der Firma, in der sein Bruder seinen ersten Job im Büro des CEOs angetreten habe und mit diesem dann in die Schweiz gewechselt habe. Die Mutter sei an der Kasse der

Quartierfiliale von »Konsum« gesessen, wie der schwedische Coop früher geheißen habe. »Kjell-Göran hatte für meine Eltern aber immer nur Spott übrig. Als er an der Handelshochschule begann, spielte er sich mehr und mehr als derjenige auf, der alles wusste.«

»Ein Besserwisser.«

»Das wäre zu harmlos ausgedrückt. Er entwickelte einen selbstherrlichen Zug, ein Selbstbild, das gar grandios daherkam. Zudem phantasierte er immer von der perfekten Liebe, bis er sich von seiner ersten Frau scheiden ließ. Oder besser gesagt, sie ließ sich von ihm scheiden. Juliette war ja viel zu gut für ihn.«

»Zu gut?«

»Du musst wissen, sie kam aus einer guten Familie. Diese Ehe war von Anfang an zum Scheitern verurteilt.«

»Warum?«, fragte Mattmann.

Lennart Kling stocherte mit der Gabel in den Crevetten, die in Mayonnaise und Dill schwammen und auf dem Brot verteilt waren. »Es ist generell schwierig, nicht nur für meinen Bruder, in einer anderen Schicht anzukommen.«

Mattmann kannte das Phänomen der sogenannten »Klassenreise«. In Schweden war das ein stehender Begriff für den Weg von Aufsteigern, welche ihre soziale Klasse hinter sich ließen, jedoch in der Mittel- oder Oberschicht nie richtig ankamen. Es fehlte ihnen immer das gewisse Etwas, sei es bei Familienfeiern, bei Abendeinladungen oder beim Small Talk während der Pause in der Oper.

»Und dann heiratete dein Bruder nach der Scheidung Pat Hunger.«

»Ich habe ihn immer vor dieser Engländerin gewarnt. Nie hätte er sie heiraten dürfen.«

»Wieso?«, fragte Mattmann.

»Wie soll ich das sagen«, begann Lennart Kling und nahm einen weiteren Bissen. »Ein Gefühl. Mehr nicht.«

»Kann sie etwas mit dem Tod deines Bruders zu tun haben?«

»Ihr ist alles zuzutrauen.«

Wollte Lennart Kling von sich ablenken? Oder musste man diese Aussage ernst nehmen? Mattmann wusste nicht, wie er das beurteilen sollte. Daher fragte er nach: »Warst du kürzlich in der Schweiz?«

»Ich war seit Jahren nicht mehr in der Schweiz.«

»Ende Mai, wo warst du da?«

»Hier in Stockholm. Wie immer.«

»Wer kann das bezeugen?«

»Nun hör aber mal gut zu«, sagte er, zunehmend verärgert, »frag meine Nichte, frag, wen immer du willst.«

29

Josefine Kling arbeitete bis am späten Nachmittag im Museum.
Sie musste sich um die letzten Details der kommenden Ausstellung kümmern. Um fünf Uhr machte sie sich müde auf den
Heimweg. Als sie auf die Fähre wartete, fragte sie sich, warum
sie von diesem Ermittler keinen Ausweis oder wenigstens eine
Visitenkarte verlangt hatte. Von der schwedischen Polizei war
er nicht. Hatte er etwas von einer Lebensversicherung gesagt,
die ihn beauftragt habe? Es konnte sich doch beim Tod ihres
Vaters nicht um Selbstmord handeln. Das konnte sie sich nicht
vorstellen.

Da hörte sie in der Handtasche ihr Mobiltelefon klingeln.
Sie warf einen Blick aufs Display. Es war ihr Onkel Lennart.
Er fragte, ob der Ermittler auch bei ihr gewesen sei.

»Ja«, sagte Josefine.

»Kannst du zu mir kommen?«, fragte er.

»Morgen Nachmittag ginge mir gut, da habe ich frei.«

»Besser jetzt gleich. Es ist wichtig.«

Josefine überlegte kurz. Wenn ihr Onkel sagte, es sei wichtig,
dann war es dringend. Von Skeppsholmen setzte sie hinüber
nach Allmänna Gränd, der Haltestelle des Vergnügungsparks
»Gröna Lund«, und von dort nach Nacka Strand, wo Lennart
wohnte, ein neuer Stadtteil von Stockholm, bis Mitte der 1980er
Jahre ein Industriegebiet. Die Fahrt mit der Pendelfähre dauerte
zwanzig Minuten, Zeit, sich auf den Besuch bei ihm einzustel-
len. Der Tod von K hatte Josefine selbst mehr mitgenommen, als
sie sich eingestehen wollte. Zu ihrem Vater hatte sie die letzten
Jahre ein distanziertes Verhältnis. Als sie im nordschwedischen
Umeå zu studieren begonnen hatte, sah sie ihn nur noch selten.
Dank dem Stipendium, das in Schweden allen Studierenden
gewährt wurde, stand sie seit ihrem neunzehnten Lebensjahr
auf eigenen Beinen und war nicht mehr von ihm abhängig.

Seinen Stimmungswechseln ausgeliefert zu sein war am schlimmsten gewesen. An einem Tag konnte er charmant und zuvorkommend sein, am nächsten Tag beschimpfte er einen wie den letzten Dreck. Als Kind hatte sie sich jeweils gefragt, ob sie etwas Falsches gesagt habe oder ob er sie nur für dumm halte und sie daher oft gar nicht beachtet habe. Von seinem Vater wie Luft behandelt zu werden ist eine der ärgsten Strafen. Zum Glück hatten sich ihre Eltern früh getrennt, und ihr Vater war danach von der Bildfläche verschwunden.

Josefine stand an der Reling und schaute aufs Wasser. Seit sie in Stockholm lebte und arbeitete, hatte sie ab und zu Kontakt mit ihrem Onkel. Mit ihm sprach sie dann manchmal auch über ihren Vater und erfuhr dabei, wie Lennart als jüngerer Bruder unter ihm gelitten hatte, wie er ihn richtig gequält hatte. Der Streit um das Erbe der Eltern war die jüngste ihrer Auseinandersetzungen. Lennart musste eine große Wut auf seinen Bruder haben. Doch dass er ihn deswegen umgebracht hatte, daran konnte sie nicht glauben. Lennart hatte wie K ein wildes Temperament, das er nicht immer zügeln konnte, auch wenn er sich als Pfarrer eine friedfertige Fassade zugelegt hatte und von Nächstenliebe predigte.

Die Fähre fuhr in den Hafen von Nacka Strand, vorbei an der Fontäne »Gott der Vater auf dem Himmelsbogen«, dem Wahrzeichen dieses Stadtteils. Josefine wusste, ihr Onkel hatte nur Spott übrig für diese nach einer Skizze des Bildhauers Carl Milles angefertigte Figur, die auf dem Wasserstrahl eines zwanzig Meter hohen Bogens stand. Viel mehr als Spott blieb ihm nicht übrig, die Kirche spielte in Schweden keine große Rolle mehr, und er als Pfarrer stand auf verlorenem Posten.

Zehn Minuten später erreichte Josefine Lennarts Wohnung, wo dieser allein lebte. Vom Meer war kein Schimmer zu sehen, rundum nur neue, hohe Mehrfamilienhäuser. Als er die Türe öffnete, bemerkte Josefine sofort, dass etwas passiert war, das ihn zutiefst erschüttert hatte.

Beim Kaffee kam er direkt auf den Tod von K zu sprechen.

Auch wenn Lennarts Verhältnis zu seinem Bruder sehr angespannt gewesen war, hatte ihn sein Tod offenbar mitgenommen. »Irgendwie fühle ich mich schuldig«, sagte er. Unterdrückte er eine Träne?, fragte sich Josefine. Sie hatte ihren Onkel nie weinen sehen.

»Nun blieb uns keine Zeit mehr für eine Versöhnung«, sagte Lennart.

»Hätte er das verdient, so wie er dich immer behandelt hat?«

»Der Streit um das Erbe war zwar bitter. Für ihn existierte kein Erbrecht. Für ihn gab es gar keine Regeln, an die er sich halten musste, nur seine eigenen.«

»Warum hast du ihn nicht vor Gericht gezogen?«

»Das letzte Gericht wird darüber urteilen.«

»Aber davon hast du nichts. Du hättest dir einen Anwalt nehmen müssen, oft habe ich dir das gesagt.«

»Ja, du hast versucht, mir Mut zu machen, dass ich gegen ihn klage. Aber ich brachte es nicht übers Herz. Immer wieder sagte K, dass wir keine Anwälte bräuchten. Das könnten wir unter vier Augen regeln. Er wisse genau, wie wir das auf die Reihe brächten.«

»Er hat dich hingehalten und wollte nur, dass du in einem schwachen Moment unterschreibst. Dann hätte er sich genommen, was er für sich vorgesehen hatte.«

Lennart verschränkte die Arme, dann faltete er die Hände, er schien mit sich zu ringen.

Josefine wartete.

»Ich habe mit deiner Mutter telefoniert. Ich habe Juliette immer gemocht. Und sie mich, glaube ich, auch. Deine Mutter muss etwas loswerden, sie wollte es mir nicht sagen. Ruf sie an.«

Mehr wollte ihr Lennart nicht sagen.

Für den Rückweg ins Stadtzentrum nahm Josefine wiederum die Fähre. Sie würde ihre Mutter anrufen, wenn sie zu Hause wäre, oder besser am Sonntag, dann hätte sie mehr Zeit. Ein

Kreuzfahrtschiff, ein Koloss so hoch wie ein zehnstöckiges Mehrfamilienhaus, verließ den Hafen von Stockholm und nahm Kurs auf die enge Rinne, die durch den Schärengarten hinaus aufs offene Meer führte. Gerne wäre Josefine auf dem obersten Deck gestanden und hätte über die Stadt geschaut, goldig glänzend im warmen Licht der Abendsonne. Da vibrierte das Mobiltelefon in ihrer Tasche. Es war ihre Mutter.

»Hast du Zeit?«, fragte sie.

»Morgen wäre besser.«

Juliette sagte nichts.

»Kannst du mich hören?«, fragte Josefine. Vielleicht war die Verbindung auf der Fähre nicht gut, doch das konnte nicht sein, sie war mitten in der Stadt unterwegs. »Du hast doch nichts mit dem Tod von K zu tun?«, fragte sie, doch ihre Mutter antwortete nicht. Dann wurde das Gespräch unterbrochen.

30

Konrad Mattmann und Gina waren spätabends in Blankaholm eingetroffen. Wegen eines Verkehrsunfalls auf der Küstenstraße E 22 waren sie zwei Stunden im Stau gestanden. Als sie in der »Gästgiveriet« einchecken wollten, war die Rezeption längst geschlossen. Ihr Schlüssel lag auf der Theke bereit, und sie bezogen das einfache Zimmer im Dachgeschoss des Hotels.

Gina hätte nach der Ankunft gerne einen längeren Spaziergang durch Blankaholm gemacht, denn es war eine sternenklare Nacht, doch Mattmann wollte nicht weiter als zur Spitze des Landungsstegs. Das Meer war spiegelglatt. Die Inseln des Schärengartens bildeten nur eine Silhouette.

»Und?«, fragte Gina. »Wie gefällt es dir hier?«

»Sehr schön«, sagte er. »Aber ich bin müde. Lass uns ins Hotel zurückkehren.«

»Wir könnten schwimmen gehen. Das macht dich wieder munter.«

»Wir haben keine Badekleider dabei.«

»Brauchen wir die?«

»Das Wasser ist bestimmt saukalt.«

»Koma«, sagte sie, »komm schon. Ich wärme dich nachher.« Sie legte den Arm um seine Schultern.

Er gähnte. »Ein Schlummertrunk wäre mir lieber. Es muss hier doch einen Ort geben, wo wir zu dieser Zeit noch ein Glas Rotwein trinken können.«

»Es ist gleich Mitternacht. Alles geschlossen«, sagte sie und zog ihn an sich.

Er machte sich los und kehrte sich um. Er schaute zum Land, wo alles dunkel war, bis auf ein paar Kandelaber, welche die Straße beleuchteten. Kein Ton weit und breit. Da hörte er, wie Gina hinter ihm die Schuhe, ihr langes weißes Hemd und den blumig gemusterten Rock auszog, dann den Büstenhalter öffnete. Als er sich umdrehte, streifte sie den Slip über die Beine und stand nackt vor ihm. Er breitete die Arme aus, doch mit einem Kopfsprung verschwand sie im Wasser. Mattmann suchte nach einer Badeleiter, da tauchte Gina auf und rief: »Komm schon! Es ist wunderbar warm.«

Er schüttelte den Kopf. Er wusste, die Ostsee wurde kaum wärmer als achtzehn Grad. Lange schwamm auch Gina nicht. Als sie aus dem Wasser kam, zog er sein Hemd aus und trocknete sie ab. Dann umarmte er sie und spürte ihre kalten Brüste an seiner Haut. In ihrem nassen Haar roch er das Meer. Mit der Zunge leckte er vorsichtig an ihrem Ohr, dann am Hals. Die Ostsee war nur leicht salzig.

Sie küsste ihn und fuhr ihm mit der Hand durch seine Locken. »Mein Lieber, mir wird langsam kalt.«

Er hob ihr Hemd auf, und sie zog es an. Als sie eng umschlungen zurück an Land gingen, spürte er durch den Stoff die nassen Stellen an ihrem Körper. Im Zimmer angekommen, suchte er vergeblich eine Minibar. Sie legten sich ohne Schlummertrunk ins Bett, wo er sie wärmte.

Am Sonntagmorgen saßen Mattmann und Gina im Garten beim Frühstück. Trotz Hochsaison war nur ein zweiter Tisch besetzt. So ganz anders als in der Schweiz, dachte Mattmann, und alles andere als mondän. Er schenkte Kaffee aus der Thermoskanne nach. Ganz heiß war er nicht mehr. Das Gästehaus hatte seine besten Zeiten hinter sich. Das Wirtepaar, ein Bildhauer und seine musikinteressierte Frau, betrieben es seit Jahrzehnten und organisierten im Sommer jeweils Konzerte.

Als Gina noch schlief, hatte Mattmann einen kleinen Rundgang gemacht. Im Morgenlicht besehen war der Glacékiosk windschief, die Minigolfanlage mit Unkraut überwachsen, und der Landungssteg hatte verschiedene morsche Bretter. Mit dem Bild idyllischer Sommerhäuser auf einer Insel im Schärengarten stimmte das nicht überein. Bei Mattmann wollte keine richtige Ferienstimmung aufkommen, auch weil er wusste, dass nur dreißig Kilometer entfernt das Atomkraftwerk Oskarshamn stand. Als Korrespondent hatte er dieses, direkt am Meer gelegen, einmal besucht und darüber geschrieben. Tausende Tonnen radioaktiver Abfälle wurden dort zwischengelagert. Unterdessen war klar, dass das Endlager rund dreihundert Kilometer weiter nördlich, auf dem Gelände des Atomkraftwerks Forsmark, gebaut wurde. Für die touristische Entwicklung von Blankaholm ein Lichtblick.

Der Hotelier kam an ihren Tisch und erkundigte sich, wie sie geschlafen hätten. Er erzählte, dass eine junge Familie aus Nordschweden die ganze Hafenanlage, die jahrelang zum Verkauf ausgeschrieben war, erworben habe und sie wieder auf Vordermann bringen wolle. Als er zurück ins Haus ging, belegten sich Gina und Mattmann je ein Brötchen mit dem restlichen Lachs, die sie einpackten. Gina nahm den Schlüsselbund und die Verkaufsunterlagen für das Sommerhaus aus ihrer Tasche und legte sie auf den Tisch.

»Die Fotos sind nicht gerade beruhigend«, sagte er und blätterte in den Unterlagen.

»Ein Renovierungsobjekt, das stimmt. Aber die Lage, direkt am Meer, ist einmalig«, sagte sie. »Du weißt, die wichtigsten drei Kriterien beim Kauf einer Immobilie sind: Lage. Lage. Lage.«

»Lage hin oder her. Ein Loch im Dach lässt nichts Gutes erahnen.«

»Zwei Löcher.«

»Und die Holzfassade sieht auf den Bildern himmeltraurig aus.«

»Die massive Balkenkonstruktion darunter ist absolut frisch.«

»Woher weißt du das?«

»Ich habe ein paar Proben gemacht. Mit dem Schweizer Sackmesser, das du mir einmal geschenkt hast.«

»Müssten wir da nicht einen Experten beiziehen?«

»Habe ich. Er kommt zum gleichen Schluss. Auf den ersten Blick sieht es hoffnungslos aus, doch es ist nur halb so schlimm.«

»Dann prost!«, sagte Mattmann.

Gegenüber dem Hotel lag der Dorfladen, der am Sonntag jedoch unbemannt war. Kein Problem, mit ihrem E-ID konnte Gina die Tür öffnen. Sie kaufte eine Flasche Mineralwasser sowie ein paar Früchte und bezahlte mit Swish, digital per Mobiltelefon. Bargeld nahm in Schweden niemand mehr entgegen, und erstmals war im vergangenen Jahr kein einziger Überfall auf eine Bank oder eine Tankstelle registriert worden. Mit ihren Einkäufen gingen sie weiter, vorbei an einer Werkstatt für Traktoren und ein paar zweistöckigen Mehrfamilienhäusern mit verwitterten Balkonbrüstungen. Eine Entsorgungsstation gab es im kleinen Ort auch, doch das Schulhaus war nicht mehr in Betrieb und der Rasen des Fußballplatzes nicht gemäht. Sie gingen weiter, dem einen Meeresarm entlang durch einen Föhrenwald, und kamen zu einer einsamen Lichtung, die direkt am Wasser lag. Das Haus sah Mattmann erst, als ihn Gina darauf aufmerksam machte. Es lag zurückversetzt und im Schatten von zwei mächtigen Eichen.

Es war ein kleines Haus mit einer angebauten Glasveranda. Gina schloss auf, und sie gingen hinein. Links war die Küche, wo Mattmann einen Holzherd entdeckte, doch er war so rostig, dass die Front jederzeit auf den Boden fallen konnte. Er liebte es, mit Holz zu kochen, hatte seine Ferien als Kind zusammen mit seiner Mutter ab und zu in einer Alphütte im Berner Oberland verbracht und erinnerte sich, wie er jeweils am Morgen den Herd eingefeuert und Kaffee, Milch und Kakao gekocht hatte. Er schaute sich um, öffnete die Küchenschränke, wo noch Teller und Tassen auf Tablaren mit vergilbtem, fettigem Abdeckpapier lagen. Überall hingen Spinnennetze, grau und voll Staub.

Rechts befand sich die Stube mit einem Bettsofa und zwei alten, abgewetzten Polsterstühlen. An der Wand stand ein gemauerter Ofen. Mattmann öffnete das Türchen, zwei vertrocknete Vögel lagen in der Feuerluke. Gina ging die Treppe hoch, und Mattmann folgte ihr. Sein Misstrauen wuchs mit jedem Schritt. Im oberen Stockwerk waren zwei niedrige Schlafzimmer, wegen der Dachschräge konnte man nur in der Mitte stehen. Durch ein Loch an der Decke des einen Zimmers sah man den blauen Himmel. Der Holzboden war faul.

»Wo ist das zweite Loch?«, fragte er.

»Auf dem Plumpsklo«, sagte Gina. »Das lässt sich einfach flicken.«

»Und wo finde ich das?«

»Hinter dem Haus. Am Waldrand.«

31

Gina liebte verlassene Häuser. Sie stand auf der Veranda und schaute hinaus aufs Meer. Es war mehr als *just a cabin*. Es war ein richtiges Sommerhaus. Sie hatte sich beim ersten Anblick ins Haus verliebt und war überzeugt, das sei ihr Haus. In ihren Erinnerungen stieg das Bild einer Villa mit abgeblätterter grüner Farbe auf. Ein alter Familienbesitz direkt an der Ostsee gelegen, seit Langem verwaist. Das Sommerhaus hatte sie mit ein paar Freunden ein paar Wochen lang gemietet, als sie in Berlin studiert hatte. Sie tranken damals viel, rauchten und feierten. Es war ein Sommer der permanenten Gegenwart. Dabei hätten sie sich auf die Prüfungen im Herbst vorbereiten sollen.

Wo blieb Koma? Sie schaute sich die Fenster der Veranda genauer an. Der Kitt war an vielen Stellen abgebröckelt und die Farbe verwittert. Abschleifen und neu kitten, dann mit Leinöl grundieren und zweimal mit Ölfarbe streichen, so hatte sie es in einer Zeitschrift gelesen.

Ihre Favoriten auf Instagram belieferten sie mit vielen Bildern erfolgreicher Renovationen, von Misserfolgen war nur selten die Rede. Sie war auch Mitglied der Facebookgruppe »Ich rettete ein verlassenes Haus« mit mehr als fünfundzwanzigtausend Mitgliedern. Wo fand man heute noch verlassene Häuser? Nicht an den Stränden des Mittelmeers und nicht in den Schweizer Bergen, wo bald das letzte Rustico ausgebaut war und auf jeden Bergrücken eine Liftanlage mit Schneekanonen führte.

Gina wusste, Koma würde dem nicht zustimmen. Und er sah nur die viele Arbeit, sie das Potenzial des Hauses. Alle Probleme ließen sich lösen, war sie überzeugt. Strom gab es zwar keinen im Haus, doch wenn sie auf dem Holzherd kochten, konnten sie gleichzeitig Küche und Parterre beheizen. Im Sommer würden sie am Anfang ein Gasrechaud benutzen, einen Campingkocher, da fühlten sie sich gleich wie in den Ferien. Bis sie eine Solaranlage installiert hätten, könnte Koma seinen Laptop und das iPhone auf dem nahen Campingplatz aufladen. Abwaschen konnte man mit Wasser aus dem Meer, das Brackwasser der Ostsee war nur leicht salzig. Alles war hier so ganz anders als zu Hause.

»Kein WC, kein Badezimmer«, stellte Mattmann fest, als er vom Plumpsklo zurückkam. »Das wird teuer, wenn wir das alles installieren müssen.«

»Was willst du mit einem Badezimmer ohne fließendes Wasser?«, fragte sie.

»Kein fließendes Wasser? Davon hast du nichts erwähnt.«

»Es steht in der Verkaufsdokumentation, hast du sie nicht gelesen? Reichlich Grundwasser gibt es in etwa vierzig Metern Tiefe. Wir müssen nur bohren und eine Pumpe installieren.«

»Nur bohren. Wo kann ich duschen, bis wir Wasser im Haus haben?«

»Ich zeig dir was, das stellt jedes Badezimmer in den Schatten.« Sie nahm ihn an der Hand, ging mit ihm hinunter zum Meer und folgte dem Strand bis zur nächsten Bucht. Dort stand ein alter Wohnwagen, die obere Hälfte beige, die untere in einem abgeschossenen hellgrünen Ton. »Marzipangrün«, sagte Gina, »du liebst doch Schwedentorten.« Gina schloss den Wagen auf. Innen war er mit lackiertem Sperrholz verkleidet und völlig leer. »Wenn du an der Wand ein Büchergestell befestigst und vor dem breiten Fenster eine Schreibtischplatte auf zwei Böcke stellst, hast du einen Schreibwagen mit Sicht aufs Meer.«

Er schaute sich alles genau an. »Ich bin mir nicht sicher, ob ich den Schritt in die Selbstständigkeit wagen will. Was denkst du?«

»Ich dachte, du hättest dich entschieden.«

»Die Redaktion hat mir ein kleines Fixum in Aussicht gestellt. Soll ich das einfach fahren lassen?«

»Willst du denn ewig am Gängelband deiner Zeitung bleiben?«

»Es sind nur noch vier Jahre bis zur Pensionierung.«

»Vier Jahre sind lang. Als freier Journalist kannst du nur über Themen schreiben, die dich interessieren.«

»Meinst du wirklich? Keinen Pflichtstoff mehr, das wäre eine wundervolle Vorstellung. Aber können wir uns das überhaupt leisten? Wenn du ein Haus kaufen willst?«

»Wir können auch mit weniger Geld leben. Und sind wir erst einmal hier in Blankaholm, ist das Leben bedeutend billiger als in der Stadt.« Gina hatte sich schon vorgestellt, dass sie nur die Hälfte der Woche in Stockholm wären, wo sie im Spital arbeitete. Und Koma könnte als freier Journalist genauso gut im Sommerhaus schreiben, wenn es erst einmal fertig renoviert wäre. In ihrer Lieblingszeitschrift »Gård och Torp«, die Koma spöttisch »Hof und Hütte« nannte, hatte Gina gelesen, wie sich mit alten Fenstern ein einfaches Gewächshaus für Tomaten bauen ließ und worauf zu achten sei, wenn man einen Kartoffelacker anlegt. Da in Schweden die Nächte im Sommer so kurz waren, konnte man diese Anfang Juni pflanzen und schon Ende August ernten. Auch über die einzig richtige Fassadenfarbe war sie dank ihrer Zeitschrift im Bild: »Falu rödfärg«.

Im Hotel angekommen, packten sie ihre Sachen, denn Gina musste am Montag wieder arbeiten. Auf der Hauptstraße der Küste entlang kam Gina erneut auf die rote Fassadenfarbe zu sprechen. Sie saß am Steuer und erzählte, wie schon im 16. Jahrhundert der schwedische König das Holzdach seines Schlosses rot habe anstreichen lassen, um den Anschein eines Renaissancepalastes zu erwecken. »Die schwedischen Adligen haben darauf ihren König nachgeahmt. Und bald waren nicht nur die Dächer der Landgüter rot, sondern auch deren Fassaden, als wären sie mit Ziegelsteinen gemauert.« Gina schaute zu Koma auf der Beifahrerseite, ob er ihr überhaupt zuhörte.

»Interessiert dich das gar nicht? Das kannst du vielleicht einmal in einer deiner Reportagen verbraten«, und sie fuhr fort. Im 19. Jahrhundert hätten auch reiche Bauern und Bürger begonnen, ihre grauen Holzfassaden in dieser Farbe anzumalen, bis die roten Häuschen mit den weißen Eckpfosten zum Symbol der schwedischen Landschaft geworden seien. »Auf jedem zweiten Buchdeckel eines Schwedenkrimis sind sie abgebildet.«

Da in Schweden auch am Sonntag alles offen war, verließ Gina die Autobahn und schwenkte unmittelbar bei der Ausfahrt auf den Parkplatz eines Bauwarenmarktes ein. Mattmann fragte erstaunt: »Was wollen wir hier?«

»Farbe kaufen, für unser neues Haus.«

»Vor der Vertragsunterzeichnung ergibt das wenig Sinn.«

Doch Gina hatte die fixe Idee, mit einem Kübel Farbe ihrem Wunsch nach einem Sommerhaus subito einen Schritt näher zu kommen, denn die Verhandlungen über den Preis konnten sich in die Länge ziehen.

In der Farbabteilung des Baumarktes gab es Hunderte von Farben. Die echte, klassische »Falu rödfärg« fand Gina jedoch nicht. Schließlich lotste eine Verkäuferin sie zum richtigen Gestell, und sie kaufte einen Kübel mit zehn Litern. Auf der Autobahn zurück nach Stockholm sprachen sie wenig. Gina saß wieder am Steuer und warf ab und zu einen Blick zu Koma, der seine Mails auf dem Mobiltelefon checkte.

»Morgen fliege ich nach Harads, an den Polarkreis«, sagte er. »Ein Interview mit dem Betreiber eines luxuriösen Baumhotels.«

»Schade, dass ich dann arbeiten muss. Am nächsten Wochenende habe ich jedoch drei Tage nacheinander frei.«

»Es geht nur jetzt«, sagte er. »Am Mittwoch bin ich wieder zurück.«

»Auch gut. Dann fahren wir am Wochenende nochmals nach Blankaholm. Vielleicht bereits als stolze Besitzer unseres Sommerhauses.«

»Am Donnerstag fliege ich zurück in die Schweiz.«
»Davon hast du mir kein Wort gesagt.«
»Wir haben doch darüber geredet.«
»Haben wir nicht.«
»Beim Frühstück!«
Sie schaute ihn an. Er geradeaus.
»Rahel?«, fragte sie.

32

Am Montag nahm Konrad Mattmann den Morgenflug nach
Luleå, der um neun Uhr vom Flughafen Stockholm Arlanda
abhob. Im Baumhotel in Harads hatte er sich am Telefon als
Skandinavienkorrespondent einer Schweizer Zeitung angemel-
det, er recherchiere für eine Reisereportage. Der Flug führte der
Küste entlang nach Norden. Er saß auf der linken Seite und sah
Wald, nichts als Wald, manchmal durchzogen von einem Fluss
oder einzelnen Seen, blaue Flecken im unendlichen Grün. Die
Triebwerke brummten, er schlummerte ein. Nach einer Stunde
und zehn Minuten setzte der Pilot zur Landung an. In einer
weiten Kurve über dem obersten Teil des Bottnischen Meerbu-
sens flog er den wichtigsten Flughafen Nordschwedens an, der
direkt am Meer und an der breiten Mündung des Luleälven lag.

Mattmann wurde abgeholt. Unten an der Flugzeugtreppe
stand Morgan Strandhäll vom Treehotel, braun gebrannt und
mit kurzen blonden Haaren. Er trug eine Sonnenbrille, ver-
waschene Jeans und ein graues T-Shirt. So hatte sich Mattmann
eine graue Eminenz nicht vorgestellt. Während die anderen
Passagiere die wenigen Meter zum Flughafengebäude gingen,
steuerte Strandhäll Richtung Hangar, wo einmotorige Sport-
flugzeuge und sein Helikopter standen. Er öffnete Mattmann
die Türe und lächelte.»Schnelle Transfers für spezielle Gäste.
Keine Schweizer Zeitung hat je über uns geschrieben.«

Als sie angeschnallt waren, startete er den Motor und hob
ab. Sie flogen dem Fluss entlang, dann über die Stadt Boden mit
dem kleinen Bahnhofsgebäude und der weitläufigen Gleisan-
lage, dem wichtigsten Eisenbahnknotenpunkt Nordschwedens.
Dann ging Strandhäll etwas tiefer und überquerte knapp über
Dutzenden von Kränen eine riesige Baustelle.

»In einem Jahr wird hier der grünste Stahl der Welt produziert«, sagte er,»ein Stahlwerk im Giga-Maßstab.«

Mattmann hatte über das Projekt geschrieben, war aber nie vor Ort gewesen. »H$_2$ green steel« sollte hochwertigen CO$_2$-freien Schwedenstahl für die Automobilindustrie produzieren. Die Energie für den benötigten Wasserstoff sollten die vielen Flusskraftwerke liefern, das hochwertige Eisenerz die nahen Gruben. Im angrenzenden Baufeld wurden Wohnungen für tausendfünfhundert Beschäftigte aus dem Boden gestampft.

»Boomtown«, bemerkte Mattmann.

»Nicht nur hier, in ganz Nordschweden hat die Zukunft begonnen. Du bist ja mit der Maschine aus Stockholm soeben über Skellefteå geflogen und hast bestimmt Northvolt gesehen.«

Mattmann nickte, obwohl er während des Flugs geschlafen hatte. »*Green batteries for a blue planet*« war der Slogan der riesigen Batteriefabrik, die von zwei ehemaligen Tesla-Managern gegründet worden war und vor zwei Jahren die Produktion aufgenommen hatte. Vor einem Jahr ergänzt durch Revolt, die Recyclinganlage für alte Batterien.

Nach Boden wurde die Besiedlung dünner und dünner. Weiterhin flog Strandhäll dem Luleälven entlang, ein Strom doppelt so breit wie der Rhein. Strandhäll flog nun in einer Höhe von weniger als fünfzig Metern über dem Fluss und zeigte auf ein riesiges Vogelnest, darin ein runder Pool. »Eine schwimmende Sauna«, bemerkte Strandhäll.

Ein leichtes Understatement, wie Mattmann schnell begriff, denn es handelte sich um das neue Hotel Arctic bath, Wellness der Luxusklasse mit einem Dutzend exklusiver Cabins, welche ebenfalls in den Fluss gebaut waren. Und schon setzte Strandhäll den Helikopter auf einer gemähten Wiese neben einem lang gestreckten Bau mit gelber Holzfassade ab. Mattmann hatte gar keine Zeit gehabt, von oben nach dem Treehotel Ausschau zu halten.

»Wir sind bereits in Harads«, sagte Strandhäll, als er den Motor abgestellt hatte und wartete, bis der Rotor zum Stillstand kam. »Einst war hier ein kleines Pensionat. Heute kommen Gäste aus der ganzen Welt zu uns.«

Sie stiegen aus, Strandhäll wollte Mattmanns Tasche tragen, was dieser jedoch nicht zuließ. Auf dem Kiesplatz vor dem Gästehaus grüßte Strandhäll einen weißhaarigen Mann in Sneakers und einem Overall, der jätete. Sie traten in die Rezeption, wo zwei Schlüssel bereitlagen. Mattmann konnte einen kurzen Blick in den Speisesaal werfen: weiß gedeckte Tische, alte, in verschiedenen Grautönen bemalte Stühle.

»Let's go«, sagte Strandhäll. »Es sind zwei Baumhäuser frei, du kannst wählen.« Sie gingen über den Kiesplatz zu einem kleinen Pfad, der in einen Föhrenwald mündete. Wo der Wald lichter war, wuchsen Birken, am Boden Heidel- und Preiselbeersträucher. Dann standen sie vor dem ersten kugelrunden Baumhaus in acht Metern Höhe mit einer Oberfläche aus lauter Holzwürfeln. Beim näheren Hinsehen erkannte Mattmann, dass es Vogelhäuschen waren.

»Dreihundertfünfzig an der Zahl«, sagte Strandhäll.

Eine schmale Hängebrücke führte in zwei Windungen hoch zum Eingang.

»Ganz praktisch und aufs Wesentliche reduziert«, bemerkte Mattmann. Ein Doppelbett und zwei Ohrensessel, das klassische Modell eines dänischen Designers, sowie ein winziges Badezimmer mit einer Verbrennungstoilette und ein kleines Lavabo, um die Hände zu waschen und die Zähne zu putzen.

»Und wo ist die Dusche?«, fragte er.

»Im Duschhaus, wenige Schritte entfernt«, erklärte Strandhäll.

Auf dem Weg dorthin kamen sie am »Mirrorcube« vorbei, den Mattmann auf Anhieb gar nicht sah, überall nur Stämme und Äste von Föhren sowie immer wieder blaue Ausschnitte des Himmels. Bis er bemerkte, dass an einem Baum ein Würfel befestigt war, dessen vier Seiten mit Spiegelglas verkleidet waren, ebenso der Boden. Dann kamen sie am »Bird's nest« vorbei, einem riesigen Vogelnest aus grauen Ästen, das jedoch ebenfalls belegt war. Frei war das kleinste der acht Baumhäu-ser, das ganz im Gegensatz zu den harmonisch in den Wald integrierten Baumhäusern wie ein Fremdkörper im Wald schwebte. Das »Ufo« mit Metallgehäuse und kleinen runden Fenstern. Strandhäll drückte auf einen versteckten Schalter, worauf sich eine Klappe am Bauch des Ufos öffnete und eine treppenartige Leiter ausgefahren wurde. Sie kletterten hoch und kamen in eine rundum mit hellem Leder ausgekleidete Kabine des Raumschiffs. An der Decke Bullaugen, um in den Himmel zu blicken.

»Wird es je dunkel hier?«, fragte Mattmann.

»Im Sommer nie.« Strandhäll streckte ihm zwei Schlüssel entgegen und fragte: »›Ufo‹ oder ›Biosphere‹?«

Mattmann entschied sich für die Kugel mit den vielen Vogel-häusern.

Zum Abendessen wurde im Speisesaal des Haupthauses ein Fünfgangmenu serviert: Frischkäse mit Tannensprossen an einem Jus von Sauerampfer und Apfel, ein verlorenes Ei mit blanchierten Radieschen an einer Verveine-Sauce, Steinbutt an einer Emulsion von Wasserkresse und geräuchertes Ren-tierfleisch mit Kartoffelgratin. Nach dem Essen setzten sich Strandhäll sowie die beiden Gründer des Baumhotels, Elisabeth und ihr Mann Nils, an seinen Tisch.

Mattmann erkannte ihn wieder. »Du hast bei meiner An-kunft rund ums Haus gejätet.«

»Richtig«, sagte Nils. »Ich habe mich aufs Altenteil zu-rückgezogen. Vor einem Jahr haben wir das Ganze an Morgan Strandhäll verkauft.«

»Und wie geht es weiter?«, wandte sich Mattmann an die-sen.

»Wie bisher. Am Konzept werde ich nichts ändern, es hat sich bewährt.« Er spielte den Ball Elisabeth zu und forderte sie auf zu erzählen, wie alles begonnen hatte. Doch sie winkte ab und gab der Kellnerin ein Zeichen. Gleich darauf servierte diese das Dessert, ein Randen-Sorbet mit Rhabarbermousse, später Kaffee sowie Pralinen aus eigener Fabrikation und dazu einen eiskalten Moltbeer-Likör.

Sie prosteten sich zu. Mattmann lobte das Essen. Elisabeth, die sich Bettan nannte, schilderte, wie sie die Tannenschösslinge und die frisch ausgeschlagenen Blätter der Birke und des Ahorns sammle und den Kräutergarten pflege, jetzt, wo sie nicht mehr im ganzen Betrieb zum Rechten schauen müsse.

»Es waren fünfzehn harte Jahre«, sagte sie. »Wir haben ein leer stehendes Altersheim gekauft und daraus ein Pensionat gemacht. Doch bald haben wir eingesehen, dass sich das bei dieser kurzen Sommersaison von Juni bis September nie rechnet.«

»Wir suchten eine Idee, wie wir die Saison verlängern könnten«, sagte Nils. »Die Winter sind hier einmalig. Aber warum nach Harads kommen? Hier gibt es nichts.«

»Wir wollten auch etwas unternehmen, damit das Dorf hier überlebt«, sagte Bettan. »Die Jungen gehen alle in die Stadt, nach Luleå, Umeå oder gleich nach Stockholm. Und kommen nie wieder.«

Die Idee eines Baumhotels sei am Feuer entstanden, erzählte Nils, in einer Runde von Fischern. Nicht hier am Fluss, sondern auf der anderen Seite der Weltkugel. Er habe früher exklusive Fischreisen organisiert, nach Sibirien, Kanada oder Südamerika. An Orte, wo man nur sehr schwer hinkommt. Damals sei er mit einer Gruppe weltbekannter Architekten unterwegs gewesen, denen er neue Fischgründe gezeigt habe. »Mach doch ein Baumhotel«, habe ihm der eine vorgeschlagen. »Besonders reizvoll ist der Winter«, meinte ein anderer. »Unmöglich«, habe er eingewandt. »Etwas verrückt muss es schon sein«, waren sie sich einig. Und so hatte ein Wort das andere ergeben. Auf der Heimreise habe jeder der Architekten mit Handschlag versprochen, ihm ein Baumhaus zu entwerfen.

»Und nun hängt das neuste, vom norwegischen Büro Snøhetta entworfen, in den Bäumen«, sagte Strandhäll, »von den Architekten der weltbekannten Oper in Oslo und der Bibliothek in Alexandria.«

Bettan holte das Gespräch wieder auf den Boden und erzählte, vor welch praktischen Problemen sie gestanden seien. »Wie befestigt man ein Baumhaus an einem einzigen Baum, der sich im Wind bewegt?«

»Das ist unser Geschäftsgeheimnis«, sagte Nils, »wie wir die Befestigungsringe, eine Art Rohrschellen, entwickelten. Die Bäume müssen trotzdem wachsen können.«

»Ich plane im gleichen Stil weiter«, übernahm Strandhäll, »vier Baumhotels in vier weiteren Ländern. Alle nach dem Muster von Harads. Darauf stoßen wir an.« Er bestellte eine gute Flasche Bordeaux, doch Bettan und Nils standen auf und verabschiedeten sich. Es sei Zeit für sie, ins Bett zu gehen.

Strandhäll dagegen kam richtig in Fahrt. »Sanfter Tourismus vom Feinsten. Ökologisch vorbildlich. Und alles lokal beschafft«, lobte er seine Anlage im High-End-Bereich, die keine Wünsche offenlasse. Das nächste werde in der Schweiz realisiert. »Da gibt es viel Holz. Und viel Geld an jenem See mitten in der Schweiz.«

»Am Vierwaldstättersee. Am Urnersee, um genau zu sein. In der Schweiz ist das Bauen im Wald ein absolutes No-Go. Wie willst du das machen? Das Waldgesetz ist da strikt«, sagte Mattmann.

»Wenn es Gesetze gibt, gibt es immer auch Ausnahmen.« Er lächelte. »Die ersten zwei Prototypen von Baumhäusern stehen oder besser gesagt hängen bereits in den Bäumen.«

»Wie war das möglich?«

»Ich habe einen guten Mann vor Ort.« Strandhäll trank einen Schluck aus seinem Glas. »Hatte«, ergänzte er, »er kam kürzlich auf tragische Weise ums Leben.«

»Kjell-Göran Kling?«

»Du kennst ihn?«

»Nicht persönlich. Aber ich habe über dein Hotelprojekt in Isleten recherchiert. Und vom Todesfall erfahren.«

»Dieser Kling war einer der wichtigen Investoren. Zudem kümmerte er sich um alle Bewilligungen und Auflagen, denn er hatte die nötigen Kontakte.«

»Das Hotel ist noch nicht eröffnet, habe ich gelesen.«

»Eben. Wir haben mit Modellen 1:1 begonnen und hofften, das Bewilligungsverfahren zu beschleunigen. Worauf die Behörden einen Baustopp verhängten. Alle unsere Pläne wurden über den Haufen geworfen. Zurück auf Feld 1.«

»Das heißt?«

»Die Planung nochmals neu aufrollen und diesmal ›partizipativ‹, wie es in der Schweiz heißt: unter Einbezug der beiden Standortgemeinden und der breiten Bevölkerung. Kein Fünf-Sterne-Baumhotel mehr, sondern ein Drei-Sterne- oder Vier-Sterne-Angebot. Wir können mit Kritik umgehen und Wünsche, die an uns herangetragen werden, miteinbeziehen.«

So sprach keine graue Eminenz, dachte Mattmann. Er hatte sich Strandhäll als norwegischen Ölmilliardär vorgestellt, der all seine Geschäfte unter der Oberfläche abwickelte. Er hatte sich eine Art Paten vorgestellt, wie er diese aus Mafiafilmen kannte. Dieser Strandhäll war ihm jedoch sympathisch.

»Wir machen etwas für Surfer, Radfahrer und Wanderer«, sagte er, »ob sportlich unterwegs oder mit Kindern. Und nachhaltig auf jeden Fall.«

»Du verstehst, es besteht ein öffentliches Interesse an diesem Areal«, betonte Mattmann.

»Klar, da bieten wir Hand. Auch wenn es ums Bewahren des Waldes geht: Was gibt es da Passenderes als ein Baumhotel? Keinen einzigen Baum wollen wir fällen.«

»Bauen in einer wertvollen Landschaft ist nicht ohne. So viel unberührte Natur wie in Schweden gibt es in der Schweiz nicht.«

»So unberührt und intakt ist das in Isleten allerdings nicht«, entgegnete Strandhäll. »Immerhin wurde auf dem Gelände am Vierwaldstättersee während mehr als hundert Jahren Sprengstoff produziert. Aber sei unbesorgt, wir haben im Verwaltungsrat eine starke Stimme, die sich sehr für die Umwelt und Artenvielfalt einsetzt.«

»August Wasik?«

»Genau! Der liebe August. Der alte Mann von Baden.«

»Warum lächelst du?«

»Er engagiert sich sehr für die Schmetterlinge und alle Arten von Insekten wie auch für die Zwischennutzer, mehr als für unser Baumhotel.«

Strandhäll schaute auf sein Mobiltelefon, das läutete. »Darf ich?« Er stand auf. Er ging zum Ausgang, sodass er ungestört sprechen konnte. Dann kam er bleich zurück und sagte nur: »Brand in Isleten.«

33

»Brand« und »Isleten« gab Mattmann beim Infoportal seiner
Zeitung ein, kaum war er in sein Baumhaus zurückgekehrt.
Kein Treffer, auch nicht auf der Seite der Medien in der Zentralschweiz, ebenso wenig auf dem Newsportal des Schweizer
Fernsehens und Radios. Er könnte Rahel fragen, kam ihm in
den Sinn, und er schrieb ihr ein SMS: »Brand in Isleten? Hast
du News?«

Es war kurz nach Mitternacht und so hell, dass man draußen
ein Buch lesen konnte. An Schlaf war nicht zu denken. Er
zog die Laufschuhe sowie einen Pullover an und schloss sein
Baumhaus ab. Die Hängebrücke schwankte, als er hinunterging, es war nicht der Rotwein, den Strandhäll dauernd nachgeschenkt hatte. Dann folgte er dem Pfad durch den Wald bis
zum Gipfel des Hügels. Oben war der Wald gerodet, der Blick
auf den breiten Fluss und die umliegenden lang gezogenen
Hügel frei. Die Mitternachtssonne stand einen Fingerbreit
über dem Horizont, flach und schwach fiel sie über die unendlichen Wälder. Es war absolut still. Still schien auch die
Zeit zu stehen.

Mattmann war jedoch unruhig. Er schaute auf sein Mobiltelefon, Rahel hatte nicht geantwortet. Wahrscheinlich schlief
sie schon längst. Auf dem Grat des Hügels ging er ein Stück
weiter, in Gedanken war er in Isleten, in der ehemaligen Cheddite. Im Sommer wurde das Gelände von Hunderten von Surfern als Campingplatz genutzt. Was, wenn es noch vergrabene
alte Munitionsbestände gäbe? Er sah vor seinem geistigen Auge
viele Verletzte, sogar Tote. Doch wenn der Brand solche Ausmaße erreicht hätte, würde es auf dem Netz von Bildern und
Infos wimmeln. Am Ende des Grates entschied er sich, umzukehren. Die Sonne schien schon wieder eine Spur höher zu
stehen. Er blickte auf seine Uhr, es war bereits kurz nach ein

Uhr. Müde ging er durch den Wald hinunter Richtung Bett in den Bäumen.

Am Morgen wurde er durch den Lärm des startenden Helikopters geweckt. Es war sechs Uhr früh, und die Sonne stand schon hoch am Himmel. Er drehte sich nochmals um, konnte jedoch nicht mehr schlafen. Beim Frühstück wurde ihm ausgerichtet, Strandhäll lasse ihn grüßen, er habe dringend abreisen müssen. Für die Fahrt zum Flughafen ließe sich ein Taxi organisieren.

»Was kostet das?«, fragte er.

»Dreitausend Schwedenkronen.«

Rund dreihundert Franken für die einstündige Fahrt, rechnete Mattmann. Nicht ganz günstig. Er fragte: »Gibt es auch einen Bus?«

»Zweimal pro Tag.«

Um halb zehn kam der Linienbus, der gleich vor dem Hotel für ihn hielt, eine Haltestelle gab es weit und breit nicht. Auf der vordersten Bank saß Bettan. Sie sei im Dorf eingestiegen, wo sie in einem kleinen Haus wohnten, seit sie das Baumhotel abgegeben hätten. Er setzte sich neben sie, die zwei waren die einzigen Passagiere.

»Sind alle anderen mit dem Auto unterwegs?«, fragte er.

»Es scheint so.«

»Ist die Klimakrise hier in dieser unberührten Landschaft überhaupt ein Thema?«

»Und ob«, sagte sie. »Die Waldbrände der letzten Jahre sitzen uns tief in den Knochen. Und auch dieses Jahr besteht die Gefahr. Seit Monaten regnet es nicht mehr.« Bettan war ursprünglich Försterin gewesen, doch die Abholzungspolitik ihres ehemaligen Arbeitgebers sei ihr gegen den Strich gegangen.

»Nur die Rendite zählte«, erklärte sie. »Und prompt hat sich das gerächt: In solch öden Landschaften hat sich das Feuer rasend schnell verbreitet.«

»Lässt sich gegen Waldbrände überhaupt etwas machen?«

»Wir pflegen unseren Wald nach allen Regeln der Kunst. Mit möglichst kleinen Maschinen, um die Bodenstruktur nicht in Mitleidenschaft zu ziehen. Wir pflanzen keine reinen Fichtenwälder, obwohl sich damit am meisten Geld verdienen ließe. In unseren Mischwäldern haben auch Kiefern und, wo es feucht genug ist, Birken Platz.«

»Ihr habt beim Aufbau eures Hotels viel in die Nachhaltigkeit investiert.«

»Das war uns wichtig. Und das Resultat stimmt. Wer fünftausend bis zwölftausend Kronen pro Nacht bezahlt, will etwas Besonderes, ohne Kompromisse.«

»Ganz ohne Kompromisse geht es selten. Kunden, welche fünfhundert bis tausendzweihundert Franken hinblättern, reisen bestimmt nicht wie wir zwei per Linienbus.«

»Die meisten kommen mit dem Auto. Unterdessen oft elektrisch, doch es fehlt an Ladesäulen hier in Nordschweden.«

»Dein Helikopter-Taxi gehört zum Package ›Senior Exekutive‹, wie ich auf eurer Homepage gesehen habe.«

»Viele unserer Kunden haben wenig Zeit und fliegen für ein Wochenende aus ganz Europa an.«

»Nicht gerade ökologisch.«

»Und du, wie bist du gekommen?«

Mattmann musste zugeben, dass er als Korrespondent für ganz Skandinavien auch oft mit dem Flugzeug unterwegs sei. Und für die Rückreise suche er dringend einen Flug. Gestern Abend sei schon alles ausgebucht gewesen.

»Warum nimmst du nicht den Zug?«

»Keine Zeit.«

»Nach Stockholm nehme ich immer den Nachtzug.«

»Ist das bequem?«

»Sehr. Du steigst am späten Nachmittag in Boden ein und bist um fünf Uhr dreißig in der Früh in Stockholm.«

»Das würde eigentlich reichen. In die Schweiz fliege ich erst am Donnerstag.«

»Dann musst du dich schnell entscheiden, wir sind gleich in Boden.«

Bettan fuhr weiter nach Luleå. Mattmann stieg aus und steuerte auf die Schalterhalle zu. Er bekam das letzte Bett im Zug nach Stockholm, Abfahrt erst um siebzehn Uhr dreiunddreißig. Was macht man einen halben Tag lang in Boden?, fragte er sich.

Da rief Rahel an. »Wo steckst du?«

»Mehr als eintausend Kilometer nördlich von Stockholm. Elf Meter über Meer.«

»Am Arsch der Welt?«

»Auf einem Bahnhof mit zwei Perrons. Und mit unendlich vielen Rangiergleisen. Soeben fährt ein Zug mit sicher hundert Güterwagen voll von Eisenerz vorbei.«

»Und was machst du dort?«

»Ich warte auf den Nachtzug. Jede Menge Zeit zum Sprechen.«

»Aber ich nicht. Sag mir nur: Wie hast du vom Brand in Isleten erfahren?«

»Von Strandhäll.«

»Kann ich ihn kurz sprechen, diese graue Eminenz?«

»Er ist abgeflogen.«

»Mist!«

Rahel fasste zusammen, wie gestern Nacht um zweiundzwanzig Uhr dreiundzwanzig der Alarm bei der Feuerwehr Seedorf eingegangen sei. Sofort habe der Kommandant Verstärkung vom Stützpunkt Altdorf angefordert und die Polizei alarmiert. Da sie Abenddienst gehabt habe, sei sie nach zehn Minuten schon auf dem Brandplatz in Isleten eingetroffen. Die alte Fabrik und das Direktionsgebäude ständen noch. Alle anderen historischen Gebäude seien bis auf die Grundmauern abgebrannt, außerdem große Teile des Waldes und damit auch die beiden bereits errichteten Baumhäuser des Hotels.

»Brandstiftung?«

»Die Abklärungen laufen.«

»Gab es Verletzte?«

»Zwei leicht verletzte Feuerwehrmänner. Und einen Schwerverletzten.« Sie schwieg einen Moment lang. »August Wasik.«

Teil V

Isleten

34

Rahel Reinhart wartete auf dem Perron 1 in Altdorf auf den Schnellzug aus Zürich.

Noch immer hatte sie den Rauch in der Nase und in den Haaren, obwohl sie lange geduscht hatte. Gestern war sie den ganzen Tag mit Sabrina Meili von der Spurensicherung auf dem Brandplatz gewesen, hatte mit Zeugen gesprochen und sich selbst ein Bild gemacht, wo sich der Brandherd wahrscheinlich befunden hatte. Ob Brandstiftung oder nicht, das war die Frage. Die Auswertung der Feuerwehr ließ auf sich warten. Und zu Wasik im Spital wurde sie nicht vorgelassen. Er lag im Koma. Als der Zug hielt, stiegen nur wenige Passagiere aus, einer davon war Konrad Mattmann. Er winkte und kam ihr entgegen. Es kam ihr vor, als wäre er ewig weg gewesen, dabei war nur eine gute Woche vergangen, seit sie am letzten Freitag in Zürich zusammen mit Zimmermann gegessen hatten. Hatte sie ihn vermisst? Ja, gestand sie sich ein. Nicht nur wegen der Zusammenarbeit bei ihrem jüngsten Fall. Wie sich eine Freundschaft mit einem Mann anfühlte, wusste sie nicht. Ist das wie eine Pflanze, welche mit wenig zurechtkommt? Eine, die am Wegrand oder auf einem Kiesplatz wächst? Sie stellte sich eine Malve, eine dunkelviolette Malve vor, fast schwarz. Dass sie einmal ein Paar gewesen waren, spielte keine Rolle mehr.

Als er vor ihr stand, lachte er übers ganze Gesicht und umarmte sie. Dann schaute er sie lange an und sagte: »Du siehst müde aus.«

»Bin ich auch. Hundemüde. Du musst mir ein anderes Mal von Schweden erzählen. Wir fahren jetzt direkt zum Brandplatz. Ein trostloser Anblick.«

Rahel steuerte Richtung Seedorf, dann weiter dem linken Ufer des Urnersees entlang. Eine Weile saßen sie still nebeneinander, und Mattmann schaute aus dem Fenster. Überall waren

Autos und Wohnmobile parkiert. Dieser Arm des Vierwald-stättersees war ein Eldorado für Windsurfer.

»Erzähl von der Brandnacht und von den gestrigen Unter-suchungen«, forderte er sie auf. »Hast du bereits einen Über-blick?«

»Wir sind gleich da. Dann erklär ich dir alles vor Ort. Aber etwas anderes, ganz kurz.« Sie erzählte ihm, dass sie die Leiche Klings Anfang Woche für die Kremation freigegeben hätten. Die Abdankung solle am Samstag auf dem Gotthard Hospiz stattfinden, wie sie erfahren habe.

Sie erreichten das Delta bei Isleten und passierten die Erd-wälle der ehemaligen Sprengstofffabrik, die bei einer allfälligen Explosion die Straße hätten schützen sollen. Dahinter war der Campingplatz der Windsurfer, eine Zwischennutzung, bis das ganze Gelände von der Baumhotel AG überbaut würde.

Beim Brand mussten alle Camper nach Bauen und Seedorf evakuiert werden. Langsam kehrten sie zurück, doch auf das alte Gelände konnten sie nicht, denn die WC- und Duschanla-gen waren dem Feuer zum Opfer gefallen. Daher belegten sie den Parkplatz des Restaurants Seegarten, oder »Beachhouse«, wie es seit Kurzem angeschrieben war. Rahel stellte ihr Auto vor dem ehemaligen Direktionsgebäude der Sprengstofffabrik ab, und sie stiegen aus. Wie die Direktion war auch die alte Fa-brik vom Feuer verschont geblieben, bis auf einige zerborstene Fenster und Glassplitter auf dem Asphalt waren auf den ersten Blick keine Schäden zu erkennen.

»Der Wind kam zum Glück von Osten, vom See«, sagte Rahel, »sodass sich das Feuer rasant Richtung Schlucht entwi-ckelte. Du wirst gleich sehen, welche Zerstörung es angerichtet hat.«

Der Zugang zum weitläufigen Fabrikgebäude war mit einem Band der Feuerwehr abgesperrt. Sie gingen untendurch und die kleine Straße hoch, wo zuvor Holzbaracken standen, in denen einst Zündschnüre und Patronenhülsen fabriziert wurden. Alle waren bis auf das Fundament abgebrannt. Die

Bäume zwischen den Gebäuden waren verkohlt. Der hohe Backsteinkamin ragte in den Himmel, in der unteren Hälfte ganz schwarz. Vom Heizungsgebäude waren nur die Mauern übrig, und es roch nach Rauch. Mattmann blieb stehen und kniff die Augen zusammen.

»Hat dein Vater hier gearbeitet?«

»Ja. Hier ist es passiert.«

Beim Fall Brunner ermittelte Rahel für die Zürcher Kantonspolizei. Nur Mattmann recherchierte in Isleten, in eigener Sache. Dabei kam er seinem Vater auf die Spur. Und einem Mord, der mehr als fünfzig Jahre zurücklag.

»Gehen wir weiter«, sagte er.

Nach hundert Metern kamen sie zum Taleingang, wo der Isentalerbach sich in den Felsen hineingefressen hatte. Sie folgten dem schmalen betonierten Sträßchen in die steile Schlucht, wo einst das Nitroglyzerin gemischt wurde und das ganze Gebäude ausgebrannt war. Teile des Aluminiumkessels, in dem die explosive Mischung hergestellt wurde, lagen verstreut auf dem mit rotem Klinker belegten Boden, ebenso Stücke von Instrumenten und Rohren. Gab es Reste von Nitroglyzerin im System, die beim Brand explodiert waren? Gab es alte Munitions- und Sprengstoffbestände auf dem Gelände?

Rahel erklärte, die Abklärungen seien im Gang.

»Und andere Altlasten?«

»Weite Teile des Erdreichs wurden abgetragen. Die Firmenleitung soll dabei recht sorgfältig vorgegangen sein.«

»Während fast hundertfünfzig Jahren wurde hier Sprengstoff produziert. Da würde es mich wundern, wenn alles total sauber wäre. Alfred Nobel produzierte hier …«

»Ich weiß. Keinen historischen Exkurs bitte, dafür haben wir keine Zeit.«

Er schwieg, und sie gingen weiter in die Schlucht hinein.

»Wo liegt das Baumhotel?«, fragte er nach einer Weile.

»Lag«, sagte Rahel und stieg über einen umgestürzten Baum,

dessen Wurzeln in die Luft ragten. Der Bach war beinahe ausgetrocknet, nur etwas Hinterwasser war übrig, wo sich Löschschaum sammelte.

Rahel blieb stehen und zeigte nach oben. »Baumhaus Nummer 1 – oder was davon übrig ist.« Ein von der Hitze verbogener Metallrahmen hing zwischen vier Bäumen sowie eine Konstruktion, die einmal eine lange Treppe gewesen war. »Das war einer der Prototypen.«

»Das Hotel war also noch nicht in Betrieb?«

»Nein. Es lag gar keine Baubewilligung vor.«

Sie gingen weiter zum zweiten Prototyp. Der Waldboden war mit Scherben übersät, worin sich verkohlte Äste und der blaue Himmel spiegelten. Von der Konstruktion zwischen den Bäumen waren nur ein paar angesengte Balken übrig. »The Mirror««, sagte Rahel, »außen alles mit Spiegeln verkleidet. Das muss phantastisch ausgesehen haben.«

»Habe ich dir Fotos vom verspiegelten Baumhauswürfel am Polarkreis geschickt?«, fragte Mattmann.

»Möglich. Ich kann mich zwar nicht erinnern.«

»Welche Folgen hat das?«

»Ob eine Bauwesenversicherung vorliegt, ist fraglich. Wenn nicht einmal eine Baubewilligung da ist. Und die Million auf dem Konto zur Entsorgung der Altlasten ist plötzlich verschwunden.«

»Das ist ein dicker Hund«, sagte Mattmann. »Was sagt der Geschäftsführer der Baumhotel AG?«

»Er verweist auf den Treuhänder.«

»Und dieser?«

»Schiebt es auf Kling.«

Sie gingen, ohne ein Wort zu sagen, weiter und kamen auf eine Anhöhe mit einem dramatischen Blick auf den Urnersee und die umliegenden Berge.

»Grandios!«, rief Mattmann aus.

»Soviel ich bis jetzt erfahren habe, sollte das Baumhotel im Endausbau über dreißig Baumhäuser umfassen: unten am

See, hier in der Schlucht und oben in Isenthal. Stell dir vor, das Ganze mit einer Seilbahn verbunden.«

»Das Konzept ist phantastisch.«

»Kann man sagen. Aber umstritten.«

»Gehst du von Brandstiftung aus?«, fragte er.

»Das ist eine der Hypothesen. Aber es kann sich auch um einen Waldbrand handeln. Es war sehr trocken die letzten Monate. Da braucht es nur einen Funken von einer Zigarette oder was weiß ich.«

»Hat vielleicht jemand auf dem Gelände gegrillt? Jemand von den Zwischennutzern?«

»Es besteht ein absolutes Feuerverbot.«

»Falls es doch Brandstiftung war, wer käme da in Frage?«

»Das Projekt hat die Bevölkerung in zwei Lager gespalten. Diejenigen, welche auf eine goldene Zukunft für das Urnerland hoffen. Nach Andermatt eine weitere Tourismusdestination mit internationaler Ausstrahlung, davon hat man sich einiges versprochen.«

»Und die anderen?«

»Die befürchten, das ganze Flussdelta würde für superreiche Touristen abgeriegelt.«

»Die Windsurfer?«

»Nicht nur die«, sagte Rahel, »viele Einheimische wollen, dass alles bleibt, wie es ist.«

35

Konrad Mattmann wollte sich unten auf dem Fabrikareal ein Bild machen. Rahel begleitete ihn, doch sie hatte nicht viel Zeit. Am Abgang zum Bunker mit der ehemaligen Sprengstoffkneterei und Patronieranlage blieb sie stehen und checkte ihr Mobiltelefon. Sie hatte fünfzehn Anrufe verpasst. »Ich muss sofort ins Spital«, sagte sie, nachdem sie ihre Combox abgehört hatte. »Wasik ist aus dem Koma erwacht.« »Du hast mir gar nichts von ihm erzählt. Warum war er hier? Wo wurde er gefunden?« »Später. Ich muss los.« Mattmann nickte. »Ich bleib und schau mich noch ein wenig um.«

Als Rahel abgefahren war, steuerte er auf das alte Fabrikgebäude zu. Die Fassade war mit einem Gerüst verdeckt, das Dach mit einer Plane abgedeckt. Der Eingang war mit einer Bautüre aus einer Sperrholzplatte verschlossen, doch Mattmann entdeckte einen Hintereingang. Der ehemalige Fabriksaal im Parterre war leer. Überall Glassplitter der zerborstenen Fenster und Pfützen mit Löschwasser. Ein mit Altöl verschmierter Fabrikboden, gut sichtbar die Löcher, wo einst die Maschinen befestigt gewesen waren, wie er feststellte. An der einen Wand hing ein Bauplan. Mattmann ging näher und versuchte sich zu orientieren, als er hinter sich die Stimme einer Frau hörte.

»Suchst du etwas?«

Er drehte sich um. Schwere Schuhe, dreckige Jeans, ein blaues langes Hemd, über der Hose getragen, und in der Hand einen Besen, in der anderen einen Metalleimer. Schwarze Augen blickten ihn an, da erkannte er sie: Klea Said, deren Archiv zu den untergegangenen Siedlungen er in Göschenen besucht hatte. Auch sie war erstaunt, ihn wieder zu treffen.

»Ich helfe beim Aufräumen nach dem Brand«, sagte sie und schwenkte leicht ihren Kübel.

»Es sieht schrecklich aus auf dem Gelände.«

»Die alte Fabrik ist zum Glück am wenigsten betroffen. Ich helfe der Gruppe meines Freundes, die hier ihr Projekt umsetzt.« Sie mache die Website, daneben, was gerade anfalle, Arbeit gebe es genug. Jetzt sowieso. Sie begann, das zersplitterte Fensterglas zusammenzukehren.

Mattmann verstand, sie gehörte zu den Zwischennutzerinnen, ob nur am Rande beteiligt, wusste er nicht. Doch ihm wurde langsam klar, warum sie sich bei seinem Besuch oben in Göschenen so eigenartig verhalten hatte.

»Wir hätten hier in vier Wochen den Speisesaal eröffnen wollen«, erklärte sie. »Boden und Wände lassen wir, wie sie sind, mit den Wasserschäden vom Löschwasser und dem Groove der alten Fabrik. Trotzdem gibt es einiges zu tun.«

Hinten im Saal sah Mattmann eine Küchenkombination auf Rädern mit einer offenen Feuerstelle auf Arbeitshöhe und einer Abzugshaube aus verzinktem Blech.

»Ausgerechnet das Feuer hätte in unserer Küche eine wichtige Rolle gespielt«, sagte sie. »Ob wir das so realisieren können, nach dem Brand?«

Keine Spuren, dass das Feuer hier ausgebrochen war, dachte Mattmann. Aber vielleicht hatten sie sich nicht an das absolute Feuerverbot gehalten. So wie diese Klea Said das Projekt vorstellte, war sie nicht nur am Rande beteiligt, war er sich fast sicher. Sie schien sich stark damit zu identifizieren.

»Oben haben wir fertig renoviert«, sagte sie und ging mit ihm hinauf. Da waren die Wände und die Decke weiß gemalt, die Holzböden abgeschliffen, aber auch hier Wasserlachen und Splitter von Fensterglas. An den gusseisernen Säulen mitten im Raum und beim Brusttäfer blätterte die Farbe ab, graugrün und blaugrau kamen Schichten alter Anstriche zum Vorschein.

»Bleibt das so?«, fragte er.

»Der Architekt will es so haben.«

Mattmann lächelte.

»Es war geplant, dass die Gäste hier oben ganz nobel an weiß gedeckten Tischen speisen können.«

»Und unten?«

»Da hätten wir gleichzeitig ein Bistro eröffnet. ›Alfred & Nobel‹, Bistro und Luxusrestaurant unter einem Dach. Alle Nahrungsmittel natürlich biologisch und aus der nahen Umgebung. Eine gemeinsame Küche, wobei sich das Menu selbstverständlich unterscheidet. Oben im ›Nobel‹ sechs oder mehr Gänge. Unten im ›Alfred‹ drei. Ein ganz neuer Ansatz.«

»In Göschenen engagierst du dich für Wasserwelten und den sanften Tourismus. Hier für Touristen der Luxusklasse.«

»Nicht nur. Das Bistro hat ganz andere Preise und neben dem Menu auch viele kleinere Gerichte auf der Karte. Es richtet sich an eine breite Öffentlichkeit.«

»Tönt widersprüchlich.«

»Alfred Nobel war auch widersprüchlich. Baute Kanonen und stiftete den Friedensnobelpreis. Aber ich musste lernen, ohne *return on investment* geht das nicht.«

»Kapitulation vor den Regeln des Kapitalismus?«

»Ich glaube, wir haben einen Weg gefunden, mit den Widersprüchen umzugehen. Ich zeige dir das, wenn wir über das Gelände gehen. Und in der ehemaligen Kantine, dem Gemeinschaftshaus, triffst du die anderen der Gruppe. Die Kantine unten am Wasser wurde vom Brand überhaupt nicht betroffen.«

Sie gingen über den Brandplatz, vorbei an einem Kartoffelacker und den Gemüsebeeten mit den verkohlten Pflanzen. Zur Fabrik gehörte viel Land, und rund um die Direktionsvilla lag ein alter Obstgarten, auch dieser war dem Brand zum Opfer gefallen. Sie kamen zum alten Direktionsgebäude, das von der Feuerwehr als Erstes vor dem Übergreifen des Feuers gerettet wurde. Die Wasserschäden waren jedoch enorm. Kleas Freund Kevin war dort am Aufräumen. Beim Schalter in der Eingangshalle, wo den Arbeitern und Arbeiterinnen einst ihr Lohn bar ausbezahlt worden war, befanden sich neu eine Rezeption und eine Lounge. In wenigen Wochen hätte hier eine Jugendherberge eröffnet werden sollen, mit Zwei- und Mehrbettenzimmern, Duschen und Toiletten auf der Etage. »Die einen sind mit diesem Standard zufrieden. Die anderen blättern Unsummen auf den Tisch, um in den Bäumen zu wohnen«, sagte Kevin. »Hier hätte man beides haben können.«

Zu dritt gingen sie über die Straße zum Gemeinschaftshaus, die ehemalige Kantine für die Arbeiter und Arbeiterinnen der Sprengstofffabrik, direkt am See gelegen. Beim Eingang zierte ein überlebensgroßes Sgraffito die Fassade. Es zeigte die heilige Barbara in langem Gewand, die Schutzpatronin der Mineure, Feuerwerker und Sprengstoffarbeiter.

»Sie hielt während der Brandnacht ihre schützende Hand über uns«, sagte Klea.

»Ich habe es nicht so mit den Heiligen«, entgegnete Mattmann.

»Dann sagen wir, es war ein Riesenglück«, ergänzte sie. »Nur Gust, den hat es schlimm erwischt.«

»Gust?«

»August Wasik. *Très sympa.*«

»Er stand immer auf unserer Seite«, sagte Kevin. »In der Brandnacht war er mutterseelenallein auf dem Gelände oben bei einem der Baumhäuser. Er wurde vom Feuer überrascht und musste mit der Ambulanz ins Spital gebracht werden.«

»Er soll soeben aus dem Koma erwacht sein«, sagte Mattmann.

»Zum Glück hat er überlebt. Was weißt du mehr?«, fragte Klea.

Mattmann schüttelte den Kopf und fragte: »Welche Rolle spielt er eigentlich hier in Isleten?«

»Er war einer der Investoren des Baumhotels und hat sich sehr für ›Alfred & Nobel‹ eingesetzt. Er glaubte an die Idee, damit zwei völlig verschiedene Zielgruppen ansprechen zu können. Daher auch eine Jugendherberge und ein Luxushotel in den Bäumen auf dem gleichen Gelände.«

»Und was hielten die anderen Investoren davon?«, wollte Mattmann wissen. Er war gespannt, wie sie über Kling sprechen würden.

»Beim Essen wirst du das schon erfahren«, sagte Kevin, stieß die Türe auf und ging die steile Treppe hoch. Durch eine Doppeltüre traten sie in den alten Speisesaal, die Wände mit lackiertem Täfer verkleidet und die Decke halbrund, wie auf dem Salondeck eines Kursschiffs. Doch von einer Kantine war nichts mehr zu sehen. Den Wänden entlang standen Gestelle mit Gittern voll von getrockneten Pilzen, Bohnen, Beeren und Früchten, Reihen von Gläsern mit Eingemachtem und Fermentiertem. Überall hingen zusammengebundene Kräuter. In einer Ecke stand ein Räucherofen für Fisch, Fleisch, Gemüse und anderes mehr. Ein Labor für alle Arten der Konservierung.

Eine Glastüre führte auf den Balkon, der über dem See schwebte. Am langen Tisch saß ein Dutzend junger Leute, die aufs Essen warteten.

»Konrad, ein Journalist«, stellte Klea Mattmann vor und forderte alle auf, etwas zusammenzurücken.

Hanna kam mit einer Schüssel und schöpfte eine kalte Suppe, eine Gurken-Kaltschale mit Isländisch Moos. Sie erklärte Mattmann, dass es sich dabei um kein Moos handle, wie der Namen vermuten lasse, sondern um eine in Sträuchern wachsende Flechte. Sehr verbreitet hier, eine Delikatesse zum Rohessen in Salaten oder als Topping für Suppen. Enthalte viel Vitamin B1 und B12. Nach der Suppe gab es Penne, geschöpft aus der Pfanne. Auf dem Tisch standen Schüsselchen mit einem Lindenblätterpesto und Reibkäse. Hanna setzte sich neben Mattmann. Die junge blonde Frau trug ein blau-weiß gestreiftes T-Shirt und hatte kräftige Hände, wie Mattmann auffiel, eine Frau, die anpacken konnte. Sie erzählte ihm in breitem Berndeutsch ihren Werdegang als Köchin. Die Lehre hatte sie im Hotel Lindenegg in Biel gemacht, war dann zu einer Weltreise aufgebrochen und hatte in Fünf-Sterne-Hotels von Vancouver bis Hongkong gearbeitet. Zurück in Europa habe sie sich in Kopenhagen bei René Redzepi vorgestellt und prompt einen Platz in dessen Küche im »Noma« bekommen, im Gourmet-Tempel an Nordatlantens Brygge in Kopenhagen. »Einfach Glück gehabt«, sagte sie, »und unheimlich viel gelernt. Eine maximal reduzierte Küche mit Zutaten nur aus Skandinavien.«

»Und jetzt hier in Isleten gestrandet«, stellte Mattmann fest.

»Gar nicht gestrandet, angekommen. Gust hat mich für ›Alfred & Nobel‹ engagiert. Ein echter Feinschmecker. Er war mehrere Male im ›Noma‹, wo ich ihn kennengelernt habe.« Mit ihm habe sie eine ganze Crew für das Projekt hier zusammengestellt. Hanna zeigte auf Steven, den Spezialisten für das Räuchern, Isabelle, die Käserin, Mirzo, den Braumeister, und Anastasia, die für den Anbau des Gemüses, der Kartoffeln und für den Obstbau zuständig war.

»Ist das Klima nicht etwas rau hier im Urnerland?«

»Das Klima hier am See ist phantastisch. Ein Mikroklima. Hast du die Palmen im Nachbardorf Bauen gesehen?«, fragte Anastasia, die sich als Biologin outete.

»Mikroklima hin oder her«, sagte Mirzo, »wir haben gehört, die Baumhotel AG stehe kurz vor dem Konkurs.«

»Und kurz vorher alles dem Brändli verkauft«, sagte jemand oben am Tisch.

»Brändli?«

»Kennst du den Ausdruck nicht? Sie haben Feuer gelegt. Oder besser gesagt einen Dummen gefunden, der das für sie macht. Versicherungsbetrug. Mich würde das nicht wundern.«

»Da schießen Gerüchte ins Kraut«, griff Anastasia ein, »da muss man vorsichtig sein.«

»Kling würde ich alles zutrauen«, unterbrach sie Hanna.

»Der ist seit Wochen nicht mehr aufgetaucht«, tönte es wieder von oben am Tisch.

»Trotzdem hatte er vielleicht seine Finger im Spiel und alles von langer Hand geplant«, warf jemand unten am Tisch ein.

»Kling ist tot. Morgen findet die Abdankung statt«, sagte Mattmann und schaute zu Klea, die am Tisch verstummt war. Alle anderen sprachen durcheinander und wollten wissen, wie er gestorben sei. Doch Mattmann konnte nichts sagen. Zur Nachspeise gab es Holunderblütenköpfchen mit Rhabarberkompott, was die Gemüter am Tisch etwas beruhigte.

»Wer hat bei der AG eigentlich das Sagen?«, fragte Mattmann.

»Kling, dieser Schweinehund«, sagte Kevin.

»Nein, Mittelholzer, der Geschäftsführer der Aktiengesellschaft«, sagte Hanna.

»Diese Schlaftablette. Taucht nur auf, wenn einer von uns Zwischennutzern mit der Miete klemmt. Dann will er sie tatsächlich auf die Kralle.«

»Warum war Kling ein Schweinehund?«, fragte Mattmann.

»Ein Resort für die ganz Reichen, das hatte er im Sinn. Mit uns will er nur viel Cash machen, bis die Baubewilligung vorliegt. Danach können wir verschwinden.«

»Langsam, langsam«, sagte Anastasia. »Bis der eine Bewilligung hat, da können Jahre vergehen. Im Fall: Das hier ist ein Naturdenkmal.« Sie zeigte vom Balkon auf das Ufer und über die ganze Fabrikanlage. »Da lässt sich nicht einfach so bauen.«

Anastasia, die nicht nur Biologie, sondern auch Umweltwissenschaften studiert hatte, lud Mattmann nach dem Essen zu einem Spaziergang ein. Da der Wasserstand des Vierwaldstättersees niedrig war, konnten sie auf den Kieselsteinen am Ufer entlanggehen.

»Für die Artenvielfalt ist es entscheidend, dass die Uferzone auf keinen Fall überbaut wird« erklärte sie, »sei es mit einem Hafen oder was immer.«

Als sie zum Delta kamen, schaute sie dem Isentalerbach entlang hoch. Das beinahe ausgetrocknete Bachbett war schnurgerade, links und rechts von einem hohen Geröllwall eingezwängt. »Armer Bach! Kann nie über seine Ufer treten. Aus ökologischer Sicht ist das eine Katastrophe.« Sie engagierte sich wie Klea beim Projekt »Wasserwelten« rund um den Göscheneralpsee, gleichzeitig wusste sie viel über das Flussdelta und die ganze Uferzone in Isleten, die wie das gesamte Areal im Bundesinventar der schützenswerten Landschaften und Naturdenkmäler eingetragen waren. Mattmann fragte, ob man bei einem solchen Industrieareal von einer intakten Landschaft sprechen könne, anders als etwa beim Pfynwald im Wallis, einem der größten zusammenhängenden Föhrenwälder der Alpen.

»In Isleten ist das nicht intakt, aber alle die Verbrechen an der Natur, die hier begangen wurden, können nicht so belassen werden. Als Erstes muss der im Delta begradigte Isentalerbach revitalisiert werden.«

»Das kostet.«

»Allerdings. Und daher unternimmt die Regierung in Altdorf nichts. Sie müsste im Bereich Gewässerschutz endlich vorwärtsmachen.« Gemäß den Vorschriften des Bundes sei der Kanton verpflichtet, mehr Raum für Gewässer auszuscheiden. »Das Flussdelta und der Uferbereich in Isleten haben wahnsinnig viel Potenzial für Naturwerte. Aber eben.«

»Eben was?«, fragte Mattmann.

»Mehr Raum für das Gewässer heißt weniger Raum zum Wohnen, Arbeiten und für touristische Nutzung. Öffentliches Interesse gegen privates. Wenn das Land ausgezont wird, kostet das den Staat viel Geld, was dem Kanton Uri fehlt.« Sie blieb stehen. »Enteignung wäre das Einfachste.«

»Nicht in der Schweiz«, sagte Mattmann.

»Was dann?«

»Das läuft hier eher auf einen Deal hinaus. Zwei Bedingungen des Kantons muss die Baumhotel AG erfüllen, dann haben die Investoren die Baubewilligung im Sack.«

»Welche?«, fragte sie.

»Erstens müssen sie die Kosten für die ganze Sanierung und Renaturierung übernehmen. Und zweitens garantieren, dass der gesamte Uferbereich öffentlich zugänglich wird.«

»Das weißt du oder vermutest du nur?«

»Das liegt auf der Hand.«

36

Rahel Reinhart parkierte vor dem Spital in Altdorf und sprang die Treppen hoch, doch die zuständige Krankenpflegerin ließ sie nicht zu August Wasik vor. Es war Chefvisite, sie musste sich gedulden. Im Wartezimmer am Ende des langen Gangs setzte sie sich hin und beantwortete auf dem Mobiltelefon einige Mitteilungen und Mails, immer wieder einen Blick auf die Türe werfend, die zur Intensivstation führte. Als eine Gruppe von Ärzten in halblangen weißen Kitteln herauskam, sprang sie auf, stellte sich vor und zeigte ihren Polizeiausweis. Auf die Frage nach der Diagnose bekam sie keine Antwort.

»Es ist wichtig für mich, von Ihren Beobachtungen zu erfahren«, versuchte sie es nochmals.

»Dafür gibt es die Krankengeschichte.«

»Das dauert, bis ich da Einblick erhalte.«

»Wir machen, so schnell wir können«, sagte einer der Ärzte.

»Bitte, ich bin jetzt darauf angewiesen.«

»Nur so viel können wir sagen: Schädelfraktur, wahrscheinlich von einem umgestürzten Baum. Sowie schwere Brandverletzungen.«

Fünf Minuten wurden Rahel bewilligt, um den Patienten zu sprechen. Mehr auf keinen Fall. Die Krankenschwester öffnete ihr die Türe zu Wasik und kam mit hinein. Rahel hatte ihn noch nie getroffen, daher richtete sie ihm zuerst den Gruß von Mattmann aus. Er lächelte, doch sie war nicht sicher, ob er sich an ihn erinnerte.

»Ich muss Ihnen ein paar Fragen stellen«, begann sie.

Wieder lächelte Wasik und nickte vorsichtig. Die Bandage um seinen Kopf schränkte ihn ein.

»Haben Sie sich in der Brandnacht mit jemandem in Isleten getroffen?«

»Nein«, antwortete er.

»Sie waren ganz allein dort?«

Er nickte.

»Was hatten Sie vor, so spät?«

»Ein vages Gefühl, ich müsse dort zum Rechten schauen.«

»Haben Sie etwas beobachtet, das mit dem Brand zusammenhängen könnte?«

Er schüttelte den Kopf.

»Eine mögliche Brandursache?«

»Es ist ja so trocken, seit Wochen. Seit Monaten. Überall höchste Waldbrandgefahr.«

»Woran erinnern Sie sich, bevor Sie ohnmächtig geworden sind?«

Wasik dachte angestrengt nach. »Ich habe mein Auto parkiert ...«

»Und dann?«

»Dann ist alles wie weggeblasen. Ist das nicht eigenartig?«

»Was haben Sie am Tag unternommen?«

»Ich war in meiner Ferienwohnung.«

»Den ganzen Tag?«

»Bis aufs Mittagessen. Da gehe ich immer ins Restaurant, gleich bei mir.«

»Und am Abend? Wir haben einen Take-away-Karton in Ihrem Auto gefunden.«

»Ich holte mir eine Pizza.«

»Wo?«

Wasik studierte. »Im Dorf. In Andermatt.«

Rahel stellte fest, sein Kurzzeitgedächtnis war beeinträchtigt, sei es wegen der Gehirnerschütterung oder seines Alters. Ansonsten antwortete er recht vernünftig, wenigstens fürs Erste. Sie schaute auf die Uhr, für zwei Fragen sollte es noch reichen.

»Wann haben Sie Kjell-Göran Kling das letzte Mal getroffen?«

Wasik schien wieder angestrengt zu überlegen. Dann sagte er: »Soeben. Oder war das nur ein Traum?«

Die Krankenschwester schritt ein und erklärte Rahel, ihre Zeit sei abgelaufen. Sie sehe selbst, wie müde der Patient sei. Rahel musste Wasik unbedingt nach dem blauen Porsche von Kling fragen, der wieder aufgetaucht war. Die Tessiner Polizei hatte ihn konfisziert; nach einem Verkehrsunfall; mit Fahrerflucht. Eine merkwürdige Geschichte. Im Handschuhfach waren eine Sonnenbrille und ein Etui mit Wasiks Adresse gefunden worden. Wie kam seine Brille in Klings Wagen? Das wollte sie unbedingt von ihm wissen. Doch die Schwester ließ nicht mit sich reden.

Da klopfte es. Die Krankenschwester öffnete die Tür und hob abwehrend die Hand. Durch den Spalt sah Rahel das Gesicht von Juliette Schweizer. Das mit der Sonnenbrille würde sie später mit Wasik klären. Schnell verabschiedete sie sich von ihm und trat auf den Gang.

»Können wir kurz unter vier Augen sprechen?«, fragte sie und ging mit Juliette Schweizer ans Ende des Ganges, wo sie auf den Balkon traten. »Ich glaubte, Sie würden Herrn Wasik nur als entfernten Geschäftsfreund Ihres Ex-Mannes kennen.«

»Wir hatten auch später vereinzelt Kontakt.«

»Näheren Kontakt?«

»Wir …«, Juliette Schweizer zögerte, »… wir haben uns in letzter Zeit ab und zu privat getroffen.«

»Ach, deshalb besuchen Sie ihn am Krankenbett, kaum ist er aus dem Koma erwacht.«

Sie nickte und wollte zuerst nicht weitersprechen. Dann erzählte sie, dass Wasik eine Ferienwohnung in Andermatt habe. Nichts Luxuriöses, eine Zweizimmerwohnung aus den siebziger Jahren, die er vor langer Zeit gekauft habe, bevor der Boom in Andermatt eingesetzt habe. Dort hätten sie sich nach dem Tod seiner Frau getroffen. Er sei auch gerne zu ihr nach Deggio gekommen.

Rahel zog eine Plastiktüte mit einem schwarzen Brillenetui aus ihrem Rucksack und fragte: »Kennen Sie das?«

Als Juliette Schweizer nicht reagierte, zog Rahel ein paar Handschuhe an, öffnete die Tüte und das Etui.

»Kennen Sie diese Sonnenbrille?«

»Die gehört August«, sagte sie.

37

Auf dem Rückweg war Juliette Schweizer in Gedanken bei August. Auf der Autobahn wurde sie dauernd überholt, doch sie wollte nicht schneller fahren. Mit jedem Kilometer fühlte sie, wie sie sich langsam von ihm entfernte. Lange war sie an seinem Bett gesessen, während er die meiste Zeit die Augen geschlossen hatte. Sie hielt seine rechte Hand, die warm war wie immer. Doch es war, als würde die Kraft, die sie so oft bestärkt hatte, langsam versiegen.

Zwischendurch war er aufgewacht, sie hatte ihm zu trinken gegeben, und er begann davon zu sprechen, dass es für ihn Zeit sei, Bilanz zu ziehen. Soll und Haben seines Lebens. Allein, wo beginnt man da? Gibt es ein Konto für Familiäres, für die engsten Freunde, die Frau, mit der man das Leben geteilt hat?, fragte er sie. »Ich habe von dir viel mehr bekommen, als ich dir geben konnte«, gestand er, was für Juliette nicht stimmte. Das war aber nicht der Moment, darüber zu diskutieren, denn er sprach in einem fort. Auch beim Konto »Geschäft« wollte er einen Saldo ziehen und zählte auf, wie sein Salär Jahr für Jahr steil angestiegen sei. Bis es ihn eines Tages nicht mehr interessiert habe. Er, der sich ein Leben lang mit der Maximierung von Profit beschäftigt habe. »Ich«, gestand er mit Tränen in den Augen, »bin ein einfacher Ingenieur, der am liebsten Maschinen konstruiert.« Sie hatte genau verstanden, was er ihr sagen wollte. Als Keramikerin, die mit Leib und Seele an der Töpferscheibe saß, dachte sie erst ans Verkaufen, wenn sie den Brennofen ausräumte.

Juliette Schweizer schaute in den Rückspiegel. Altdorf war schon längst verschwunden, wo August allein in seinem Spitalzimmer lag. Es war Nachmittag geworden, das Licht der Sonne hatte etwas Stechendes. Sie sehnte sich nach dem Herbst, nach dem goldenen Licht, den milden Temperaturen und der frühen Dämmerung. »Sag mir, was habe ich im Leben falsch gemacht?«, hatte er sie gefragt und sich versucht hochzuziehen. Sie wusste nicht, was sie ihm hätte antworten sollen. Stattdessen fragte sie sich selbst, was hatte sie falsch gemacht? Sie hätten ihn damals auf keinen Fall anrufen und ihn schon gar nicht bitten dürfen, das Auto am Bahnhof Göschenen abzuholen. Doch sie wusste nicht, wohin damit. Und er tat ihr den Gefallen, wie er das oft getan hatte, kam mit dem Zug von Andermatt herunter, nahm die Autoschlüssel und sagte: »Ich kümmere mich darum.« Immer hatte er sich um sie gekümmert. Und jetzt?

Sie kam von der Dunkelheit des Tunnels ans grelle Tageslicht. Bei der Ausfahrt Quinto verließ sie die Autobahn, gleich war sie zu Hause. Warum kam ihr jetzt das Lied »Mon coeur n'était pas fait pour ça« von Juliette Gréco in den Sinn? Sie hatte zu Hause die Langspielplatte, auf deren Hülle mit großen schwarzen Buchstaben »GRECO« stand, über dem Portrait der Sängerin mit ihren rabenschwarzen langen Haaren. Ihre Mutter hatte alle LPs von Gréco besessen; sie waren etwas vom wenigen, das sie nach Mutters Tod behalten hatte. Weil sie die Stimme der Französin liebte. Und weil ihre Mutter ihr einmal erzählt hatte, warum sie auf den Namen Juliette getauft worden war, ein damals in der Deutschschweiz seltener Name. »Weil er so schön ist«, hatte sie gesagt, »und weil du schon als Bébé so schwarze Haare hattest.«

Auf der kleinen Straße fuhr sie hoch nach Deggio und parkierte vor ihrem Haus. Da rief ihre Tochter an.

»Mein Flug ist verspätet. Ich lande erst gegen sieben Uhr in Zürich und bin nicht vor neun am Abend in Airolo.«

»Ich hole dich am Bahnhof ab.«

»Wann kommt Jules?«, fragte Josefine.

»Dein Bruder hat sich noch nicht gemeldet.«

»Kommt er überhaupt an Vaters Abdankungsfeier?«

»Soviel ich weiß, ja.«

»Bei ihm weiß man nie.«

Juliette hörte, wie im Hintergrund der Flug ihrer Tochter für das Boarding ausgerufen wurde. Sie wusste, Josefine nahm sich nie viel Zeit zum Telefonieren. Und ihrem Wunsch, etwas früher nach Deggio zu reisen, war sie auch nicht nachgekommen. Nun war es zu spät.

Ins Haus wollte Juliette jetzt nicht. Sie stieg aus und ging an der Kirche vorbei, ließ das Dorf hinter sich und sah von Weitem den kleinen Glockenturm der Kapelle San Martino, die sie besonders liebte. Sie dachte an K, dessen Asche sie Samstag verstreuen würden, und an August, den sie vielleicht nie mehr lebend sehen würde. Als sie das Kirchlein erreichte, war die Türe geschlossen. Beim weißen Haus an der Straße, wo die Sigristin wohnte, hing der Schlüssel im Flur. Damit ging sie den kurzen Weg zurück zur mehr als tausend Jahre alten Kapelle mit der eigenartig asymmetrischen Fassade, archaisch und modern zugleich. Als sie die Türe aufschloss, hörte sie ein merkwürdiges Geräusch und blieb im Eingang stehen. War das ein Vogel, der gegen ein verschlossenes Fenster flatterte? Oder die Seele eines Verstorbenen, die zum Himmel wollte? Vorsichtig ging sie im Mittelgang Richtung Altar. Das Flattern wurde lauter. Sie ging weiter bis zur Apsis, wo es völlig dunkel war. Als sie stehen blieb, war es ganz still. Da flog ein Vogel über ihren Kopf hinweg zur offenen Türe und verschwand ins Freie.

38

Pat Hunger fühlte sich auf der mit burgunderrotem Leder gepolsterten Bank unwohl. Sie trank ihren Espresso in einem Zug und wartete. Sie wartete nicht gern und schon gar nicht auf einer langen Bank. Daher wechselte sie auf die andere Seite des Tischchens. Sie klaubte den Taschenspiegel aus ihrer Handtasche, kontrollierte ihr Make-up und trug etwas Lippenstift auf. Zu rot für den heutigen Abend?, fragte sie sich und kniff ein Auge zu. Im Taschenspiegel sah sie den Barkeeper, der sie beobachtete. Die Bar des Hotels Widder war eine der besten Adressen in Zürich, am Rennweg, nur wenige Minuten vom Paradeplatz entfernt. Es war früher Abend, und sie wartete auf Morgan Strandhäll.

K hatte auch immer auf sich warten lassen. Das hasste sie. Bei der Wanderung rund um den Stausee hatte sie geglaubt, sie kämen endlich zum entscheidenden Punkt, um die Scheidung einleiten zu können. Hatte er tatsächlich geglaubt, dass sie von ihm abhängig sei und sie sich ewig hinhalten ließe? Dabei war er auf sie angewiesen, was sich einmal mehr auf der Wanderung gezeigt hatte, als er immer langsamer ging und seine Bewegungen ruckartig wurden. Sie kannte das, wenn sein Blutzucker sank oder er die Dosis Insulin falsch berechnet hatte. Dann brauchte er schnell etwas zu essen, am besten einen Traubenzucker, Rosinen oder ein paar Schlucke Orangensaft. Er hatte immer unwirsch reagiert, wenn sie ihn darauf aufmerksam gemacht hatte, er müsse dringend etwas zu sich nehmen. »Iss das!«, befahl sie ihm, wenn es ganz dringend war, und streckte ihm in ihrer hohlen Hand ein paar Rosinen hin. »Das könnte dir so passen, wenn ich dir aus der Hand fresse.« Seit sie nicht mehr zusammenlebten, fühlte sie sich für seinen Blutzucker nicht mehr verantwortlich und hatte bei der Wanderung rund um den Stausee nichts dabei. Als er bockstill stehen blieb und mit den Armen zu zucken begann, gelang es ihr, K den Rucksack abzunehmen. Sie suchte nach einem Säcklein mit den Rosinen und nach dem Insulinbesteck. Das Zucken wurde bei K immer stärker. Sie brachte ihn dazu, sich am steilen Bord auf den Weg zu setzen. Weit unten sah sie den Stausee mit dem trüben Wasser. Er begann mit den Armen wild in der Luft herumzufuchteln, seine Bewegungen wurden immer ruckartiger, seine Gesichtszüge waren zu einer Grimasse verzogen, eine Hypoglykämie, kein Zweifel, er musste dringend etwas essen, bevor er nichts mehr schlucken konnte. Sein hämisches Lachen war bei solchen Attacken das Schlimmste für sie. Lachte er sie aus? Oder die ganze Welt? Hatte er plötzlich eine Einsicht, wie verrückt sein Leben war, oder verlor er den Verstand?

Die letzten Wochen lief diese Szene oft vor ihren Augen ab, meistens abends, wenn sie nicht einschlafen konnte, ein Film, den sie nicht abstellen konnte.

Was geschehen war, ließ sich nicht ändern, sie musste vorwärtsschauen. Daher war das Treffen mit Morgan Strandhäll so wichtig.

Nach wenigen Minuten traf er ein und setzte sich ihr vis-à-vis. Braun gebrannt machte er in weißem Hemd und dunkelblauem Leinenanzug eine gute Figur. Sie bestellte einen »Think Twice«, er einen »Bavarian Barbarian« und lächelte. »*Bitter, malty* und *spicy*!« Er war soeben von London gekommen und erzählte von seiner Sitzung mit der Leitung von The Luxury Travel Show, sie von der Aussicht auf eine neue berufliche Herausforderung.

»Da bin ich gespannt«, sagte Morgan Strandhäll.

»Die Stelle für die Kommunikation von Sotheby's im ganzen europäischen Markt wird frei. Mit Sitz in London.«

»Dann treffen wir uns hoffentlich öfter dort.«

»Vielleicht.« Sie rührte in ihrem Drink, serviert in einem Zinnbecher mit viel Eis und darauf ein Stäubchen Zitronenschale.

Er hob sein Glas.»Auf London!«
Sie prosteten sich zu.
»Ich frag mich, was da alles drin ist«, sagte sie, um das Gespräch in eine andere Bahn zu lenken. Sie schaute nochmals in die Cocktailkarte und las laut:»*Zacapa rum, burnt spent coffee, banana skin oleo saccharum.* Was ist das?«
»Öl aus der Bananenschale, mit Zucker gelöst.«
»Schmeckt mehr nach angebranntem Kaffeesatz.«
»Und was lässt sich daraus lesen?«, fragte er.
Das fragte sie sich auch.
»Ich nehme an, du wirst die Anteile von K bei der Baumhotel AG übernehmen. Und den Sitz im VR ebenfalls. Willkommen, Frau Verwaltungsrätin.«
»K ist noch nicht einmal beerdigt. Ich bitte dich.« Sie hatte sich vorgenommen, nichts zu überstürzen. Ja nicht den Anschein erwecken, dass sie die Erbschaft schnell abwickeln wollte.
Mit Ks Treuhänder hatte sie zwar schon alles besprochen: wie die Erbmasse zu bewerten sei und wie sie mit dem Verkauf des Apartments in Andermatt seine beiden Kinder auszahlen würde. Doch nach dem Brand in Isleten stellten sich für sie einige grundsätzliche Fragen.
»Glaubst du, das lässt sich wieder aufbauen in Isleten?«, fragte sie.
»Es gibt da tatsächlich ein paar Probleme. K hat einiges schlittern lassen, aber damit will ich dich nicht belasten.«
Dass sie ihm nicht nachweinte, wusste Strandhäll, doch dass sie über das Investment in Isleten genauer im Bild war, als er meinte, das musste sie ihm erklären. Das Projekt Baumhotel hatte K mehrmals mit ihr besprochen, obwohl sie einander sonst nicht mehr viel zu sagen hatten. Denn von ihrer Arbeit bei Sotheby's kannte sie die Zielgruppe, die in Luxushotels verkehrte, bestens. Zudem liebte sie selbst Hotels und Restaurants der Spitzenklasse. Bei einem der letzten Gespräche mit K hatten sie sich über ein gastronomisches Angebot in Isleten

unterhalten, welches sich gleichzeitig an ein breites wie an ein ausgesuchtes Publikum richtete. »Alfred & Nobel« war für sie beide Nonsens. Das würde nie aufgehen. Und für die Erhaltung der historischen Gebäude, die so heruntergekommen waren, wollten sie keinen Franken investieren.

»Der Brand hat die Probleme mit den Zwischennutzern auf einen Schlag gelöst«, sagte sie, »die sind wir los. Und August auch.«

»Ich bitte dich.«

»Entschuldige. Die alten Hütten sind wir los.«

»Betroffen sind vor allem die hinteren Teile des Areals mit den ersten Baumhäusern. Die alte Fabrik, die Direktion und die Umgebung am See sind kaum in Mitleidenschaft gezogen worden. Mit der Gruppe von ›Alfred & Nobel‹ ist weiterhin zu rechnen.«

»Du meinst, wir können das Ganze jetzt nicht einfach abreißen?«

»Die historischen Gebäude haben ja durchaus ihren Charme, Shabby Chic ist in.«

»K und ich waren uns einig, das muss alles weg«, sagte Pat.

»Langsam, langsam«, sagte Strandhäll. »Es gibt da ein paar Punkte zu beachten. Wir können nicht einfach so drauflosplanen, auch wenn uns das ganze Areal gehört. Ich habe heute lange mit unserem Geschäftsführer in Andermatt telefoniert.« Er schaute ihr in die Augen. »Ich kann ›unserem‹ sagen, nicht wahr? Du bist im Boot?«

»Dieser Mittelholzer, oder wie heißt er? Nicht gerade ein dynamischer Typ.« Sie nippte an ihrem Drink.

»Aber er ist bestens vernetzt in diesem Urnerland. Er kennt die richtigen Leute, das ist entscheidend. Und weiß, wo die Einfallstore für die Gegner sind.«

»Welche Gegner?«

»Pat! Es liegt noch gar keine Baubewilligung vor.«

Das hatte ihr K nicht gesagt. Sie war also nicht so genau im Bild. Was hatte ihr K sonst noch verschwiegen?

»Wegen Einsprachen zur Anpassung des kantonalen Richtplans oder wie das heißt«, fuhr Strandhäll fort, »ein kompliziertes Verfahren, meint Mittelholzer. Ich sehe da nicht durch, weiß nur so viel, dass in diesem Richtplan der Kanton vorgibt, wo was in Zukunft gebaut werden kann. Unheimlich kompliziert hier in der Schweiz, habe ich gelernt. Die Regierung in Altdorf gibt die Richtung vor, aber diese muss von der Regierung in Bern genehmigt werden.«

»Bundesrat heißt das hier.«

»Zudem muss zuerst die Bau- und Zonenordnung auf Gemeindeebene geändert werden. Mittelholzer sagte mir, unser Baugrundstück sei zum größten Teil in der Industriezone. Für eine Umzonung brauche es zuerst einen Quartier- oder Arealplan oder weiß der Teufel was für einen Plan. Und das alles vor dem eigentlichen Baubewilligungsverfahren. Da müssen wir uns mit den beiden Standortgemeinden noch eine ganze Weile herumärgern. Und wenn erst die Umweltverbände auf den Plan kommen, dann prost! Dann brauchen wir einen richtig langen Atem.«

»Haben wir das?«

»Ich habe. Und du?«

»Ich habe Hunger«, sagte Pat.

Strandhäll fragte nach der Karte.

Das Menu der »Boucherie & Brasserie« war Pat zu fleischlastig. Rindszunge, Kalbsnieren, Kutteln und andere Innereien kamen seit Neuem auch in schicken Restaurants wieder auf den Tisch als *les abats*. Doch das traf ihren Geschmack gar nicht. Das Vegi-Menu im anderen Restaurant des »Widders«, einen Stock höher und mit achtzehn Gault-Millau-Punkten dekoriert, war ihr mit sechs Gängen zu viel. Sie hatte weder Lust auf geräucherte Burrata mit Rettich, Dill und Dinkel-Couscous mit Kerbelwurzel noch auf Pasta mit Périgord-Trüffeln und Waldpilzen. Zudem war sie unsicher, ob sie einen ganzen Abend mit Strandhäll verbringen wollte. Sie bestellten zwei weitere Drinks.

»K hat da ein paar Dinge unter den Teppich gekehrt«, sagte Strandhäll, als sich der Kellner entfernt hatte.

»Was willst du damit sagen?«

»Es gibt auf dem Gelände noch Altlasten. Das Geld auf dem Sperrkonto ist jedoch verschwunden. Niemand weiß, wohin. Und K kann ich jetzt nicht mehr fragen.«

»Davon weiß ich auch nichts.«

»Das wird schon irgendwo auftauchen«, versuchte er sie zu beruhigen.

Doch sie fragte nach. »Um wie viel handelt es sich?«

»Eine Million.«

Pat verstummte.

Auch Strandhäll sagte eine Weile nichts, bis er fragte: »Wann findet übrigens die Abdankung statt?«

»Am Samstagmittag.«

»Wo?«

»Auf dem Gotthardpass.«

»Wo ist das?«

»Nicht weit von Andermatt.«

»Das trifft sich gut. Ich sehe am Vormittag die Architekten von BIG im ›Chedi‹. Wenn ich es machen kann, komme ich nach der Sitzung.«

»Nett von dir.«

»Irgendwie schulde ich es K. Wir hatten trotz allem eine gute Zeit zusammen. Übrigens: Ihr macht das wohl nicht in einer Kirche?«

»Wo denkst du hin. Ihm war nichts heilig.«

»Und? Wie bringst du das über die Bühne?«

»Ich habe einen Trauerredner engagiert, der wird das schon richten.«

»Und wie hast du dir den weiteren Abend vorgestellt?«, fragte Strandhäll und lehnte sich zurück.

»Ich merke, dass ich müde bin«, sagte sie. »Morgen gibt es einen langen Tag. Ich gehe besser nach Hause.«

»Schade. Vielleicht können wir nach der Abdankung zusammen essen. Ich lade dich ins ›Chedi‹ ein, ich werde dort logieren.«

»Zum Leichenmahl à deux.«

»Das Leben geht weiter. Das muss gefeiert werden.«

»Mal sehen.«

39

Am Freitagmorgen kam Sabrina Meili von der Spurensicherung in Rahels Büro. Zur Brandursache in Isleten hatte sie neue Erkenntnisse: Im Isentalerbach war ein Benzinkanister sichergestellt worden, und darauf fand sich eine Menge Fingerabdrücke. Da er im Fluss gelegen hatte, wurden sie durch den Brand nicht zerstört. Die einen konnten Surfer-Richi, dem Querulanten, zugewiesen werden, mit dem die Polizei während der letzten Monate schon ein paarmal zu tun gehabt hatte. Rahel hatte ihn gestern Abend in Haft gesetzt, und ein Kollege hatte ihn vernommen. Dabei gestand er, den Brand gelegt zu haben. Er habe es denen von der Verwaltung einmal zeigen wollen. Wasik habe er in jener Nacht jedoch nicht getroffen, ihm hätte er bestimmt kein Haar gekrümmt. Ob Surfer-Richi, wie ihn alle auf dem Posten nannten, zu jenem Zeitpunkt betrunken gewesen war oder im Auftrag anderer gehandelt hatte, musste weiter abgeklärt werden. Selbst verneinte er dies vehement, was aber nicht ganz glaubhaft war. Für einen Zusammenhang zwischen der Brandstiftung in Isleten und dem Tod von Kjell-Göran Kling am Göscheneralpsee gab es weder Indizien noch Beweise.

Rahel hatte einen Stapel von Akten vor sich und eine Liste von Rapporten, die sie schreiben musste. Schreibarbeit war für sie mühselig. An ihrer früheren Stelle in Zürich konnte sie diese jemandem diktieren. Warum war es so viel leichter zu diktieren, als zu schreiben? Gesprochene und geschriebene Sprache seien zwei ganz verschiedene Dinge, hatte ihr einmal jemand gesagt. Beim Sprechen könne man einen Sachverhalt einkreisen, beim Schreiben müsse man ihn auf die Reihe bringen, da die Schrift linear sei. War das Mattmanns Erklärung? Ihn wollte sie kurz anrufen, kam ihr in den Sinn.

»Ich sitze im Büro«, klagte sie.

»Ich sitze beim Frühstück auf dem Gotthard.«

»Was machst du dort oben?«

»Ich wollte mal im Hospiz übernachten. Ein interessanter Umbau. Ganz modern. Hast du dir das schon mal angeschaut?«

»Für solche Dinge habe ich keine Zeit«, sagte Rahel.

»Nach dem Rundgang in Isleten bin ich mit dem Postauto gleich hier hochgefahren. Morgen soll hier die Abdankung Klings stattfinden, wie du mir gesagt hast.«

»Da willst du dabei sein?«

»Ein alter Bekannter hält die Abdankungsrede. Ich möchte mal sehen, wie er das macht.«

»Warum interessiert dich das?«

»Nur so.«

»Nur so hast du noch nie etwas gemacht.«

»Du hast recht. Was meinst du, Totenredner, wäre das was für mich?«

»Warum nicht.« Rahel überlegte einen Moment. »Gar nicht schlecht, wenn du morgen dort teilnimmst.«

Rahel nahm sich eine Akte vom Stapel, wollte etwas dazu auf ihrem Computer nachschauen und sah, dass sie ein neues E-Mail bekommen hatte. Endlich waren die Daten des Providers eingetroffen, die sie angefordert hatte. Da Klings Mobiltelefon wie sein Computer unauffindbar war, versuchte sie so an Informationen zu kommen, die ihr bei der Aufklärung des Falls weiterhelfen könnten. Auf ihrem Bildschirm sah sie auf einer langen Liste, wann er während der letzten zwei Monaten wen angerufen hatte. Festgehalten waren auch die Dauer der Gespräche und die Antennenstandorte, über welche die Verbindung stattgefunden hatte. Aber zu den Inhalten konnte der Provider keine Angaben machen, diese seien nicht gespeichert. Nur sogenannte Randdaten konnte er liefern.

Sie scrollte nach unten. Die Nummer von Juliette Schweizer kam nicht vor. Am 29. Mai war das letzte Gespräch zwischen Kling und seiner Frau Pat Hunger verzeichnet. Es dauerte nur eine Minute und neunundzwanzig Sekunden. Als Standort der Antenne war Andermatt aufgeführt. Also war Kling nach der Rückkehr aus Schweden in seiner Ferienwohnung, wie auch seine anderen Gespräche zeigten. Entscheidend für Rahel war die Tatsache, dass die beiden in der Woche nach seiner Rückkehr beinahe jeden Tag telefoniert hatten. Auch WhatsApp-Mitteilungen gingen zwischen ihnen mehrere hin und her. Pat Hunger hatte bei der Aufgabe der Vermisstmeldung und bei den Einvernahmen offenbar nicht die Wahrheit gesagt.

Auf dem Mailkonto waren drei Einträge mit dem Absender und Empfänger »Pat Hunger« verzeichnet, mit diversen Beilagen. Mehr als ein Dutzend Einträge umfasste die Liste des Mailverkehrs zwischen Kling und dem Geschäftsführer der Baumhotel AG sowie mit den beiden Verwaltungsräten Wasik und Strandhäll. Zum Inhalt machte der Provider wegen des Briefgeheimnisses keine Angaben. Gemäß Bundesgesetz zur Überwachung des Post- und Fernmeldeverkehrs, abgekürzt BÜPF, musste zuerst ein Strafverfahren eröffnet werden. Erst dann konnte die Staatsanwaltschaft eine Einsichtnahme in den Mailverkehr beim Zwangsmaßnahmengericht beantragen. Rahel schaute auf die Uhr und fluchte. Die Staatsanwältin hatte für heute Nachmittag frei eingegeben, ein Ausflug mit ihrem Mann nach Zürich, wie sie wusste. Sie hatte ihr einen Tipp für ein gutes Restaurant gegeben und ein schönes Tête-à-Tête gewünscht. Da würde sie bestimmt keine Anrufe entgegennehmen oder Mails beantworten.

Rahel lehnte sich in ihrem Bürostuhl zurück. Reichten diese neuen Informationen sowie alle bisherigen Indizien, um Pat Hunger in Untersuchungshaft zu nehmen? Morgen Samstag würde Klings Abdankung auf dem Gotthard stattfinden. Danach könnte seine Witwe bald über alle Berge sein, in London, Übersee oder wo immer. Mit internationalen Haftbefehlen hatte sie bei der Kripo in Zürich keine guten Erfahrungen gemacht. Das konnte dauern. Sie musste jetzt handeln.

Sie stand auf und ging direkt ins Büro ihres Chefs. »Ich brauche einen Haftbefehl gegen Pat Hunger. Ist der Vogel mal ausgeflogen, sitzen wir dumm da.«

Das war Krähenbühl zu salopp. Nachdem Rahel ihm alle Überlegungen zur Flucht- und Verdunkelungsgefahr dargelegt hatte, willigte er ein. Nun fehlte nur noch das Plazet der Staatsanwältin. Rahel würde sie morgen in der Früh zu Hause anrufen.

Teil VI

Hospiz San Gottardo

Hellwach lag Pat Hunger im Bett. *Dog watch*. Nur sie und die Wachhunde waren mitten in der Nacht nicht am Schlafen. Die Hundewache war auch eine Bezeichnung der unbeliebtesten Wache auf einem Schiff, hatte sie einmal gelesen. Diese dauerte von Mitternacht bis zum Anbruch der Dämmerung. Sie drehte sich auf die andere Seite, doch dann tauchten wieder die Bilder auf, die sie zu verscheuchen versuchte: wie K auf dem Rücken lag. Sie hatte versucht, ihm ein paar Rosinen in den Mund zu stecken. Aber er hatte auf die Zähne gebissen, als müsste er einen unheimlichen Schmerz aushalten. Sie wusste, die Hypoglykämie hatte seine Muskeln blockiert. Zwischen seine Zähne zu greifen wagte sie nicht. Mit aller Kraft presste sie ihre Hand auf sein Kinn, um seinen Unterkiefer hinunterzudrücken. Keinen Millimeter öffnete sich sein Mund.

In aller Eile hatte sie das Insulinbesteck aus Ks Rucksack geklaubt, es mit zittrigen Händen geöffnet und ein paar Einheiten aufgezogen. Hatte sie ihm wirklich eine Spritze gesetzt? Sie hatte davon nur ein verschwommenes Bild. Auch wie er über die Wegkante kippte und sein Körper ins Rollen kam. Zuerst ganz langsam, dann immer schneller die Geröllhalde hinunter, tiefer, immer tiefer, bis er mit einem Klatsch im See verschwand. Nein, dachte sie, das war erst nachher, dass er ins Rollen kam, als sie … Pat Hunger kehrte sich auf den Bauch und verbarg ihr Gesicht im Kissen. Sie hatte ihn liegen gelassen und war weggelaufen. Weit weg wollte sie.

Mattmann schaute am Morgen aus dem Fenster seines Hotelzimmers und sah nur dicken Nebel. Von Rahel wusste er, dass es auch mitten im Sommer auf dem Gotthardpass neblig sein konnte, selbst wenn im Urnerland und im Tessin die Sonne schien. Er hatte den ganzen gestrigen Tag auf dem Pass verbracht, hatte die neue Ausstellung zur Geschichte des Gotthards in der Sust besucht, war fasziniert vor dem Modell des Massivs mit den drei Tunnelröhren gestanden und hatte sich die eindrückliche Multivisionsschau im Dachstock angeschaut. Lange hatte er an der Rezeption mit der jungen Frau aus Paris gesprochen, die sich mit diesem Sommerjob ein weiteres Semester ihres Architekturstudiums verdiente. Sie schrieb gleichzeitig eine Seminararbeit zum Umbau und zur Aufstockung des alten Hospizes durch das Architekturbüro Miller und Maranta. Das asymmetrische graue Dach aus Blei und die modernen Lukarnen faszinierten sie am meisten. Zu den Namen der Zimmer konnte sie ihm nur sagen, dass diese nach Reisenden benannt waren, die einmal hier logiert hatten. Mattmann hatte das Zimmer mit dem Namen »Charles Dickens« bekommen, nebenan war eines nach »Michail Bakunin« und eines nach »Georgiana Duchess of Devonshire« benannt.

Mattmann zog sich an und ging hinunter zum Frühstück, das im karg eingerichteten Saal mit dunkelgrau verputzten Wänden und einem alten Specksteinofen serviert wurde. Kaum hatte er sich an den langen Tisch zu den anderen Gästen gesetzt, ging die Türe auf, und Mark Croneman trat ein.

»Da sieht man sich wieder«, sagte er und blieb neben Mattmanns Stuhl stehen.

Mattmann konnte nicht anders, als ihm mit der Hand den freien Platz gegenüber anzubieten, worauf sich Croneman setzte.

Er bestellte einen Milchkaffee und sagte: »Wie du mir kürzlich im Schauspielhaus erzählt hast, warst du bei den Ermittlungen zu Klings Tod beteiligt. Ich gehe davon aus, dass sich alle Verdachtsmomente erledigt haben.«

»Weiß ich nicht«, sagte Mattmann, was nur der halben Wahrheit entsprach.

Croneman schaute sich auffällig im Saal um, schon ganz der Trauerredner, der die Aufmerksamkeit auf sich zu ziehen wusste. »Dann willst du also sehen, wie ich das so mache.« Er nahm sich eines der Croissants aus dem Körbchen, brach es, als wäre es ein Stück Brot. »Wie gesagt, du kannst jederzeit bei mir einsteigen. Ich habe Aufträge in Hülle und Fülle«, sagte er mit vollem Mund.

»Ich seh mir das heute gerne mal an«, wich Mattmann aus.

»Also, hör gut zu.« Er zog eine Liste aus der Innentasche seines schwarzen Jacketts und legte sie auf den Tisch. »Damit du das Publikum, ich meine die Trauergemeinde, im Griff hast, musst du wissen, wer alles kommt. Die Witwe Pat Hunger ist die Hauptperson, dann Juliette Schweizer, die Ex-Frau, mit den beiden erwachsenen Kindern.« Er fuhr mit dem Zeigefinger den Namen auf der Liste entlang nach unten. »Wie ich sehe, soll auch der Bruder des Verstorbenen aus Schweden anreisen, ein Lennart Kling. Wer von seinen alten Geschäftsfreunden und den Golfern kommt, weiß ich nicht.« Croneman bestellte eine zweite Tasse Kaffee, diesmal einen doppelten Espresso. »Wie ich die Trauerrede genau aufbaue, dazu kommen wir. Entscheidend ist der Schluss. Du musst wissen, worauf das Ganze hinauslaufen soll. Ich werde mit einem Zitat aus einem Song von Steve Lee schließen.«

»Steve Lee?«

»Der Leadsänger von Gotthard.«

»War der Verstorbene Gotthard-Fan?«

»Die Witwe hat sich das so gewünscht. Und ich kann damit einen Bezug zu Lees Schicksal machen, da ich über die letzte Zeit des Verstorbenen nur wenig weiß.« Croneman erklärte

Mattmann, dass der Leadsänger bei einem tragischen Unfall mit siebenundvierzig Jahren ums Leben gekommen sei. Auf einer Reise mit dem Motorrad durch die USA habe er auf dem Pannenstreifen die Regenmontur anziehen wollen. Ein Lastwagen sei auf der rutschigen Fahrbahn ins Schleudern gekommen und habe ihn über den Haufen gefahren.

»Und deshalb zitierst du aus einem Gotthard-Song?«

»Ja, den Refrain: ›*Let me find my piece of heaven / Let me find my way back home*‹ ... Ein wunderschöner Schluss.«

»Auf den Lebenslauf des Verstorbenen gehst du aber schon noch ein?«

»Klar. Bei Kjell-Göran Kling werde ich das Baumhaushotel ins Zentrum stellen, seinen großen Beitrag für die Entwicklung des Tourismus im Urnerland.«

»Hast du vom Brand gehört?«

»Ja, auch das kommt zur Sprache.« Croneman schaute auf die Uhr. »In einer Stunde treffe ich die Angehörigen vorne im Albergo San Gottardo. Da werde ich Weiteres aus Klings Leben erfahren.«

»Viel Zeit bleibt dir da nicht, um das einzubauen.«

»Eine halbe Stunde reicht. Ich erfasse das Wesentliche recht schnell. Und wenn seine Kinder und der Bruder das Bild des Verstorbenen etwas abrunden können, umso besser.«

42

Pat Hunger nahm die Gebirgslandschaft, durch die sie fuhr, kaum wahr. Sie war mit dem Auto unterwegs von Andermatt auf den Gotthardpass zum Abschied von K. Warum hatte sie sich gestern entschieden, in Ks Apartment zu übernachten, statt in einem Hotel abzusteigen? Sie hatte Ks Loft nie geliebt. Zu luxuriös, zu kalt die Möblierung, zu viel Glas. Vielleicht war es wie ein letzter Abschied, nochmals hier zu übernachten, ganz allein. Die letzten Jahre waren ein Abschied auf Raten gewesen. Sie hatte ihn geliebt, seine Art, wie er in großen Gesellschaften brillierte, ganz anders als sie selbst. Wie er sie auf Händen trug. Sie bewunderte. Doch dann kamen seine anderen Seiten immer mehr zum Vorschein. Die kannte sie nur zu gut. Von ihrem Vater. Sie versuchte ihre Erinnerungen abzuschütteln.

»Du bist in ein Trauerhaus hineingeboren worden.« Warum erinnerte sie sich gerade heute an den Satz ihrer Großmutter? Zu Hause war sie als Kind oft alleine gewesen. Sie spielte mit ihren Puppen und saß lesend in einer Ecke ihres Zimmers am Boden. Beim Lesen konnte sie alles vergessen und in eine andere helle, heile Welt eintauchen. Die Mutter, der Vater, sie bewegten sich in der Wohnung wie Schatten. Welche Traurigkeit auf ihnen lastete, hatte sie erst viel später erfahren.

»Du bist das Licht in unserer Dunkelheit«, auf einmal war sie nicht mehr sicher, ob das auch so ein Satz ihrer geliebten Großmutter gewesen war oder ob sie das irgendwo gelesen hatte. Das Helle fand sie später in der Kunst. Sie hatte Kunstgeschichte studiert, hatte aber nie in den Kunsthandel einsteigen wollen; nach einem Praktikum war sie bei Sotheby's geblieben; zuerst für ein Jahr, dann ein zweites; und bald waren es mehr als zehn Jahre. Sie spürte, alle Zeichen deuteten darauf hin, sie musste einen Schnitt machen und alles Alte hinter sich lassen.

Pat Hunger schaute auf die Uhr. Viel zu früh würde sie oben

ankommen, es waren nur noch wenige Kilometer bis zur Passhöhe. Die Nebelfetzen wurden immer dichter. Sie war zu leicht gekleidet in ihrem schwarzen ärmellosen Kleid. In Zürich war es gestern Nachmittag so heiß gewesen, dass sie nicht auf den Gedanken gekommen war, es könnte in den Bergen kühler sein. Nicht so schlimm, das würde sie aushalten. Nicht länger als eine halbe Stunde durfte die Zeremonie dauern, das hatte sie mit Croneman vereinbart. Danach würde es im Albergo San Gottardo einen Imbiss geben. Zwei, drei Stunden, und sie hätte alles überstanden. Strandhäll würde sie bestimmt auch loswerden, wenn er bei der Abdankung auftauchen würde. Mit ihm noch einen Abend zu verbringen, konnte sie sich nicht vorstellen. Er und das Baumhotel konnten ihr gestohlen bleiben. Und bei Sotheby's wollte sie am Montag kündigen.

43

Juliette und ihre beiden Kinder Josefine und Jules waren in Deggio zu spät losgefahren. Sie hatten damit gerechnet, dass der Verkehr nach Norden zum größten Teil durch den Tunnel ginge. Vor ihnen auf der Passstraße schlängelten Autos Kurve um Kurve hinauf auf den Gotthard. Jules war am Steuer, neben ihm seine Schwester, und auf der Rückbank saß Juliette. Sie wollte sich nicht ins Gespräch der beiden Geschwister einmischen und war froh, ein paar Minuten für sich allein zu haben. In Gedanken war sie bei August im Spital, dorthin wäre sie am liebsten gefahren. Pat hätte aber nicht verstanden, wenn sie der Abdankung ferngeblieben wäre, nach all dem, was sie zusammen durchgemacht hatten. Und ihre Kinder waren froh, nicht allein gehen zu müssen.

Gestern hatte sie Josefine endlich erzählen wollen, dass sie am Tod von K nicht ganz unschuldig war. Dann hatte sie aber das Gefühl gehabt, es wäre doch nicht der richtige Moment. Wäre Josefine vor einer oder zwei Wochen gekommen, nachdem sie sie angerufen hatte, hätte sie ihr alles erzählt.

Jules war gestern Abend überraschend in Deggio aufgetaucht. Wann er von London zurückgekommen sei und wie lange er schon wieder in der Schweiz sei, hatte er nicht sagen wollen. Sie war froh, ihn nach so langer Zeit wiederzusehen. Er hatte sich verändert. Sie musste zugeben, sie trug noch immer das Bild des kleinen Jungen in sich. Beim Abendessen hatten alle angestrengt versucht, nicht über K zu sprechen.

44

Zur ersten Urner Staatsanwältin Bettina Aschwanden hatte Rahel einen guten Draht. In Altdorf waren die Wege zwischen der Staatsanwaltschaft und der Kriminalpolizei kurz, ganz anders als in Zürich. Man begegnete sich im Café Danioth, in der Tellsgasse oder bei Anlässen der Kantonsverwaltung und war sofort per Du. Bei Bettina hatte sie am frühen Morgen Untersuchungshaft für Pat Hunger beantragt, wegen dringenden Tatverdachts. Sie arbeitete oft auch samstags, weil dann ihr Mann zu den Kindern schaute. Die Staatsanwältin war wie immer seelenruhig und hörte sich Rahel an. Die Beweislage sei alles andere als erdrückend, eine Verhaftung von Pat Hunger in diesem Fall jedoch zwingend aufgrund der Kette von Indizien und der Auswertung der Telefondaten.

»Du gehst auf tutti«, sagte Bettina, »mutig, aber riskant.«

Rahel wusste, mit dem Haftbefehl konnte sie Pat Hunger nur achtundvierzig Stunden in Untersuchungshaft behalten. Würde es ihr innerhalb dieser Frist nicht gelingen, endlich hieb- und stichfeste Beweise oder ein Schuldbekenntnis – am besten beides – zu gewinnen, müsste sie Pat Hunger wieder auf freien Fuß setzen. Ihr Ruf im Polizeikorps würde schon bei ihrem ersten größeren Fall arg ramponiert werden. Doch Rahel war sich ihrer Sache gewiss, auf ihre Intuition konnte sie sich verlassen. Nicht nur Pat Hunger, auch August Wasik war in den Tod von Kling verwickelt, da war sie sich sicher. Sie musste die beiden so schnell wie möglich miteinander konfrontieren.

»Du hast den Antrag ans Zwangsmaßnahmengericht für einen Haftbefehl gegen Pat Hunger in einer halben Stunde in der Hand«, sagte ihr Bettina. »Dafür werde ich sorgen.«

»Obwohl es Samstag ist?«

»Kein Problem hier in Altdorf.«

Dank der Randdaten des Providers hatte Rahel etwas Entscheidendes gegen Pat Hunger in der Hand. Sie und Kling hatten sich kurz vor seinem Tod getroffen. Ihre Aussage bei der Vermisstmeldung ließ sich damit widerlegen. Damit wollte Rahel sie bei der Verhaftung konfrontieren.

Rahels Truppe stand bereit, sie konnte den Einsatzbefehl erteilen. Mattmann avisierte sie, bei der Abdankung Klings auf der Wacht zu sein und Strandhäll, falls er auftauche, ganz informell in Beschlag zu nehmen. Er dürfe sich auf keinen Fall aus dem Staub machen, damit sie ihn am Nachmittag auf den Posten vorladen könne. Wenn er sich weigere, reiche das Stichwort »Altlasten in Isleten«.

45

Pat Hunger wartete in der Gaststube des Albergo San Gottardo auf Croneman. In ihrem ärmellosen schwarzen Kleid fröstelte sie und zog das gestrickte Jäckchen an, das im Stil jedoch gar nicht passte. Im Albergo konnte sie es tragen, unmöglich bei der Abdankung.

Sie schaute durchs Fenster. Alles war von Nebel verhüllt. Da tauchte ein Mann in einem schwarzen Anzug aus dem Nichts auf und trat kurz darauf in die Gaststube. Es war Mark Croneman, mit dem sie sich zum Kaffee verabredet hatte, um die letzten Details zum Ablauf zu besprechen. Er fragte, wie es ihr gehe, und erzählte, wie göttlich er im Hospiz geschlafen habe.

Pat Hunger war ungeduldig. »Sagen Sie mir lieber, wo das heute stattfindet. Das ist ja eine einzige Suppe bei all dem Nebel.«

»Beim See, auf der anderen Seite des Parkplatzes, da sind wir weg vom Touristenrummel.«

»Das ist zu weit zum Gehen.«

»Dann beim Denkmal. Besser?«

»Für den abgestürzten Flieger?«

»Nein. Beim Denkmal für General Suworow.«

»Beim General, das passt.«

»Es ist aber nicht das klassische Bild, das man sich von einem General so macht. Nicht so bombastisch wie das Suworow-Denkmal in der Schöllenenschlucht.«

»Kenne ich weder noch.«

»Das Denkmal auf dem Pass ist modern. Keine Überhöhung. Ohne Sockel. Eine Skulptur auf dem nackten Felsen.«

»Sie finden die richtigen Worte dazu.«

»Also beim General«, sagte Croneman.

Pat Hunger sah sein verstohlenes Lächeln. Die Mimik eines Pfarrers hatte er tatsächlich. Wenn er nur den ganzen Überbau mit Gott wegließ, aber das hatten sie bereits besprochen. Dann trat Juliette ein und umarmte sie, hinter ihr kamen ihre beiden Kinder, die sie vor mehr als zehn Jahren das letzte Mal getroffen hatte. Als alle um den Tisch saßen, hatte es Croneman plötzlich eilig, die restlichen Angaben zum Lebenslauf des Verstorbenen zusammenzutragen. Juliette berichtete mit wenigen Worten, wie sie ihren damaligen Mann kennengelernt hatte, wie beeindruckt sie von ihm damals gewesen sei und wie viele schöne Reisen sie zusammen unternommen hätten. Von der Entfremdung erzählte sie nichts.

»Habt ihr euch bei eurem Vater als Kinder geborgen gefühlt?«, wandte sich Croneman direkt an Josefine und Jules.

»Auf seinen Schultern zu reiten war schön«, sagte Jules. »Doch als Pferd gehorchte er selten und warf uns jeweils ab, was wir als Kinder natürlich lustig fanden.«

»Als ich ihm erklärte, dass ich Kunstgeschichte studieren wolle, hat er nur gelacht«, ergänzte Josefine.

Juliette gab Josefine mit der Hand ein Zeichen, und sie verstummte, doch Croneman ermunterte sie. »Alles darf hier gesagt werden. Ich mache daraus etwas Stimmiges.«

Josefine und Jules sagten nichts mehr.

Pat Hunger beobachtete die beiden. Sie wusste, dass sie ihren Vater nicht oft gesehen hatten. Soviel sie die letzten Jahre mitbekommen hatte, hatte K kaum Kontakt mit ihnen. Da läutete ihr Telefon. Es war Strandhäll, der beim Fliegerdenkmal gleich bei der Einfahrt zum Parking stand und fragte, wo man sich besammle. Sie bat ihn, zwei Minuten zu warten, sie käme gleich. Beim Denkmal für den in den 1920er Jahren abgestürzten Flieger Adrien Guex warteten auch ein paar Golferfreunde von Kling sowie eine Nachbarin aus dem Apartmenthaus. Pat Hunger hatte in der Todesanzeige als Ort des Abschieds nur die Gotthard-Passhöhe angegeben.

Gegenüber hielt das Postauto vor der Sust. Nur ein Mann stieg aus und schaute sich hilflos um. Inzwischen waren Juliette und ihre beiden Kinder vor die Gaststube getreten. »Lennart«, rief Josefine und ging ihm entgegen. Ks Bruder war offensichtlich direkt vom Flughafen gekommen. Der Nebel war unterdessen noch dichter geworden, von irgendwo war ein leises Surren zu vernehmen. »Was tönt hier?«, fragte Pat Hunger nervös. »Windräder«, flüsterte ihr Croneman zu und fragte: »Fangen wir an?«

Sie nickte.

Er begrüßte die Trauergemeinde und sagte ein paar Worte zum Wetter, das bekanntlich nicht planbar sei, aber auf einen ganz besonderen Abschied einstimme. Dann bat er alle, ihm zu folgen, und stieg die Stufen zur kleinen Anhöhe hoch. Lennart ging neben Josefine und Juliette, gleich hinter Pat Hunger. Sie hörte in ihrem Rücken, wie er fragte: »Was weiß man eigentlich über den Tod meines Bruders?«

»Ich bitte dich! Nicht jetzt«, vernahm Pat Hunger die leise Stimme von Juliette und ebenso diejenige von Ks Bruder: »Dieser Abdankungsredner wird wohl auch kein Licht in die Sache bringen. Ein richtiger Pfarrer ist das jedenfalls nicht, das sehe ich von Weitem.«

Oben auf der Anhöhe angelangt, blieb Croneman auf einem kleinen Platz stehen, gerade groß genug für die kleine Trauergemeinde. Pat Hunger erkannte das Denkmal, das sich aus dem Nebel löste. Der traurige Reiter scheint jahraus, jahrein zu frieren, so dünn sein Cape, dachte sie. Mit nur zwei Fingern seiner knochigen Hand hielt er die Zügel. Auch Pat Hunger fröstelte es.

Croneman bat die Trauergemeinde, einen Kreis zu bilden, und begrüßte nochmals alle ganz offiziell im Namen der Trauerfamilie. Eine Spur zu salbungsvoll. Er stellte Mattmann vor, der sich für die Arbeit als Trauerredner interessiere und aus dem Hintergrund die Zeremonie verfolge. Mit der Trauerfamilie sei das abgesprochen.

»Der Tod kommt manchmal, wenn man ihn am wenigsten erwartet«, begann Croneman. »Wer dagegen Erlösung von ihm erhofft, weil ihn chronische Schmerzen plagen, muss oft lange warten.« Doch das Ende eines Lebens sei kein Schlusspunkt, denn in den Erinnerungen lebe der Verstorbene in uns weiter.

Er fasste kurz Ks Lebenslauf zusammen, gab der Zeit bei der ABB mehr Raum, weil er ihm damals selbst begegnet sei, die letzten Jahre handelte er jedoch kurz ab.

Pat Hunger schaute durch Croneman hindurch auf die Passstraße, die sich aus dem Nebel löste. Ein erster Sonnenstrahl streifte die graugrüne Bronze des Denkmals.

»Wir stehen hier vor dem Denkmal für General Suworow, hoch zu Ross, mit barem Haupt, den Blick streng nach vorne gerichtet«, sagte Croneman eindringlich. »Besorgt schaut der General ins Tal hinunter. Bei so viel Schnee durch die Schöllenenschlucht ziehen, mit fünftausend Soldaten, Kanonen und Fuhrwerken, gezogen von Hunderten von Pferden, das war ein wahnsinniges Unternehmen, vor mehr als zweihundert Jahren.« Croneman schaute fragend in die Runde. »Kalkulierte er eiskalt, was er an Menschen, Tieren und Material opfern würde? Oder fürchtete er um sein eigenes Leben?« Croneman machte eine lange Pause. »Das ist kein Heldendenkmal«, rief er mit lauter Stimme. Wenn es einen Helden gäbe, dann wäre es nicht der Reiter, sondern die Figur im pelzigen Wams mit den dicken Stiefeln aus Schaffell. »Der einheimische Bergführer führt das Pferd des Generals am Halfter und weiß den Weg. Er kennt die Gefahren. Die Frage ist nur, ob Suworow auf ihn hörte.«

Komm zum Ende, dachte Pat Hunger, und jetzt ja kein Wort über Gott oder andere höhere Mächte, die uns führen, das war die Bedingung. Sie hielt die Urne mit Ks Asche fest mit beiden Händen. Croneman schien ihre Ungeduld bemerkt zu haben und beendete mit dem Zitat aus der Ballade »Heaven« seine Ansprache. Pat Hunger nahm auf der Passstraße einen grauen VW-Bus wahr, er zweigte ab Richtung Sust und kam unten am Hügel zu stehen. War das ein Einsatzwagen der Polizei?

46

Rahel wartete bis zum Ende der Abschiedszeremonie. Als die kleine Trauergemeinde von der Anhöhe herunterkam, ging sie auf Pat Hunger zu und zeigte kurz ihren Ausweis, sie kannten sich ja bereits. »Ich habe ein paar Fragen an Sie, kommen Sie bitte mit«, sagte sie freundlich, aber bestimmt. Pat Hunger ging, ohne ein Wort zu sagen, weiter. Rahel stellte sich ihr in den Weg, flankiert von zwei uniformierten Polizisten, und hielt ihr den Haftbefehl unter die Augen. Pat Hunger blieb stehen, wandte sich an Croneman, um ihm die Urne zu übergeben, doch dieser deutete auf Juliette.

Rahel wies Richtung Albergo San Gottardo und ging voraus, es folgten die Polizistin und der Polizist, zwischen ihnen Pat Hunger. Sie ging direkt zum Lieferanteneingang unter der Treppe und durch den Keller hinauf in den ersten Stock. Dort blieb Rahel stehen und zeigte auf das WC-Schild, worauf Pat Hunger nickte. Sie und die Polizistin folgten Pat Hunger auf die Damentoilette.

»Ihr Handy bitte«, sagte Rahel.

»Wollen Sie das konfiszieren?«

»Das muss ich.«

»Und ich muss meinen Anwalt anrufen.«

»Das kann warten«, sagte Rahel und hielt ihr die ausgestreckte Hand entgegen.

Im Spiegel verdoppelte sich das Bild der Polizistin. Rahel sah, wie Pat Hunger in einer der Toiletten verschwand. Sie trat zum Lavabo, wusch sich mit dem eiskalten Bergwasser die Hände und vermied es, in den Spiegel zu schauen. Sie wusste, die Augenringe ließen sich nicht wegschminken, es gab nur eines: wieder einmal ausschlafen. Wenn der Fall erledigt sein würde. Sie hörte, dass Toilettenpapier abgerissen und gespült wurde, dann kam Pat Hunger, stellte sich neben sie und zog einen Lippenstift aus ihrer Handtasche. Rahel sah im Spiegel, wie Pat Hungers Augen jeden Glanz verloren hatten und ihre Schultern leicht eingefallen waren.

Rahel hatte Zimmer 7 für eine erste Einvernahme reserviert. Es war ein normales Hotelzimmer mit einem Tisch, zwei Stühlen und einem Doppelbett mit rot-weiß karierten Duvetüberzügen. Es roch nach abgestandener Luft, als sie eintraten. Rahel öffnete das Fenster, bat Pat Hunger, sich zu setzen, während die beiden Kollegen mit dem Rücken zur Türe stehen blieben. Rahel legte den Haftbefehl auf den Tisch und setzte sich Pat Hunger gegenüber.

Diese überflog die wenigen Zeilen und schaute auf. »Sie wollen mich wegen Verdunklungs- und Fluchtgefahr verhaften? Das ist doch völlig an den Haaren herbeigezogen.«

»Überlassen Sie das mir.« Rahel reichte ihr das Handy. »Jetzt können Sie Ihren Anwalt anrufen. Bestellen Sie ihn für fünfzehn Uhr auf den Posten in Altdorf.« Rahel wartete, bis Pat Hunger ihn erreichte.

»Mein Anwalt kann nicht vor sechzehn Uhr da sein«, sagte sie. »Er kommt aus Zürich.«

Rahel begann: »Sie gaben bei der Vermisstmeldung an, Ihren Mann kurz vor seinem Abflug nach Schweden am 14. Mai das letzte Mal gesehen zu haben.«

»Das stimmt.«

»Im elektronischen Kalender Ihres Mannes haben wir für den 30. Mai, neun Tage nach seiner Rückkehr, den Eintrag ›Pat, Parkplatz Göalp‹ gefunden.«

Rahel sah, wie Pat Hungers Mundwinkel leicht zuckten, bevor sie den Mund öffnete: »Mein Anwalt hat mir dringend geraten, keine Aussage ohne ihn zu machen.«

»Das ist Ihr gutes Recht.« Rahel holte aus. »Wir haben in seinem Kalender für diesen Tag auch den Eintrag ›Besprechung Scheidungskonvention‹ gefunden. Das vergisst man nicht so einfach.«

Rahel sah zwei Schweißperlen auf Pat Hungers Stirne.

»Ich bin nach alldem etwas durcheinander«, versuchte sich Pat Hunger zu entschuldigen. »Es hat mich mehr mitgenommen, als ich vermutete.« Sie wollte ihr Mobiltelefon einstecken, doch Rahel war schneller und nahm es wieder an sich.

»Wir werden die Kurzmitteilungen auf Ihrem Telefon mit denjenigen von Kjell-Göran Kling vergleichen, ebenfalls die Anrufe und Mails zwischen Ihnen.«

Rahel bemerkte, wie Pat Hunger leicht in sich zusammensackte.

»Gehen wir«, sagte sie und gab den Kollegen das Zeichen zum Aufbruch. »In Altdorf wartet jemand auf dem Posten, den Sie kennen. Zusammen werden wir diesen 30. Mai Schritt für Schritt durchgehen.«

47

Mattmann ging mit Strandhäll, der nervös um sich schaute, zurück zu seinem Auto auf dem Parkplatz.

»Wurde Pat Hunger verhaftet?«, fragte er. »Es sah so aus, als würde sie abgeführt. Weißt du, was das soll?«

»Das war die Urner Kantonspolizei. Ich nehme an, die hat ein paar Fragen an Frau Hunger.«

»Was ist das für eine Art, jemanden nach der Abdankung ihres Mannes abzuführen. Die Fragen hätte sie bestimmt auch morgen oder am Montag beantworten können.«

Mattmann sagte nichts.

»Raue Sitten hier in den Bergen.«

Sie kamen zu dem Mietauto von Strandhäll, einem weißen SUV der Marke Tesla, dessen Klapptüren sich gegen oben öffneten.

»Kann ich dich bis Andermatt mitnehmen?«, fragte er.

»Wir fahren zusammen auf den Posten nach Altdorf«, sagte Mattmann. »Die Kommissarin will auch dir ein paar Fragen stellen.«

»Mir?«

»Ja. Am Nachmittag.«

»Was hast du damit zu tun?«

»Ich unterstütze sie bei ihren Ermittlungen.«

»Willst du mich verhaften?«

»Nein, das kann ich nicht.«

»Der Brandfall ist aufgeklärt, hat mir mein Geschäftsführer gesagt. Sobald die Brandversicherung das Okay gibt, können wir mit dem Wiederaufbau beginnen. Also was soll das ganze Theater?«

»Bei der laufenden Sanierung der Altlasten gibt es ein paar offene Fragen.«

Strandhäll wurde umgehend freundlicher. »Diese Fragen

beantworte ich gerne. Zusammen mit meinem Geschäftsführer. Wann genau ist der Termin auf dem Posten?«

»Irgendwann am Nachmittag. Wir können zuerst zusammen mittagessen.«

»So viel Zeit habe ich nicht.«

»Erklär das der Kommissarin«, sagte Mattmann.

»Dann gehen wir zuerst essen. Ich lade dich ins ›Chedi‹ ein.«

Sie stiegen ein und fuhren los, hinunter nach Andermatt. Das Gespräch unterwegs war angestrengt.

»Dein Baumhotel in Harads hat mich sehr beeindruckt«, knüpfte Mattmann bei seinem Besuch in Nordschweden an. »Für die Zeitung habe ich allerdings bisher nichts darüber schreiben können. Das kommt noch.«

»Das will ich hoffen«, sagte Strandhäll.

Als er vor dem »Chedi« parkierte, gab Strandhäll den Autoschlüssel dem Portier ab. Mattmann schaute sich um, eine große Halle, viel Gold, viel Kristall, ein Stil, den er nicht richtig einordnen konnte. »Alpiner Chic, vereint mit asiatisch inspiriertem Design und klassisch europäischem Komfort«, hatte er irgendwo gelesen. Der Stil eines Luxushotels für ein globales Publikum, dachte er.

Unter den vier Restaurants wählte Strandhäll »The Bar and Living Room«, wo leichte Mahlzeiten serviert wurden: Austern, Kaviar, Andermatter-Plättli und Asiatisches. Sie ließen sich in einem der Ledersofas nieder. Mattmann bestellte einen thailändischen Rindfleischsalat, sehr scharf, Strandhäll ein Clubsandwich. Dann stand er auf und verschwand zwischen den hohen hölzernen Stangen, welche Bar und Lobby voneinander trennten. Das Essen wurde serviert, Strandhäll war jedoch noch nicht zurück. Mattmann saß vor der Bowle mit dem Rindfleischsalat und wurde langsam nervös. Da rief Gina an.

»Das Haus gehört uns! Es fehlt nur deine Unterschrift.«

Mattmann war überrascht und suchte nach Worten.

»Freust du dich kein bisschen?«, fragte sie.

»Doch, doch, sehr«, sagte er und hielt gleichzeitig nach Strandhäll Ausschau.

»Wann kommst du zurück?«

Mattmann überlegte. Morgen wollte er seine Mutter nochmals besuchen, und er hatte sich vorgenommen, diesmal den Zug zu nehmen. Die Reise würde bestimmt mehr als vierundzwanzig Stunden dauern. Daher sagte er: »Dienstag oder Mittwoch.«

»Ich habe dich Anfang Woche erwartet.«

Da kam Strandhäll um die Ecke, und Mattmann versprach, sie am Abend zurückzurufen, er sei mitten in einer Sitzung, die sich weit in den Nachmittag hineinziehen könne.

Beim Essen kamen sie auf den Brand in Isleten zu sprechen. Strandhäll ließ keinen Zweifel aufkommen, dass er das Projekt Baumhotel auf dem Gelände der ehemaligen Sprengstofffabrik in Isleten weiterverfolgen werde, und erzählte von der gestrigen Sitzung mit einem der dänischen Architekten von BIG. Deren Pläne für eines der Baumhäuser seien phantastisch, einfach umwerfend.

48

Pat Hunger saß auf der Rückbank des grauen Kleinbusses. Die Sonne brannte durch die Scheiben. Rechts von ihr schwitzte der Polizist in seiner dicken Uniformjacke und hielt den Blick streng geradeaus gerichtet. Auf dem Oberarm das Signet der Kantonspolizei mit schwarzem Stier auf leuchtend gelbem Grund.

Sie hatte sich die letzten Tage offenbar in einer falschen Sicherheit gewiegt. Als Ks Leichnam zur Kremierung freigegeben worden war, glaubte sie, die Polizei habe die Ermittlungen ad acta gelegt. Und nun wollte die Kommissarin wissen, was an jenem 30. Mai geschehen war. Wie war die Polizei an die Daten von Ks Kalender im Mobiltelefon gekommen?, fragte sie sich. Dass dieses wieder aufgetaucht war, hielt sie für unmöglich. Dafür hatte sie gesorgt.

Warum ging das so langsam vorwärts? Von der Rückbank schaute sie nach vorne zur Polizistin am Steuer des Einsatzwagens. Diese musste vor jeder Kurve bremsen, denn vor ihnen fuhr ein Wohnmobil mit niederländischem Kennzeichen, dessen Fahrer Passstraßen nicht gewohnt war. Links und rechts sah Pat Hunger nur Felswände und Geröllhalden. Sie warf einen Blick auf das Rinnsal der Reuss, fast vollständig ausgetrocknet in ihrem Bett. Die Fahrt kam ihr schon jetzt unendlich lang vor, dabei waren sie erst abgefahren.

Sie erinnerte sich, wie ihr Anwalt das Scheidungsverfahren eingeleitet hatte. Darauf war K zu ihr gekommen und hatte vorgeschlagen, sie würden besser alles unter vier Augen regeln. Er habe etwas ausgearbeitet und würde dies gerne mit ihr besprechen. Das waren ganz neue Töne. »Gerne mit dir besprechen.« Juliette hatte sie gewarnt. »Ks Versicherungen kannst du nicht trauen.« Sie hatte ihr geraten, nie unter vier Augen mit ihm zu verhandeln. Sie brauche Zeugen, denn nachher streite er alles ab, wozu er einmal eingewilligt habe. Pat Hunger ärgerte sich über sich selbst. Wie hatte sie nur darauf eingehen können, mit ihm auf einer Wanderung um den Göscheneralpsee eine gütliche Lösung zu suchen?

Sie passierten Hospental, dann auf der Umfahrungsstraße rechts das alte Andermatt und links das aus dem Boden gestampfte »Andermatt Reuss« mit den Hunderten von Ferienwohnungen und Ks Apartment. Unwirklich zog alles an ihr vorbei, auch die Schöllenenschlucht, die sie immer so imposant gefunden hatte, ließ sie heute unberührt. Nur der rote Teufel an der Wand schien hämisch zu lachen.

»Ist Ihnen unwohl?«, fragte der Polizist neben ihr. Er suchte nach einer Tüte im Seitenfach der Schiebetüre und streckte sie ihr hin. Sie lehnte ab, es sei alles okay.

Gar nichts war an jenem Tag in Ordnung gewesen. Als sie im Laufschritt auf dem kleinen Weg zum Damm geeilt war und nichts wie weggewollt hatte, war sie plötzlich stehen geblieben und hatte sich Vorwürfe gemacht: Ich kann ihn nicht sich selbst überlassen. Oder hatte sie vielmehr sicher sein wollen, dass er tot war? Sie war umgekehrt und hatte ihn noch immer auf dem Rücken am Boden liegend gefunden. Als er sie gehört hatte, hatte er mühsam versucht, sich zu erheben, doch dann war er mit dem Oberkörper über die Kante des Weges gekippt und ...

Nein, diese Bilder wollte sie nicht mehr sehen. Auf keinen Fall.

Hatte sie ihm einen Stoß gegeben?

Sie konnte sich beim besten Willen nicht erinnern.

Nur eines wusste sie ganz genau: wie sie seinen Rucksack an sich genommen hatte. Und seinen Sonnenhut. Zurück auf dem Damm hatte sie überlegt, wie sie Hut und Rucksack mit Mobiltelefon, Portemonnaie und dem iPad loswerden könnte. Darin waren auch das Insulinbesteck mit ihren Fingerabdrücken und die Autoschlüssel. Einen Moment lang wollte sie alles in den Stausee werfen. Besser weiter weg, hatte sie sich überlegt. Vielleicht im Vierwaldstättersee, dort hatte kürzlich ein Auto auf der Axenstraße die Leitplanke durchbrochen und war vor Brunnen in die Tiefe gestürzt. Hundertvierundachtzig Meter tief war der See dort, wie sie in der Zeitung gelesen hatte. Als sie die Türe ihres Teslas aufschloss, sah sie daneben den stahlblauen Porsche von K stehen. Der musste auch weg. Es musste alles so aussehen, als wäre er spurlos verschwunden. Zum Glück waren sie niemandem auf der Wanderung um den See begegnet, der je bezeugen könnte, sie gesehen zu haben. Um Ks Auto loszuwerden, brauchte sie Hilfe. Juliette war ihr immer beigestanden, wenn sie mit K nicht mehr weitergekommen war. Sie hatte alles auch am eigenen Leib erlebt, in den zwanzig Jahren, in denen sie mit ihm verheiratet gewesen war. Ihr konnte sie vertrauen. Daher hatte sie Juliette angerufen und ihr nur erklärt, es handle sich um einen Notfall, sie müsse mit dem nächsten Zug nach Göschenen kommen. Dort werde sie am Bahnhof auf sie warten. Zusammen waren sie zurück zum See gefahren, um Ks Wagen zu holen. Sie hatte Juliette gesagt, dass K nie mehr auftauchen würde, und sie hatte nicht gefragt, warum. Es war ein stilles Einverständnis zwischen ihnen, dass sie beide schwiegen, was immer passieren würde. Hatte Juliette die Nerven verloren und alles gestanden? Wollte die Kommissarin sie mit Juliette auf dem Posten konfrontieren?

49

In ihrem Subaru war Rahel dem Einsatzwagen weit voraus. Kurz vor Erstfeld wurde ihr vom Spital mitgeteilt, dass August Wasiks Gesundheitszustand es auf keinen Fall zulasse, auf dem Posten zu erscheinen. Er sei jedoch bereit, in seinem Spitalzimmer auszusagen. Sie dirigierte das Fahrzeug mit den zwei Polizisten und Pat Hunger zum Kantonsspital Altdorf um. Dort wartete sie vor dem Haupteingang, bis der graue Kleinbus eintraf.

»Werde ich zuerst untersucht?«, wunderte sich Pat Hunger, als sie ausstieg.

»Nein«, sagte Rahel.

»Was dann?«, fragte sie zunehmend irritiert, als sie mit den zwei Uniformierten durch die Eingangshalle schritt. »Ich bin völlig gesund. Auch psychisch. Glauben Sie mir.«

Rahel sagte nichts.

»Bekommt man in diesem Setting auch einmal etwas zu essen?«, wollte Pat Hunger wissen.

Rahel schaute auf die Uhr. Es war bereits halb vier. Sie verlangsamte ihre Schritte und gab dem Polizisten den Auftrag, eine kleine Verpflegung im Spitalrestaurant zu organisieren. Im Lift wandte sie sich an Pat Hunger. »Bevor Ihr Anwalt eintrifft, gibt es Sandwiches und Kaffee.«

»Das Leichenmahl habe ich mir anders vorgestellt.«

»Verstehe.«

Im dritten Stock angekommen, fragte sie nach einem leeren Besprechungszimmer und ließ Pat Hunger und die beiden Polizisten dort allein mit dem Imbiss.

Rahel ging zur Intensivstation, wo August Wasik stationiert war. Sie war beunruhigt. Würde Wasik schwächer und schwächer, schwänden auch ihre Hoffnungen, den Fall je klären zu können. Sie ging den Gang entlang zu seinem Zimmer und klopfte an.

Wasik lag wach und schien völlig klar zu sein, aber er hatte Schweiß auf der Stirne. Rahel erkundigte sich, wie es ihm gehe, und kündigte ihm die Gegenüberstellung mit Pat Hunger an.

»Geht das?«, fragte sie ihn.

»Bringen wir es hinter uns«, sagte Wasik und begann zu husten.

Rahel setzte sich in den Fauteuil mit grünem Kunstlederpolster am Fenster und wartete.

»Ich habe es mir überlegt«, begann Wasik. »Ich will reinen Tisch machen.«

»Warum waren Sie in der Brandnacht so spät noch in Isleten?«, knüpfte Rahel an die letzte Befragung an.

Wasik hustete erneut, ein Rasseln, das tief aus der Lunge zu kommen schien. Rahel merkte, das Atmen fiel ihm schwer. Doch geistig war er klarer, als nachdem er aus dem Koma erwacht war.

»Es war ein großer Fehler, ohne Baufreigabe mit den ersten Baumhäusern, Prototypen nannten wir sie, zu beginnen«, setzte er an. »Ich ging lange auf und ab in meiner Ferienwohnung, bis ich beschloss, trotz Anbruch der Dunkelheit nach Isleten zu fahren.«

Rahel zog das kleine Notizbuch aus ihrem Rucksack und legte ihr Mobiltelefon auf das Tischchen, die Aufnahmetaste gedrückt. »Ist Ihnen etwas aufgefallen, als Sie ankamen?«

»Nein. Nichts Besonderes. Ich ging übers Areal bis ganz nach hinten, bis zur ehemaligen Nitrieranlage.«

»Was fiel Ihnen dort auf?«

»Es war alles wie immer, allerdings schon ziemlich dunkel. Da hörte ich Geräusche im Innern des Gebäudes, und ich sah eine Stichflamme. Eine dunkle Gestalt mit einem Kanister stürmte heraus und warf mich um.«

»Ein Mann? Eine Frau?«

»Ich konnte nichts Genaues erkennen. Und dann hörte ich eine Explosion. An mehr kann ich mich nicht erinnern.« Wasik wollte sich im Bett aufsetzen, doch er fiel wieder zurück in die Kissen.

»Also Brandstiftung?«

»Vermutlich.«

»Wer könnte ein Interesse daran haben?«

»Keine Ahnung.«

»Sagt Ihnen der Name Richard Rickenbacher etwas, vom Surfercamp? Oder kurz Surfer-Richi genannt.«

»Ein notorischer Lärmbruder, der sich immer über alles beklagte. Im Grunde aber harmlos, wie man mir sagte. Aber bei jedermann kann einmal eine Sicherung durchbrennen.«

»Die dunkle Gestalt mit dem Kanister, könnte das dieser Richi gewesen sein?«

Wasik ging nicht auf Rahels Frage ein. »Kling hat sich immer ungemein über die Zwischennutzer und speziell über die Surfer aufgeregt. Er befürchtete, sie nie mehr loszuwerden, wenn alle Bewilligungen für die Überbauung einmal vorliegen würden.«

»Könnte Kling hinter dem Brand stecken?«

»Kaum. Es gab ja nicht einmal eine Bauwesenversicherung, wie ich kürzlich herausgefunden habe. Und ohne Baubewilligung bezahlt auch die Brandversicherung keinen roten Rappen.«

»Wusste Kling das?«

»Bestimmt. Der war nicht blöd.«

»Dann ist es also wenig wahrscheinlich, dass er den Brandstifter beauftragt hat.«

»Genau. Zudem ist er schon mehr als fünf Wochen tot. Und der Brand brach erst vor Kurzem aus. Aber das mit der verschwundenen Million für die Entsorgung der Altlasten, da würde ich mich nicht wundern, wenn er dahinterstecken würde. Er hatte sich an ein paar Orten verspekuliert, wie ich weiß, und hatte ...« Wasik verstummte. Er suchte mit der Hand nach dem roten Knopf an der Bettkante. Rahel stand sofort auf und ging zur Tür, um nach einer Ärztin Ausschau zu halten. Sie fing auf dem Gang eine Krankenschwester ab, die sofort an Wasiks Bett kam.

»Anzeichen einer Lungenentzündung«, sagte sie und schaute vorwurfsvoll zu Rahel. »Gehen Sie bitte, er braucht Ruhe.«

»Das bestimme ich, wenn ich Ruhe brauche«, sagte Wasik. Die Krankenschwester schüttelte den Kopf.

»Lassen Sie uns alleine«, bat Wasik und wandte sich wieder an Rahel. »Wo bin ich stehen geblieben?« Er zog sich am Handgriff oberhalb des Betts mit beiden Händen mühsam empor. »Mein ökonomischer Verstand sagt mir, das Areal müsse möglichst dicht überbaut werden, wie das auch Kling im Sinn hatte. Mein Herz schlägt für die Zwischennutzer und für ›Alfred & Nobel‹. Das könnte zu einem gemeinsamen Ort für die Einheimischen und Touristen werden.« Er ließ sich wieder in die Kissen fallen. »Ich verstehe auch die Windsurfer, wenn sie um ihr Camp auf dem Gelände fürchten. Und die Bauern oben im Tal, die möglichst alles beim Alten belassen wollen. Mehr und mehr kam ich zwischen die Fronten.«

»Und welche Position nahm Strandhäll dabei ein?«

»Strandhäll ist wie ich nicht primär aufs Geld aus. Er lebt für die Architektur, die bei jedem Baumhaus anders ist. Doch da hatte er bei Kling einen schweren Stand. Bis der Bruch nicht mehr zu kitten war.«

»Bruch?«

»Sie sind sich in die Haare gekommen, wegen des Altlastenkontos.«

»Wo waren Sie am 30. Mai?«, fragte Rahel.

»Das kann ich Ihnen jetzt beim besten Willen nicht sagen.«

»Sagen Sie mir, wie kam Ihre Sonnenbrille in Klings Auto?«

Wasik schloss die Augen. Als er sie wieder öffnete, begann er zu erzählen, wie Juliette vor ein paar Wochen mit Klings Wagen bei ihm in Andermatt aufgetaucht sei und ihn gebeten habe, diesen verschwinden zu lassen. Wo Kling sei, habe er gefragt, doch Juliette habe ihn gebeten, keine Fragen zu stellen. Unter gar keinen Umständen. »Ich konnte ihr die Bitte nicht abschlagen.«

»Kam Ihnen das nicht verdächtig vor?«

»Für Juliette hätte ich alles getan.«

Rahel sah, wie Wasik Kraft sammelte. Er erzählte weiter, wie er die Autoschlüssel an sich genommen habe und am gleichen Tag mit Klings Porsche nach Chiasso aufgebrochen sei, denn dort gebe es viele Occasionshändler, die Autos für den Export kaufen würden.

»Das Auto war praktisch neu. Das hätten Sie teuer in der Schweiz verkaufen können.«

»Juliette wollte vermeiden, dass jemand eine Frage stellt. Das heißt, Pat wollte um keinen Preis, dass jemand davon Wind bekam.«

»Da frage ich sie am besten gleich selbst.«

Rahel avisierte die beiden Polizisten, mit Pat Hunger und ihrem Rechtsvertreter, der unterdessen eingetroffen war, auf Wasiks Zimmer zu kommen. Rahel wies Pat Hunger den Platz am Fenster zu, sodass Wasik sie sehen konnte. Den Anwalt platzierte sie daneben. Selbst ging sie im Zimmer auf und ab, vorerst ohne eine Frage zu stellen, und checkte auf dem Mobiltelefon ihre Mails. Vor allem eines interessierte sie brennend: Sabrina Meili, der sie nach der Rückkehr vom Gotthard das Telefon von Pat Hunger übergeben hatte, sollte sofort alle Gespräche, Mails und Kurznachrichten zwischen Pat Hunger und Kjell-Göran Kling während der letzten beiden Monate checken. Und alles, was in diesem Zeitraum gelöscht worden war. Meili war schnell und schickte ihr eine vollständige Aufstellung, eine inhaltliche Auswertung konnte sie in so kurzer Zeit jedoch nicht machen. Ganz am Schluss der Liste fand sie das WhatsApp vom 29. Mai. Vom Provider hatte sie bisher nur die Randdaten von Klings Kurzmitteilungen bekommen. Nun konnte sie lesen, wie Pat Hunger für den folgenden Tag das Treffen auf dem Damm mit ihrem Mann bestätigt hatte.

»Da haben wir es!«, sagte Rahel, mit sich selbst redend. Darauf wandte sie sich an Pat Hunger.

»Haben Sie sich nochmals überlegt, wo Sie am 30. Mai waren?«

»Das habe ich Ihnen schon bei einer anderen Befragung erklärt. Bei Juliette Schweizer in Deggio. Wo ich auch übernachtet habe.«

»Frau Schweizer hat bestätigt, dass Sie am Abend bei ihr waren und übernachteten. Doch was Sie während des ganzen Tages zusammen unternommen haben, daran konnte sie sich nicht erinnern. Und Sie?«

»Wir sind spaziert. Haben Tee getrunken. Und uns über vieles unterhalten.«

»Ein Spaziergang rund um den Göscheneralpsee? Mit Kjell-Göran Kling?«, fragte Rahel.

»Wie kommen Sie darauf?«

»Oder eine Fahrt hinunter nach Göschenen? Mit Klings Auto? Ohne ihn?«

»Meine Mandantin hat das Recht, ihre Aussage zu verweigern«, unterbrach der Anwalt.

»Dieses Recht steht ihr zu«, bestätigte Rahel. »Aber wir haben einen Zeugen hier.« Sie zeigte auf Wasik. »Er hat mir soeben erklärt: Kjell-Göran Klings Porsche, Modell Taycan, Farbe blau métallisé, musste an diesem 30. Mai unbedingt verschwinden. Im Auftrag von Juliette Schweizer. Und im Auftrag von Ihnen, Frau Hunger.«

»Einspruch«, sagte der Anwalt und hob seine rechte Hand.

»Ihre Mandantin hat gar nicht geantwortet«, sagte Rahel ganz ruhig und schaute zu Pat Hunger.

»Und sie wird auch nicht antworten.«

»Frau Hunger«, sagte Rahel, »die Daten auf Ihrem Mobiltelefon belegen eindeutig, dass Sie Ihren Mann am 30. Mai auf dem Damm des Göscheneralpsees getroffen haben. Obwohl Sie …«

»Ich beantrage einen Unterbruch der Einvernahme«, sagte der Anwalt. »Ich muss mich mit meiner Mandantin besprechen.«

50

Mattmann wartete den ganzen Nachmittag im Café Danioth in Altdorf. Er aß zwei Canapés, eines mit Ei, das andere mit einem Berg Selleriesalat belegt, beide mit viel Mayonnaise und mit einer dicken Schicht Sülze überzogen. Vom Mittagessen im »Chedi« war er nicht satt geworden. Nach der Fahrt von Andermatt nach Altdorf hatte er Strandhäll auf den Posten gebracht. Er trank zwei Cappuccino sowie ein großes Glas Mineralwasser, später bestellte er einen ganzen Pot Grüntee, weil Rahel noch immer nichts von sich hören ließ. Schließlich ging er auf den Posten an der Tellsgasse. Auch dort musste er eine weitere Stunde warten, bis ihn Rahel am Schalter abholte. Zusammen gingen sie hoch in ihr Büro im zweiten Stock. Sie schloss die Türe und ließ sich in ihren abgewetzten Schreibtischstuhl sinken. Mattmann nahm ihr gegenüber Platz.

»Pat Hunger hat gestanden. Sie hat ihren Mann im Stich gelassen, als er, wie sie sagte, wegen eines hyperglykämischen Anfalls auf dem schmalen Weg gestolpert, das steile Bord hinuntergerollt und in den Stausee gestürzt sei.«

»Gibt es Zeugen?«, fragte Mattmann.

»Nein, nur ihre Aussage. Ob sich das genau so zugetragen hat, können wir nicht überprüfen.«

»Und was sagt der Obduktionsbericht dazu?«

»Er bestätigt im Großen und Ganzen ihre Aussagen zum Hergang des Todes. Allerdings ist es unmöglich nachzuweisen, wer die hohe Dosis Insulin wann gespritzt hat. Da das Insulinbesteck fehlt, gibt es auch keine Fingerabdrücke, die eine Antwort dazu liefern könnten.«

»Hat Pat Hunger jemanden alarmiert?«

»Weder die Sanität noch uns von der Polizei. Keinen Finger hat sie gerührt.«

»Was bekommt sie dafür vor Gericht?«

»Auf Unterlassung der Nothilfe steht eine Freiheitsstrafe bis zu drei Jahren, unbedingt. So Artikel 128 des Strafgesetzbuches. Doch ihr Anwalt machte eine erhebliche Eigengefährdung geltend. Die Hilfe in Notsituation muss ›den Umständen nach zugemutet werden können‹«, zitierte Rahel das StGB. »Das Ufer ist am entsprechenden Ort tatsächlich sehr steil.«

»Und das Wasser des Stausees saukalt.«

»Da schwimmst du nicht lange.«

»Das glaube ich.«

»Ganz ungeschoren wird sie nicht davonkommen. Alles andere als strafmindernd ist, dass sie alles tat, um den Unfall, oder wie soll ich das nennen, das Verschwinden ihres Mannes zu verschleiern. Und, wie wir mit Wasiks Aussage belegen können, Klings Auto mit Hilfe Dritter aus der Welt oder zumindest aus der Schweiz schaffen wollte.«

»Sieht nicht gut aus für sie.«

»Warten wir den Antrag der Staatsanwältin ab.«

Rahel hatte noch zu tun auf dem Posten und begleitete Mattmann hinunter zum Ausgang. »Und das Verhör mit Strandhäll?«, fragte er auf der Treppe.

»Mit Klings Tod hat er nichts zu tun, aber die Geschichte mit der fehlenden Million auf dem Altlastenkonto Isleten fällt nun auf ihn und Wasik zurück, die im Verwaltungsrat der Baumhaus AG sitzen. Das Geld ist bisher auf keinem von Klings Konten aufgetaucht. Bis jetzt gibt es keinen Beweis, dass Kling das Geld abgezweigt hat.«

Sie traten hinaus auf die Tellsgasse. Rahel hatte während des ganzen Wochenendes Pikett, nicht einmal für ein Bier im »Central« reichte es.

»Wenn du mich brauchst, ruf einfach an«, sagte Mattmann. »Für alle Fälle.«

Rahel lachte und umarmte ihn.

Am Montagmorgen um sieben Uhr neunundfünfzig stieg Mattmann am Hauptbahnhof Zürich in den ICE, ohne Umsteigen bis Hamburg. Zum ersten Mal fuhr er mit dem Zug zurück nach Stockholm, bisher war er immer geflogen. Er hatte am Sonntag im »Gyrenbad« seine Sachen gepackt und seine Mutter besucht. Sie war alt und leicht vergesslich geworden und manchmal, wie beim Besuch im Schauspielhaus, ging sie, ohne etwas zu sagen, davon. Mattmann befürchtete, es könnten erste Anzeichen einer Demenz sein. Vielleicht war es aber nur das Kurzzeitgedächtnis, das nicht mehr alles speicherte. Demenz, hatte Mattmann einmal gelesen, müsse man sich dagegen wie eine Bibliothek vorstellen, bei der laufend Bücher ausgeräumt würden und die Gestelle am Schluss leer seien. Er musste sie im Herbst unbedingt besuchen.

In Basel Badischer Bahnhof öffnete der Speisewagen, und Mattmann aß dort sein Frühstück. In Frankfurt am Main bekam er von Rahel ein WhatsApp. Wasik war in der Nacht an einer Lungenentzündung gestorben. Mattmann schaute durch das Zugfenster auf das emsige Treiben auf den Perrons. Als der Zug langsam den Bahnhof verließ, zogen die Hochhäuser der Metropole am Main an ihm vorbei, bis er nur noch deren Spitzen in der Sonne glänzen sah. Er dachte an Wasik und ertappte sich dabei, wie er dessen Stationen im Leben zu rekapitulieren versuchte. Ich werde keine Abdankungsrede für ihn halten, sagte er sich. Ich muss den Abschiedsartikel für meine Zeitung schreiben. Mit einer Stunde Verspätung kam Mattmann um halb fünf in Hamburg an. Er stieg auf den Interregio nach Lübeck um, von dort fuhr er mit der S-Bahn nach Travemünde Strand. Abends um zehn Uhr ging die Fähre nach Malmö, wo er eine Kabine gebucht hatte. Genug Zeit, sich am Ostseestrand ein schönes Restaurant fürs Abendessen zu suchen.

Als er auf der Fähre eingecheckt und seine Kabine bezogen hatte, rief er Gina an. »Ich bin auf Kurs. Der Schnellzug von Malmö sollte dreizehn Uhr vierunddreißig in Stockholm ankommen.«

»Eine lange Reise.«

»Knapp dreißig Stunden.«

»Ziemlich lang, verglichen mit dem Flugzeug.«

»Ich habe nun Zeit. Und als freier Journalist kein Anrecht mehr auf einen Flug in die Heimat und wieder zurück. Das waren meine letzten bezahlten Ferien.«

»Ich komme dich am Bahnhof abholen«, versprach Gina.

»Kannst du denn mitten am Nachmittag freimachen?«

»Seit gestern habe ich Ferien.«

»Was wollen wir morgen zusammen unternehmen?«

»Blankaholm«, sagte sie, »hast du das schon vergessen?«

»Alles klar! Ich werde meinen Schreibwagen einrichten und gleich mit Schreiben anfangen.«

»Womit wirst du beginnen?«

»Mein Abschiedsartikel steht noch nicht, der kommt zuerst dran.« Er wusste nun, mit welchem Satz er ihn beginnen wollte: »Als die Schweden ihr Hauptquartier unter der Blutbuche bezogen, begann das große Zittern in der Chefetage in Baden.«

Rückblick und Dank

Alles erfunden. Das gilt für die Handlung wie alle Personen im Buch. Bis auf ein paar wenige historisch verbürgte Figuren sind Ähnlichkeiten nicht gewollt und rein zufällig. Ganz real sind die Schauplätze der Geschichte und so wirklichkeitsnah wie möglich geschildert. Dass Wirklichkeit und Realität nicht immer ganz deckungsgleich sind, hat die Gestalterin Laura Jurt mit ihrer Karte der Schauplätze schön illustriert.

Recherchieren vor Ort war für mich im Rückblick der schönste Teil der Arbeit an diesem Buch. Ich denke zurück an die Fahrt zum Göscheneralpsee, an den Gang durch den Injektionsstollen des Staudamms, von der Drosselklappenkammer bis zum Grundablass, hundertdreißig Meter unter der Dammkrone. Danke Bernhard Mattli und Peter Tresch vom Kraftwerk Göschenen AG. Die Gotthardregion, wo sich seit Jahrhunderten die Wege kreuzen, hat eine spezielle Dynamik. Diese spiegelt sich in Göschenen auf eine eigene Art, davon haben mich Guido Reichlin und Karin Wälchli, die beiden Kunstschaffenden von Chalet5, überzeugt. Schicht um Schicht der Geschichte des Gotthards legte Beat Gugger für mich frei, bequem zu erfahren in seiner Ausstellung in der alten Sust auf dem Pass. Wertvolle Hinweise erhielt ich auch von Romed Aschwanden, Leiter des Instituts »Kulturen der Alpen«. Josef Schuler und Markus Sigrist erhellten mir die Hintergründe zur ehemaligen Sprengstofffabrik in Isleten, bereits Schauplätze bei meinem ersten Krimi. Mit Thomas Bernhard von IC Infraconsult erörterte ich die raum- und umweltplanerischen Fragen rund um die Umnutzung in Isleten. Einen Einblick in die Arbeit der Urner Kriminalpolizei gewährten mir die ehemalige Chefin Manuela Hobi und der heutige Chef Julian Mosimann sowie Taucher und Adjunkt Martin Fussen. Ich danke allen, auch den namentlich nicht Aufgezählten.

Konrad Mattmann las während seines Heimaturlaubs Percy Barneviks Autobiografie, die nur in der schwedischen Originalversion mit dem Titel »Jag vill förändra världen« erschienen ist. Mattmanns Frau Gina, eine leidenschaftliche Leserin, verschlang Göran Greiders »Stugland. En berättelse om Sverige«. Das dünne Buch ist ein politisches Essay zu Gleichheit und Gerechtigkeit und was das mit der roten Farbe an den Fassaden der schwedischen Holzhäuser zu tun hat. Wunderschön geschrieben, übersetzt wurde es bisher nicht. Der Satz »Du bist in ein Trauerhaus hineingeboren« stammt aus »Wir hätten uns alles gesagt« von Judith Hermann. Das Buch führte bei Pat Hunger zum Entschluss, einen Schnitt in ihrem Leben zu machen. Kaum Zeit zum Lesen hatte bisher die Ermittlerin Rahel Reinhart. Als ihr neuer Freund Giovanni mit »Sturz in die Sonne« von Charles Ferdinand Ramuz nach Hause kam, blätterte sie zuerst nur darin. In einem klimatisierten Restaurant begann sie zu lesen, doch erst nach Abschluss des Falles konnte sie sich Zeit nehmen. Es ist die Beschreibung eines heißen Sommers, als noch niemand von der Klimakrise sprach. Vor hundert Jahren unter dem Titel »Présence de la mort« herausgekommen, ist es 2023 erstmals auf Deutsch erschienen.

Die Leseliste meiner Figuren möchte ich als Autor ergänzen: »BBC. Glanz, Krise, Fusion. 1891–1991. Von Brown Boveri zu ABB« von Werner Catrina gibt einen guten Überblick zur Geschichte dieses Industrieunternehmens. Das Buch »Company Town. BBC/ABB und die Industriestadt Baden« von Bruno Meier und Tobias Wildi zeigt anschaulich, wie eng die Geschichte der BBC mit der Stadt Baden verwoben war, auch dank der Schwarz-Weiß-Fotos. Wie die Siedlung auf der Göscheneralp vor dem Bau des Stausees ausgesehen hat, zeigen eindrückliche historische Bilder sowie Erzählungen im Bildband »Alte Göscheneralp« von Martin Steiner. Bei den Vorbereitungen zu diesem Krimi ist mir auch ein Buch in die Hände gefallen, das mich zur Figur des Trauerredners animierte: »Das Geheimnis eines guten Lebens. Erkenntnisse eines Trauerredners« von Carl Achleitner.

Das Recherchieren an den realen Schauplätzen und in der Literatur ist das eine. Das Recherchieren in den Abgründen der Seele das andere. Von unschätzbarem Wert war die Begleitung von Volker Dittmann, der sich während eines langen Arbeitslebens mit Forensik und Rechtsmedizin beschäftigte und unzählige Gutachten verfasste. Immer wusste er auf alle meine Fragen eine Antwort und achtete streng darauf, dass ich alle Ungereimtheiten ausmerze. Wenn einige stehen geblieben sind, ist das mein Fehler.

Beim Schreiben, bei dieser einsamen Arbeit, standen mir Ann-Mari und Kuno beiseite. Ohne ihr Mitlesen und Lektorieren hätte ich die Geschichte von »Finsternis am Vierwaldstättersee« nie auf den Punkt gebracht. Danke, dass ihr manchmal auch nur gefragt habt, was ich mit diesem Satz oder jenem Wort eigentlich ausdrücken wollte; und danke für so viel Fingerspitzengefühl. Das habe ich auch bei weiteren wertvollen Feedbacks auf das unfertige Manuskript erfahren, von Anna, Bruno, Finn, Guido, Karin, Mirzo und Thomas. Den letzten und entscheidenden Schliff verdanke ich Irène Kost, der Lektorin des Emons Verlags. Dem ganzen Verlagsteam danke ich, dass aus den vielen Buchstaben ein Buch geworden ist, und der Kulturförderung des Kantons Uri für die Unterstützung.

Ich freue mich auf die Lesungen aus diesem Krimi, zusammen mit Fachleuten der Polizei vor Ort oder mit dem Experten Volker Dittmann und der Vorleserin Anna-Katharina Diener, die meinen Text zum Fließen bringt. Wo und wann siehe: www.martinwidmer.ch

Martin Widmer
DER VERMISSTE VOM VIERWALDSTÄTTERSEE
Broschur, 240 Seiten
ISBN 978-3-7408-0937-9

In einem abgelegenen Chalet im Zürcher Oberland wird eine Frau erschlagen aufgefunden. Kriminalpolizistin Rahel Reinhart nimmt den Ehemann fest und ist überzeugt, damit den Täter verhaftet zu haben. Als der Journalist Konrad Mattmann von dem Vorfall hört, regen sich bei ihm Zweifel an der Schuld des Mannes, und er beginnt zu recherchieren. Was er dabei aufdeckt, führt ihn zurück in die 1950er Jahre – und in die Fabrik Isleten am Vierwaldstättersee, mit deren Dynamit einst der Gotthardtunnel gesprengt wurde ...

www.emons-verlag.de